PAUL BOKOWSKI HINARK HUSEN ROBERT RESCUE
FRANK SORGE VOLKER SURMANN HEIKO WERNING

BERLIN MIT ALLES

NEUE GESCHICHTEN AUS DER »PROVINZ BERLIN«

SATYR VERLAG

Von den Autoren ebenfalls im Handel:

Brauseboys:
»Wir sind nur Kurzgeschichtenvorleser«
Doppel-Live-Hörbuch mit Musik
Reptiphon & Satyr-Records (2006)
Bestellnummer: SAT 1019-2
ISBN: 3-938625-30-9

Nils Heinrich, Robert Rescue, Frank Sorge,
Volker Surmann, Heiko Werning:
»PROVINZ BERLIN. Geschichten.« (2005)
ISBN: 3-938625-04-X

(ohne Abbildung)
Hinark Husen
»Wenn Weddinger weinen. Geschichten.« (2005)
ISBN: 3-93825-03-1

2. Auflage Oktober 2010

Satyr Verlag ist ein Geschäftsbereich der BlueCat Publishing GbR
Geschäftsführung: Peter Maassen
www.satyr-verlag.de

Lektorat: Heiko Werning
Satz: Volker Surmann
Cover: Endai Hudl
Backcoverfoto: Frank Sorge
Druck und Bindung: AALEXX Buchproduktion GmbH, Großburgwedel
Printed in Germany.

Die Deutsche Nationalbibliothek verzeichnet diese Publikation in der Deutschen Nationalbibliografie; detaillierte bibliografische Daten sind im Internet über http://dnb.d-nb.de abrufbar.

ISBN: 978-3-938625-54-5

Inhalt

Prolog

Döner macht schöner

Frank Sorge

Der Rosenthaler Platz ist der Knotenpunkt für die Torstraße – die nördliche Stadtgrenze Berlins um das Jahr 1820 – und die Rosenthaler Straße, die am Hackeschen Markt entspringt und am Platz nördlich zur Brunnenstraße wird, und gilt daher als »Tor zum Wedding«. Ein Bezirk, in dem Brötchen *Börek* heißen, Pizza *Lahmacun* und wo schon die Kinder in der Schule lernen: »Döner macht schlau! Döner verbessert den Atem! Döner macht dünn! Und Döner macht schöner!«

Am Rosenthalter Platz endet die Kanüle des riesigen Dönermassenspritzkörpers, der Wedding heißt, und die ausgedrückte Fleisch-Injektion mischt sich mit Angeboten aus aller Welt.

An keinem Platz Berlins gibt es mehr zu essen! Ich zähle auf: ein mexikanisches Restaurant, eine Pizzeria, drei Chinesen (ohne Kontrabass!), ein Vietnamese, ein Thailänder, vier Dönerimbisse, davon einer ausschließlich Chicken, die anderen sowohl als auch, eine Sushi-Bar, ein Hot-Dog-Shop, zwei Falafelschmieden. Außerdem fünf Bäcker, ein Obst- und ein Trockenfrüchtestand, orientalische Spezialitäten, ein Bioladen und ein *Maximilian*-Grill. Und *Cafecito*! Und das *Gorki Park*, der *Amazonas Imbiss*, ein Inder, ein Restaurant in einem Hostel und eine irgendwie iberische Hippe-Häppchen-Location um die Ecke, wo man draußen auf dem Bürgersteig Tapas und Latte einschieben kann. Wer den Rosenthaler Platz hungrig verlässt, ist selber Schuld! *Burger King* hat vor ein paar Jahren zugemacht, weil die Konkurrenz zu stark war, und auch andere Läden schließen wieder. Deshalb gibt es alle zwei Monate strahlende Neueröffnungen im selben Mobiliar. Bunte Ballons, Blumenkränze und überdimensionierte Plakate schmücken die Hausmauern. Hier echte Berliner Currywurst! Falafel 2 Euro! Kaffee Togo zum Mitnehmen. Zu jedem chinesischen Essen ein Softgetränk. Döner 1 Euro, Döner 99 Cent, Döner 1 Euro fuffzig, Döner 1,29, Döner 1,49. Es gibt Dürüm-Döner, Bibo-Döner (Straußenfleischdöner, der gesündeste Döner der Welt), Chicken-Döner und Gemüse-Döner. Täglich verstopfen Werbefaltblätter von Lieferdiensten im Umkreis meinen Briefkasten und erweitern das Nahrungsangebot um Hamburger, Käserandpizzen, Kalbsmedaillons, Gyros und authentisch asiatischer Küche zum Probierpreis. Wenn man's drauf anlegt, bekommt man bestimmt auch Hummer!

Seit ich am Rosenthaler Platz wohne, habe ich gut zehn Kilo zugenommen, obwohl mein Herd de facto nie an war, außer zum Heizen! Tag und Nacht strömen Touristen, Neuberliner und Clubgänger über den Platz und essen. Sie stehen am Dönertresen und kennen die Codes nicht.

»Wilsdu?«

»Äh, ich weiß nicht so genau, ist das sehr viel, so ein Börek oder so was?«

»Döner? Döner gesund!« »Nein, ach Döner, ach ja, Döner, warum nicht!«

»Knoblauchkräuterscharf?« »Was?«

»Knoblauchkräuterscharf?« »Was?«

»Knoblauchkräuterscharf!« »Was?«

»Sosse?« »Was?«

»Sosse!« »Sosse?«

»Was?« »Was?«

»Knoblauchkräuterscharf?« »... – ja!«

»Is gut.«

Und der verunsicherte Perlschmuckdesigner aus Wernigerode bekommt einen Klecks Rosa, einen Klecks Weiß mit Krümeln und einen Klacks Rot in die Brottasche. Bald wird er einen Teller verlangen, weil ihm alles in den T-Shirt-Kragen und die *Adidas*-Jacke läuft.

»Wilsdu?« »Einen Teller bitte, es tropft!«

»Was?« »Einen Teller?«

»Was?« »Oder Servietten?«

Er bekommt einen ganzen Stapel Servietten, mit dem er das stinkende Soßengemisch auf seinen Wangen verteilt.

Ein Dönerverkäufer sagt zum anderen: »Isgel-debin bisdünüsche besserim!«, was in der hochkomprimierten türkischen Sprache in etwa bedeutet, ohne dass das Deutsche dem poetischen Klang ebenbürtig wäre: »Edler Freund des kulinarischen Kalbsschnipselhandwerks! Sehe er sich diesen Banausen an, den schon das einfache Essen einer Fleischtasche überfordert. Wie wäre es erst, wenn er Gedichte schriebe?«

»Allah isgildeben!«, antwortet der Dönerverkäufer dem Dönerverkäufer: »Bewahre uns Gott, der allmächtige Schöpfer des mit Tau beträufelten Spinnenetzes, der Anmut der Frauen und der Leuchtkraft der Sonne, davor!« Aber es nützt nichts. Er schreibt wirklich Gedichte. Alle schreiben hier Gedichte.

In der Nacht saufen sie und tanzen, pinkeln in meinen Hausflur und kotzen vor den *Maximilian*. Dann schreiben sie ein Gedicht darüber fürs Internet oder *Suhrkamp*. Der Rosenthaler Platz ist selbst ein Gedicht, verdichtetes Gericht, ein Gerichtegedicht, und bald werden Werbeagenturen von neu eröffneten Läden beauftragt, ein riesiges Transparent »Döner macht schöner!« über den Rosenthaler Platz zu spannen. Und dann rollen jeden Morgen die Lastwagen von den Weddinger Dönerfabriken die Brunnenstraße hinunter, durch den vergrillt-verwest duftenden Triumphbogen der gerösteten Fleischpampe hindurch, und die Häuser werden soßenfarben gestrichen, und bunte Dönerfeste blockieren die Kreuzung aus Tor-, Rosenthaler- und Brunnenstraße. Wartet, wartet nur ein Weilchen!

I. Im Brot

Initiationsritus

Habe heute erstmals öffentlich und laut vernehmbar einem Straßenbahnfahrer »Arschloch!« hinterher gerufen. Ich glaube, ich bin nun ein Berliner. *(Volker Surmann)*

Versuche zum Dialog der Kulturen (1)

Alexanderplatz. Eine junge Frau stürmt auf mich zu.

Sie: Machen Sie mit bei unserem großen Preisausschreiben. Erster Preis ist ein Wellness-Wochenende in Bad Lippspringe! Mit Beauty- und Vitalisierungkur, Algenpackung und Ayurveda!

Ich: Mit Ayurveda?

Sie: Ja!

Ich: Wellness in Bad Lippspringe?

Sie: Ja! Und es gibt noch viele weitere tolle Preise!

Ich: Aha.

Sie: Es gibt 100 Packungen Squalen zu gewinnen!

Ich: Squalen?

Sie: Ja! Squalen! Das wird gewonnen aus dem Leberöl des Tiefseefisches Squalus.

Ich: Aus dem Leberöl eines Tiefseefisches?

Sie: Ja! Das ist sozusagen Wellness für Ihren Fettstoffwechsel!

Dialog gescheitert. *(Heiko Werning)*

Erwarteter Besuch

Komischerweise immer nur dann, wenn ich Besuch habe, klingelt es irgendwann an der Wohnungstür. Einen Moment lang ist es still. Dann bitte ich meinen Besuch, die Tür aufzumachen, und eile selbst an den Computer, wo ich was Wichtiges machen muss.

»Ist meine Freundin«, erkläre ich noch, um dessen Irritation zu besänftigen. Eigentlich ist das eine blöde Aussage, denn wenn es die eigene Freundin ist, wird erwartet, dass man selbst die Tür aufmacht. Aber ich bin ja komisch, so kennen mich meine Freunde, und manchmal erzähle ich zuvor noch, dass wir gerade Streit haben oder sie sich getrennt hat und vielleicht noch vorbeikommt, um was abzuholen.

Der Besuch geht also zur Tür und öffnet. Draußen steht irgendwer und fragt: »Wohnt hier Robert Rescue?«

»Ja«, antwortet der Besuch und wird erschossen. Ich verhalte mich still. Kurz darauf entfernt sich der Mörder. Nach einer Weile schleppe ich den Besuch runter in den Hof und entsorge ihn in der gelben oder blauen Tonne, je nachdem, wo noch Platz ist.

Irgendwie ärgert mich das, denn auf Dauer verliere ich so alle meine Bekannten und Freunde. *(Robert Rescue)*

SchneeSMS

Jemand hat mit den Füßen eine Botschaft in den Schnee geschrieben. »18 Uhr Sex« steht da. Betongrau unter schneeweiß. Mitten in meinem Hinterhof. Es gibt zehn Wohnungen in meinem Haus. Nur die Hälfte ist bewohnt. Es gibt also fünf Parteien mit Blick auf diese Botschaft. Eine dieser Parteien ist eine Familie mit zwei Kindern, die beide schon so alt sind, dass man den Eltern derartige Wiederbelebungsversuche ihres Sexuallebens nicht zutraut. Es kommen also eigentlich nur vier Adressaten in Betracht. Die Wahrscheinlichkeit, dass diese Botschaft an mich gerichtet ist, liegt demnach bei 25 %. Wenn ich aber intensiv darüber nachdenke, wer solch eine Botschaft für mich hinterlassen haben könnte geht die Wahrscheinlichkeit, dass sie an mich gerichtet ist, seien wir ehrlich, gegen Null. Ich werde trotzdem um 18 Uhr zu Hause sein, in freudiger Erwartung, wer da kommen mag. *(Paul Bokowski)*

Mein Haus, meine Mitbewohner, mein Punk!

Volker Surmann

Seit vier Jahren lebe ich nun in meiner Wohnung in Berlin-Friedrichshain. Das heißt, ich wohne für Berliner Verhältnisse so lang darin, dass wir bald Silberhochzeit feiern könnten. Inzwischen bin ich so etwas wie der Miet-Alterspräsident der Hausgemeinschaft. Viele Menschen um mich herum sind seitdem ein- und ausgezogen – oft unvermittelt, plötzlich, über Nacht. Da kommt man morgens vom Brötchenholen zurück, und während der Duft ofenwarmer Schrippen die verschlafenen Synapsen durchpustet, fällt der Blick auf ein neues Klingelschild an der Tür gegenüber. Wo gestern noch ein gelbes *Post-it* mit »Meier« klebte, pappt nun ein blaues mit »Schuster«. Zeitgleich mit Meier verschwand Jan Kladow von nebenan, gelernter Maurer und umgeschult auf Techno-DJ – eine Berliner Karriere. Ich merkte es erst, als Jan nicht mehr nächtens alkoholisiert bei mir klingelte, weil er seinen Schlüssel vergessen hatte und mit dem Plattenkoffer in der Hand von meinem Wohnzimmerbalkon auf seinen Schlafzimmerbalkon hinüberkletterte. Vielleicht gelang dieses Zirkuskunststück eine Nacht mal nicht, vielleicht, weil ich nicht da war, und er bei Herrn Meier klingelte und bei seiner Kletteraktion vergaß, dass Meiers und sein Balkon nicht direkt verbunden sind. – Könnte zumindest erklären, wieso beide zeitgleich verschwanden: Der eine wegen tot, der andere wegen Beihilfe zum Totschlag. – ... und wieder drehte sich das Mieterkarussel eine Runde weiter.

Über mir wohnte bis vor kurzem ein Mann mit abgesägten Füßen. Die jedenfalls vermutete ich bei ihm, denn wenn er sich durch seine Wohnung bewegte, klang es immer, als stampfe er mit faustgroßen Elefantenstempeln übers Laminat. Manchmal konnte ich sein Getrampel kaum hören, weil die Gläser in meinem Schrank noch lauter klirrten.

Tom Peiker in der Wohnung unter mir ist fast ebenso lange hier wie ich. Ich glaube, er ist schwul, scheint allerdings sexuelle Praktiken zu bevorzugen, bei denen es dazu gehört, den Partner beim Sex unter die Zimmerdecke zu schnallen. Jedenfalls klingt es so.

Einzig Herr von Goldenstein aus dem Seitenflügel lebt länger im Haus als ich. Er war schon da, als ich kam. Er wird da sein, wenn ich gehe. Er gehört zum Inventar des Gebäudes. Er ist das Maskottchen unseres Blocks. Er ist der *Goleo* des Hinterhofs. Er ist Punk – »*unser* Hinterhofpunk« und der ungewöhnlichste Punk, den ich kenne. Das beginnt mit seinem Namen: Jan-Philipp von Goldenstein. Man möchte rätseln, in welchen Verhältnissen er aufgewachsen ist. Steht er in direkter Linie der Görzer Grafen im österreichischen Gailtal, deren Feste auf dem »Goldenstein« 1459 von den Habsburgern erobert und geschleift wurde? Ist das Blut unseres Punks so blau wie seine Haare im August? Oder gibt es vielleicht sogar irgendwo im Mecklenburgischen noch ein altes Landgut von Goldenstein? Lebt unser Punk von den Einkünften seiner Ländereien? Arbeiten tut er jedenfalls nicht. Lebt er stattdessen vom Frohn seiner Kötter? Wenn er mal wieder ein paar Tage nicht im Haus ist, hängt er dann etwa gar nicht mit seinen Kumpels vorm *Reichelt* ab, sondern ist stattdessen zur Wildschweinjagd in Vorpommern?

Der Punk im Seitenflügel ist eine Ausgeburt der Höflichkeit. Niemand im Haus grüßt so freundlich wie er. »Morsche«, sagt er morgens, wenn er seine Hunde spazieren führt; »Morsche«, sagt er am Nachmittag, wenn er mit den *Sternburg*-Flaschen von *Getränke Hoffmann* kommt. »Morsche«, sagt er am Abend oder in der Nacht, wenn er mit seinen Kumpels loszieht ins Nachtleben der Berliner Bohème.

Der Punk im Seitenflügel hat Haltung und Stil. Wenn er Botschaften im Torbogen hinterlässt, sind es nicht die üblichen Partyankündigungen der Art: »Hallo liebe Mitbewohner! Wir machen heute Abend bei uns im Vorderhaus `ne kleine Party und bitten um Verständnis, dass es lauter werden könnte und unsere Gäste ab 4 Uhr Bierflaschen vom Balkon werfen. Wenn Sie sich gestört fühlen, kommen Sie einfach hoch und werfen auch ne Flasche. Die WG aus dem 4. Stock.«

Ebenso wenig sind es die weinerlichen Botschaften überforderter Neuberliner, wofür jene bemitleidenswerte Erstsemesterin steht, die im Eingang des Seitenflügels einst eine Waschmaschine abstellte und darauf einen Zettel drapierte mit der Aufschrift »Kein Müll, funktioniert noch! Bitte stehen lassen. Sonja Häberle«. Nur wenige Tage später hingen im ganzen Haus mit rotem Edding geschriebene Zettel, auf denen sich Sonja Häberle bitter über das Verschwinden ihrer Waschmaschine beklagte und vehement die Rückgabe einforderte. Das gute Stück tauchte nicht wieder auf, und Sonja Häberle auch nicht. Wahrscheinlich ist sie sofort zurück nach Heilbronn und trauert seitdem um ihre geliebte *Miele*.

Der Punk hingegen schreibt mit Vorliebe Entschuldigungen. Als er einst seine voll aufgedrehte Stereoanlage mit einer Zeitschaltuhr koppelte und bei weit geöffnetem Fenster den gesamten Innenhof sieben Tage lang jeden Morgen um 8.30 Uhr mit *Bad Religion's* »Punkrock Song« beschallte, bis die Polizei seine Wohnung öffnete und den Stecker zog, während Herr von Goldenstein vermutlich gerade mit Gloria von Thurn und Taxis Bridge spielte, prangte bald darauf in jedem Hauseingang der Hinterhof-Anrainer eine auf weißen Bütten in fehlerfreien Filzstiftkinderschrift-Lettern verfasste Bitte um Verzeihung. Unterzeichnet mit »freundlichen Grüßen, Ihr Jan-Philipp von Goldenstein«. Derlei Botschaften unseres Hinterhof-Punks hängen inzwischen nur kurz an ihrem vorgesehenen Platz. Sie sind im Haus begehrte Sammlertrophäen, werden schnell abgenommen und gerahmt.

Ich bin stolz, selbst eine solche Original-Kalligraphie, einen echten Goldenstein, zu besitzen, ein Werk mit dem Titel »Hundekot II«. Als es im Durchgang zum Hinterhof eine Zeitlang schlimm stank und die Bodenkacheln zudem mysteriöse braune Spritzer aufwiesen, tauchte nach ein paar Tagen besagtes Werk auf (grüner Filzstift auf weißer Bütte): »Liebe Nachbarn, ich entschuldige mich für die Geruchsbelästigungen im Torbogen. Meine Schäferhündin Svetlana ist sehr alt und kann nicht mehr bei sich behalten. Ich hoffe, es kommt nicht wieder vor. Mit freundlichen Grüßen, Ihr Jan-Philipp von Goldenstein.«

Der Punk im Seitenflügel hat nicht nur gelegentlich grüne Haare, er ist auch ein Punk mit dem grünen Daumen. Niemand sonst hat so üppige Zimmerpflanzen auf dem Fenstersims wie er. Damit die prächtig gewachsenen Yuccapalmen, Hanfpflanzen und Usambaraveilchen die Bewunderung bekommen, die sie verdienen, putzt der Punk im Seitenflügel nicht nur regelmäßig seine Fenster, sondern reißt sie gerne weit auf. So können wir auch besser seine Salonkonzerte hören und aus der Ferne an den Gesellschaften teilnehmen, die er in seiner Wohnung gibt. Oft werden seine Gäste von so vielen Hunden begleitet, dass man denken könnte, die alljährliche Fuchsjagd werde diesmal direkt im Hinterhaus abgehalten.

Das ist er – Herr von Goldenstein, unser Hinterhofpunk. Nach vier Jahren in meiner Wohnung in Berlin-Friedrichshain kann ich es gestehen: Ich liebe ihn. Ich liebe den Punk im Seitenflügel wie England einst Queen-Mum verehrte. Er ist der ungewöhnlichste all unserer Mitbewohner. So ungewöhnlich, dass ich mich gelegentlich sorge, ob er nicht abdriften könnte in die Fänge falscher Kreise. Deshalb wagte ich es unlängst und schrieb ihm einen Brief. Ich adressierte ihn an »Herrn Jan-Phillip von Goldenstein, c/o *Junge Liberale*, Unterbezirk Friedrichshain«. Der Brief kam zurück mit dem Vermerk »Empfänger unbekannt«.

Was war ich beruhigt!

Ralle und Oever

Robert Rescue

Es gibt Dinge, die begegnen einem ständig. Menschen vor allem, zum Beispiel ein Partner oder Arbeitskollegen, aber auch Örtlichkeiten wie eine Haltestelle, ein Arbeitsort oder eine Wohnung. Mir geraten zwei bestimmte Menschen an einem bestimmten Ort jeden Tag ins Blickfeld, allerdings nicht leibhaftig, sondern in Form einer konservierten Nachricht an der Flurwand. Manchmal, wenn ich die Treppen hochsteige, denke ich, dass irgendwann ein Neutronenbombenkrieg ausbrechen wird, der die gesamte Menschheit dahinraffen, nicht aber ihre Hinterlassenschaft auslöschen wird. Tausend Jahre später wird dann eine außerirdische Expedition auf der Erde landen und die konservierte Nachricht an der Wand entdecken, in der Oever ausdrückt, dass er, wie verabredet, um 20:15 Uhr da war, aber Ralle nicht, und dass Oever sich darüber verwundert zeigt und Ralle auffordert, diesbezüglich angerufen zu werden. Der Originalwortlaut ist übrigens: »Hallo Ralle, ich war um 20:15 Uhr hier. Wo warst du? Ruf mich an, Oever.«

Interessant finde ich, dass ich davon jetzt aus einer Distanz von etwa fünf Metern schreibe, wo ich sonst direkt davor stehe und es lese. Ich lese es einerseits, weil ich die diffuse Hoffnung hege, eines Tages würde dort mal etwas anderes stehen, zum anderen überlege ich jedes Mal, in welchem Verhältnis die beiden zueinander standen und was sie heute so machen.

Wie lange eigentlich steht diese Nachricht schon an der Wand? Mindestens solange, wie ich hier wohne, doch wann davor verschrieb sich Oever der modernen Höhlenmalerei? Und macht er das heute noch oder benutzt er SMS? Gibt es viele Hausflure, in denen sich Oever beinahe verewigt hat, oder erblicke ich tatsächlich den einzigen Original-Oever, ein Meisterstück Berliner Verabredungshistorie?

Seit den Achtziger-Jahren war es in Ostberlin üblich gewesen, an der Tür eine Box mit Zetteln oder eine Rolle mit Abreißblättern zu befestigen, damit jemand wie Oever ganz devot eine klitzekleine Nachricht hätte hinterlassen können. Mal angenommen, Ralle hatte so einen Zettelkasten, warum hat dann Oever, dieser Arsch, die halbe Wand mit seinem wehleidigen »Du hast mich versetzt«-Gejammer vollgekritzelt?

War Oever seinerzeit so verärgert gewesen, dass er sich gedacht hat: »Okay, Ralle, dass du die Verabredung hast platzen lassen, sollst du nie vergessen, außer du malerst die Wand neu oder ziehst um.« Wenn es so gewesen ist, dann kann ich nur sagen: danke, Oever, danke.

Und was ist mit Ralle? Warum war er an dem Abend nicht da gewesen? Wollte er sich nicht mit Oever treffen? War Ralle damals der abgefahrenste Typ von Berlin und hatte sich Oever, hässlich wie die Nacht, so interessant wie ein Radiergummi, an ihn herangeschmissen und einen Termin gemacht, den Ralle dann nachträglich auf keinen Fall einhalten wollte? Was bedeutete der Name »Ralle« überhaupt? Stand er für »Ralf Leopold«, oder hieß Ralle schon immer Ralle, oder kam er aus einem Ausland, wo man häufig so hieß? Und Oever? War das einfach nur der nackte Nachname? Fanden alle Oever so doof, dass sie ihn nur beim Nachnamen riefen?

Fragen über Fragen, die ich mir nicht erst seit gestern stelle, sondern schon seit Jahren. Ralle und Oever waren so präsent in meinem Leben wie keine anderen Menschen.

Einmal war ich nachts betrunken nach Hause gekommen und las wie so oft die Botschaft von Oever an Ralle, als ich einen Moment lang glaubte, ich sei Ralle, und auch gleich dachte: »O Shit, ich habe

Oever ganz vergessen.« Dann aber vergewisserte ich mich, dass ich weder Ralle, der Oever nicht treffen wollte, noch Oever war, der Ralle treffen wollte, und fühlte mich erleichtert. Doch dieses Erlebnis brachte mich zu dem Entschluss, die Wandmalerei überpinseln zu lassen, um endlich diese Quälgeister los zu werden. Ich rief bei der Hausverwaltung an, doch die lehnte mein Ansinnen ab mit einem: »Ach, und dann sollen wir am besten noch das ganze Haus streichen, oder wie?«, und als ich darauf antwortete: »Das wäre nicht schlecht«, da legte die freundliche Frau einfach auf. Das bedeutete, ich musste weiterhin mit Ralle und Oever auskommen oder selbst Hand anlegen. Dann aber würde ich immer auf eine frisch gestrichene Stelle schauen und wissen, dass dahinter Oever Ralle daran erinnert hatte ... ach, lasse ich das einfach.

Eine Zeitlang versuchte ich, wann immer ich meine Etage erreichte, die Augen zu schließen, doch dann lief ich stets gegen meine Wohnungstür.

Letztendlich besorgte ich mir einige Eimer Farbe und strich von unten ab der Haustür bis hoch zu meiner Etage die Flurwände neu. Aus Gefälligkeit gegenüber meinen weiter oben wohnenden Nachbarn hätte ich ja den ganzen Hausflur streichen können, aber meine Nachbarn waren mir allesamt egal.

Kurz hatte ich den Gedanken, dass Oever vielleicht noch jemand anderen in diesem Haus besucht und nicht angetroffen hatte, aber das wollte ich einerseits nicht näher herausfinden und andererseits: sollten sich doch die oben Wohnenden mit einer weiteren Wandmalerei von Oever herumschlagen.

Ich hatte das Haus bislang auch nie weiter betreten als bis zu meiner Etage. Einen Moment lang keimte in mir der Verdacht, dass Oever womöglich im Haus wohnte, aber wie gesagt, höher als bis zu meiner Etage erstieg ich die Treppen nie.

Nachtrag:
Später bin ich dann in den Wedding gezogen. Neben meiner Wohnungstür befindet sich eine Gipskartonverkleidung, die leider Gottes als Pinnwand für Nachrichten aller Art verwendbar ist. Mein Brauseboys-Kollege Nils Heinrich hat dort mal in einem Anflug von Verewigungs- und zugleich Mitteilungsbedürfnis Folgendes vermerkt: »Hallo Robert, ich konnte die Tapete nicht kleben, Leim war zu alt.«

Das ist aber noch nicht alles. Weiter oben findet sich eine Nachricht aus dem Jahr 2002:

»Mensch Kuppe,
Wo biste denn?
Ich steh hier wie ein Depp.
Melde dich mal bei mir.
Gruß, Pockel«

Wenn dieser Pockel, der vielleicht früher Oever genannt wurde, diesen Text irgendwann mal hören oder lesen wird, so möchte ich ihm Folgendes mitteilen: Du standest nicht nur wie ein Depp vor der Tür, du bist auch einer.

Ich brauch 'ne Brille

Frank Sorge

Ein Nachbar im sanierten Hinterhof gegenüber hat ein Sweat-Shirt Größe XL mit dem Aufdruck »Schwabenpower« aus seinem Fenster zum Lüften gehängt. Ich finde, jetzt gehen sie zu weit!

Gestern hat er damit sicher in einem Club gesessen, oder in der Kneipe. Er hat auf einer Tanzfläche, vielleicht im *Kaffee Burger*, Frauen angetanzt, sein Oberkörper wippte hin und her, der Bauch, rund wie eine Rumkugel, bollerte zeitverzögert zu den wedelnden Gliedmaßen – Massenträgheit ist das Stichwort! –, und ein tanzgieriges, blutjunges Luder aus Niederschwelme-Obersbach, das in lustvoll ekstatischer Weise auf der Tanzfläche gegenüber zuckte, blitzte kurz mit den verschlafenen Augen zum Schwabenpower-Marketing-Assistant herüber und dachte sich: »Krass sexy, so ein Bauch!«, und: »Erst Berlin, jetzt können sie auch mich haben!« Und so nimmt die Evolution ihren Lauf, und die verdrängten Berliner fliehen in eine Art Diaspora immer weiter nach Pankow.

Der baumelnde Pullover am Fenster hängt nicht nur da, um auszulüften, er soll das Künstler- und Studentenpack im unsanierten Haus gegenüber verhöhnen. »Euch kriegen wir auch noch saniert«, scheint er zu spotten, während er frech im Wind baumelt. »Wir verdoppeln die Miete! Wir streichen die Fassade! Wir setzen doppelverglaste Vakuumfenster ein!« »Und amerikanische Einbauküchen!«

Aber Halt! Da steht ja vielleicht was ganz anderes drauf. Das zweite Wort sieht eher nach »Puppe« aus, oder »Pappe«. »Scharfe Puppe?« Wer wohnt in der Wohnung gegenüber eigentlich?, frage ich mich und muss zugeben, es nicht zu wissen. Sie ist viel zu weit oben, um ordentlich reingucken zu können! Bei einer »scharfen

Puppe« könnte sich das ja vielleicht lohnen, noch ein drittes Mal im Haus umzuziehen, überlege ich, aber wo der Pullover jetzt so nach links flattert, könnte es eigentlich auch »Shawarma-Pampe« heißen, oder »Schwester Pupe«. Brauche ich tatsächlich mal eine Brille oder hat nur mein Gehirn durch hastigen, hemmungslosen Schwarzteekonsum Schwierigkeiten in der Datenverarbeitung bekommen?

Schon gestern bin ich fünfmal an der Tafel vom *Morocco*-Falafel vorbeigelaufen, an der die Spezialitäten des Tages angeschrieben sind, und hab mich immer gefragt: »Kaffee Togo? Kaffee Togo? Kaffee Tansania? Kaffee Kongo? Was soll das?« Und warum in einem marokkanischen Falafelladen? Kaffee Togo? Was haben die Marokkaner mit Togo zu tun?«

Auch andere seltsame Dinge ereignen sich. Letztens bin ich durch den Weinbergspark gelaufen, und eine ominöse Gestalt guckt mich fragend an und ich sage: »Nein danke, ich brauche gerade nichts«, und als ich mich umdrehe, sehe ich, der hat ja eine grüne Uniform an und starrt mir ungläubig und verdattert hinterher, als hätte er gerade eine Kuh vorbeifliegen sehen. So auffällig verkauft er doch gar nichts, denke ich und gehe einkaufen.

Seit einer Weile schon arbeitet das Mädchen, das die Regale einräumt und in das ich mich verliebt habe, nicht mehr hier, was mir aber erst letzte Woche auffiel, als mir Herr Meyer bei den Milchprodukten anbot, mir seine Telefonnummer zu geben, und wir könnten ja mal was zusammen trinken gehen, ich würde ihn immer so nett anlächeln.

Vielleicht braucht Ehemals-Adlerauge-Sorge doch eine Brille? Beim Optiker um die Ecke sind alle Brillen der Auslage aber hässlichen Kürbissen aufgesetzt. Die grünen und gelb gefleckten, pusteligen Dinger sehen jetzt aus wie Köpfe, denen man eine Brille auf die Knollennase gesetzt hat. So will ich doch nicht aussehen, wie ein Kürbis, was ist das für eine Werbung?, denke ich und gehe schnell weiter, in den Blumenladen, um Briefmarken zu kaufen. Zunehmend verwirrt wollte ich durch den *Beate Uhse* nach Hause und wunderte mich, warum plötzlich der Hausflur so bunt war. Hatten die Schwaben schon zugeschlagen?

Wenn ich die Augen ganz doll zusammenkneife und auf einen windstillen Moment warte, kann ich die Schrift auf dem Pullover doch etwas deutlicher sehen. »Schwarze Pumpe« steht da. Ah, die Kneipe um die Ecke, wo sie so komisches Bier verkaufen, und da kommt auch schon ein Mann, der bestimmt dort kellnert, ans Fenster und holt den gelüfteten Pullover. Die *Schwarze Pumpe* ist keine schwäbische Kneipe, obwohl ich sie bei meiner derzeitigen Sehkraft wahrscheinlich auch für den Berliner Zoo halten könnte, oder *Karstadt* am Leopoldplatz. Vielleicht sollte ich einfach mal Fenster putzen? Ich gehe also in die Küche und frage die Katze, wo die Putzmittel stehen, wobei ich meiner verdutzten Mitbewohnerin den Kopf kraule und ihr eine drei Zentimeter lange Wurst Vitaminpaste unter die Nase halte.

Mit einem schmerzenden Kiefer gehe ich runter zum Falafel und bestelle einen starken Kaffee Togo. »Vielleicht brauche ich doch ne Brille?«, denke ich, während ich der Obstschale das Geld gebe.

Und nu hat er dich, oder wie?

Hinark Husen

Ich will einkaufen, mit dem Rad. Dazu müssen aber erst mal die Reifen aufgepumpt werden. Und zwar ordentlich. Ein ungefähr 12-jähriger Türke kommt mit seinem Kumpel vorbei: »Kann ich Ihnen helfen?«, fragt er im absolut ironiefreien Tonfall. »Kann ich Ihnen helfen?« – ja, hat der sie noch alle? Tatsächlich überlege ich einen kurzen Moment, ob ich beleidigt oder gerührt sein soll. Von Weddinger Jungs bin ich eigentlich anderes gewöhnt. Letztes Jahr zum Beispiel dieser arabische Bengel, als ich gerade mein Fahrrad vor der Haustür abschloss. Ich hatte ein rotes Käppi auf meiner Glatze, die Mutter einer Arbeitskollegin hatte es mir gestrickt und ich hab's spaßeshalber ein paar Tage getragen. Und der sieht mich im Vorbeigehen – mit seiner Mutter übrigens – und zischt mir »Judenschwein« hinterher. Leise und mit zusammengepressten Lippen, trotzdem deutlich zu verstehen. So was erwarte ich hier. Eigentlich hätte ich mir diesen Burschen zur Brust nehmen sollen. »Wie bitte?«, hätte ich sagen sollen, »was hast du da gesagt?« Und dann plötzlich dieser Milchbubi mit dem Helfersyndrom. Also, ich bin ja in einigen Dingen sehr tollpatschig, aber ein Fahrrad aufzupumpen, ohne dass es gleich irgendwie geriatrisch aussieht, das traue ich mir eigentlich noch zu.

Aber mein Bild von den hedonistischen »ich bin der King und darf hier alles«-Kids muss ich denn schon ein wenig revidieren. Dazu passen auch die zwei Jungs, die mich vor ewigen Jahren mal beim Knutschen mit einem Kerl in einer Hofeinfahrt erwischt haben. Lang ist's her, aber ich erinnere mich gut: Eine Geburtstagsparty im Stammcafé mit reichlich Hochprozentigem. Daniel hat sich kurz zuvor von seiner langjährigen Freundin getrennt und hängt deutlich zwischen den Seilen. Er sieht immer noch sehr mitgenommen aus, und ich versuche, ihn ein wenig aufzuheitern, was mir besser als vermutet gelingt. Man kommt sich näher, damit's nicht allzu sehr zum Getratsch wird, gehen wir raus um die Ecke und knutschen ein bisschen herum, als die zwei Jungs auftauchen, vielleicht knapp 10-jährig. Mitten in der Nacht, aber es waren wohl Herbstferien, und da sind die Kids hier durchaus lange auf der Straße. Die beiden stehen zunächst einfach nur da und gaffen uns an. Wir ignorieren sie. Dann fragt der eine: »Hey ihr da – seid ihr schwul?« Was soll man darauf antworten? Es war ja keine blöde Anmache, sondern tatsächlich eine Frage. »Na ja ...«, sag ich, »was würdet ihr denn vermuten?« Daniel verdreht die Augen, aber bei mir kommt der Hobbypädagoge durch. »Echt Alter, das sieht schon irgendwie schwul aus!«, sagt der eine ziemlich zaghaft, aber neugierig. »Also, für mich kann ich das schon bejahen«, höre ich mich sagen, »aber er hier, also ich meine, Daniel, hat eigentlich eine Freundin«. Daniel stöhnt genervt auf, sagt aber nichts. »Also er hatte eine Freundin«, korrigiere ich mich, und dann sagt der Kleine: »Und nu hat er dich, oder wie?« Und das alles, wie gesagt, in diesem mehr neugierigen als verächtlichen Tonfall. Daniel reicht's nun endgültig, er geht wieder rein. Ihm ist das Ganze doch eher zu blöd. Und mir wird klar, dass aus uns beiden wohl heute Abend nichts mehr wird, die beiden Jungs haben ihn in sein freudloses heterosexuelles Jammertal zurückgestoßen. Ich denke nur, wäre das fünf Jahre später passiert, hätten die beiden nicht einfach gefragt, sondern eine Schlägerei begonnen. Ich sag noch: »Es ist übrigens überhaupt nicht eklig, egal, was euch eure Brüder oder wer auch immer noch so erzählen werden«, und geh dann auch rein.

Den einen dieser neugierigen Steppkes sehe ich seitdem regelmäßig immer mal wieder, er dürfte inzwischen fast 18 sein. Nicht, dass wir uns grüßen, aber ich glaube schon, dass er mich erkennt. Und wenn ich mich gelegentlich auf der Straße küssend von meinem Freund verabschiede, überlege ich, was er wohl denken würde, wenn er jetzt an uns vorbei käme. Ob da schon wieder jemand seine Freundin verloren hat?

Das Weddinger Kuriosum

Paul Bokowski

Es gibt Leute, die studieren Design. Die heißen Dennis oder Christian. So wie Christian und Dennis. Die heißen Dennis und Christian, weil sie 1979 geboren wurden und weil Dennis und Christian 1979 die beliebtesten Vornamen Deutschlands waren.

Dennis und Christian wohnen im Friedrichshain, und weil sie nicht nur im selben Jahr, sondern auch noch am selben Tag geboren wurden – der Dennis und der Christian –, stehe ich jetzt hier in einer Designerwohnung im Friedrichshain, die entweder Dennis oder Christian gehört, und bin seit einer halben Stunde in eine intensive Konversation mit meinem Bier vertieft, während ich rhetorisch einwandfreien Partygesprächen lausche. Über gebürstete *Bauhaus*-Türklinken zum Beispiel und ob es für die Harmonie eines Raumes denn besser sei, ihn in »Mausgrau«, »Römisch Umbra« oder »Eierschale« zu streichen. Ich nehme noch einen Schluck von meinem Bier, einen tiefen.

Ich bin übrigens der einzige, der Bier trinkt, weil Dennis und Christian eifrig damit beschäftigt sind, jedem, der sich selbst durch die Tür hineindesignt, einen selbst gemixten Caipirinha mit Zuckerrand in die Hand zu drücken. So wie Annalena, die hat einen Mojito in der Hand und den Zuckerrand in ihrem Mundwinkel. Annalena studiert Betriebswirtschaft. Das hat sie mir nicht gesagt, aber das sieht man.

Genau genommen ist sie schon die dritte Annalena, die mich an diesem Abend anquatscht. Ihre Vorgängerin war mir ziemlich unsympathisch, aber weil die neue Annalena jeden ihrer Sätze mit »Meiner Meinung nach« anfängt und dann doch nur den *Tages-*

spiegel von vorgestern rezitiert, werde ich auch mit ihr nicht richtig warm und nippe beharrlich an meinem Bier.

»Also meiner Meinung nach wird Kafka unheimlich überschätzt. Dieses Samsa'sche Dilemma, in einen Käfer verwandelt zu werden, hat doch in einer postindustriellen Dienstleistungsgesellschaft überhaupt keinen Wert«, sagt Annalena. Wenn ich es mir genau überlege, ist sie doch ein bisschen unsympathisch.

Seitdem sie mit mir redet, bin ich in einen tiefen Hospitalismus verfallen. Jedes Mal, wenn sie einen Satz beendet hat, nicke ich ihr halbherzig zu und nippe an meinem Bier, immer im Wechsel. Das geht seit gefühlten Stunden so. Irgendwann aber wird Annalena ihre Selbstdarstellerei dann doch ein bisschen zu doof, sodass sie aus einer unangenehmen Stille heraus zu fragen beginnt, ob ich auch hier im Kiez wohne. Ich muss erleichtert lachen. Ich weiß ja auch, was kommt, und sage ihr, dass ich im Wedding wohne. Jetzt lacht sie. Wenn man Leuten im Friedrichshain erzählt, dass man im Wedding wohnt, finden die das immer fürchterlich lustig. Es scheint für Friedrichshainer die natürliche Reaktion zu sein. Annalena lacht immer noch. Vielleicht gehe ich noch mal schnell aufs Klo, bevor sie merkt, dass ich es ernst meine, oder hole mir ein neues Bier aus dem kleinen *Bulthaup*-Kühlschrank im Wohnzimmer, der fast genauso aussieht wie die *Bang & Olufsen*-Stereoanlage.

Eigentlich, wenn die Friedrichshainer aufhören zu lachen und merken, dass man es wirklich ernst meint mit dem Wedding, hat man ganz schnell wieder seine Ruhe. Annalena aber wird ganz fürchterlich neugierig. Wie ich denn dazu komme, im Wedding zu wohnen, will sie wissen, und ob das nicht fürchterlich, »na ja, gräulich« sei, »also gräulich, wie die Farbe.« – »Ach, eigentlich gefällt's mir da ganz gut«, sage ich, »ich bin da irgendwie gestrandet.«

An »irgendwie« glaubt Annalena aber nicht, sagt sie. Das hätte sie nie getan. »Inwieweit, denkst du denn, bist du der Wedding?« Annalena war früher auf einer Waldorfschule. Die möchten immer wissen, inwieweit man ein Stadtteil ist oder eine Farbe. Aber was erwartet man auch von Menschen, die ihren Namen tanzen können.

Annalena habe ich jetzt ein bisschen heiß gemacht. Während ich versuche, auf ihre Wedding-Frage zu antworten, und etwas von Jogginghosen und regelmäßigem Duschen erzähle, schart sich eine kleine Gruppe von Partygästen um uns herum, um einen Blick auf das Weddinger Kuriosum zu werfen. »Dennis und Christian sind geschwätzige Bastarde«, denke ich. Annalena legt unterdessen mit einer fast pathologischen Neugier den Weddinger in mir frei oder versucht stattdessen Dinge in mir zu finden, die auf ihre Definition eines Weddingers zutreffen könnten.

Nach ein paar Minuten sieht man vor lauter Leuten den eigenen Verstand nicht mehr vor Augen. Da stehen sie jetzt um uns herum: ein Dutzend *H&M*-Individualisten, und sehen im Grunde alle gleich aus. Es dauert nicht lange, bis die ersten in unsere Unterhaltung einsteigen und anfangen zu erzählen: von irgendeiner Steffi, die mal im Wedding gewohnt hat, von einem Loft in der Soldiner Straße, wie günstig die Mieten sind und wie »erfrischend« proletarisch die Bevölkerung. Ein Typ namens Jonas will wissen, was der Quadratmeter Miete kostet, und weil ich alles andere als gut im Kopfrechnen bin, stammle ich etwas von 59 Cent. Kurzzeitig ist man aus dem Häuschen. Dann muss ich mich korrigieren: »Ich zahle 340 warm«, sage ich. Die Stimmung sinkt zurück auf den Status quo. »Und wie groß ist deine Wohnung?«, fragt Jonas. »64 Quadratmeter«, sage ich, und wieder ist man aus dem Häuschen: Geraune, Gebrabbel, Gefriedrichshaine.

»Ich habe mir in der Pankstraße mal eine Wohnung in einem besetzten Haus angeschaut«, dringt es aus der zweiten Reihe. Wie viele Mojitos man wohl trinken muss, um der ernsthaften Überzeugung zu sein, es gäbe in der Pankstraße besetzte Häuser? Von wem denn bitte? Einer lesbisch-türkischen Kommune 1?

Das Interesse an meiner Person oder dem, was ich seit zwanzig Minuten zu vertreten gezwungen werde, wird immer größer. »Der Wedding kommt ja auch!«, wirft Annalena ein. Jeder, der im Wedding wohnt, wird es für wesentlich wahrscheinlicher halten, dass der Wedding in seiner Gesamtheit einen Orgasmus erlebt, als dass er jemals zu einem In-Bezirk wird. Allmählich nehmen die Gespräche über meine Wahlheimat ein beunruhigendes Maß an Ernsthaftigkeit an. Ich habe ein wenig Sorge davor, dass Annalena und Jonas nach dem nächsten Caipirinha übereinander herfallen, kopulieren und mit ihren frisch gebackenen Kleinfamilien aus Thorbens, Lottes und Annikas in den Wedding ziehen möchten.

»Vielleicht werdet ihr ja der neue Friedrichshain«, sagt Jonas, und ich lache. Ich lache laut auf, als gäbe es keinen abwegigeren Gedanken, und ein bisschen, als hinge mein Leben davon ab. Aber sie durchschauen mich. Ihre Designerblicke erkennen das schwitzige Glitzern auf meiner Stirn, den angsterfüllten Ausdruck in meinen Augen. Und ich habe Angst, panisch Angst. Um den Typen, der einem immer Gras andrehen will, während er in unseren Hausflur pinkelt; meinen Hauswart, der nur grüßt, wenn er morgens besoffen aus dem *See-Tank* stolpert; um den Libanesen von gegenüber, bei dem ich mich nicht traue einzukaufen; um meine Nachbarn, die jeden Klingelton als Maxi-Single haben; um *Fränkel's Fleischimbiss* in der Müllerhalle, bei dem man zu jeder Bulette einen Stamm Kolibakterien gratis bekommt. Ich habe Angst, dass die Kinder in meinem Hof nicht mehr mit Schnee, Scheiße und Müll nach einem werfen, sondern dass kleine Arierkinder mich im Vorübergehen um etwas Mehl und Zucker bitten, weil sie im neuen Kinderladen um die Ecke einen Toleranzkuchen backen möchten. Ich habe Angst, dass im Töpferladen in meiner Straße ein Zentrum für multikulturelle Verständigung aufmacht und *Tante Elli* ihre Kneipe in »Ella« umbenennt und nur noch südfranzösische Küche anbietet; dass im alten Möbelladen an der Ecke ein Deli aufmacht, dass ich im Kiosk gegenüber nur noch die *Neon, Spex* und *Bionade* bekomme und die Lüderitzstraße die verdammte neue Simon-Dach-Straße wird.

»Ach!« sage ich, »meiner Meinung nach wird der Wedding ohnehin überschätzt. Diese beharrliche Erwartung eines umbrechenden urban-kulturellen Aufstiegs hat seit der Berliner Bezirksreform doch überhaupt keinen Wert mehr. Seitdem wir zu Mitte gehören, ist es doch schleichend schon fast ein bisschen pastellig geworden.«

»Was meinst du denn mit ›pastellig‹?«, will Annalena wissen.

»Na ja, so kontrastlos eben! Diese Galerie in der Schererstraße, das ajurverdische Yogazentrum in der Togostraße, die neue Shisha-Bar in der Brüsseler, überall Sushi, und in der Liebenwalder gibt es sogar eine Lesebühne. Ich meine, wir sind ja schon fast die neue Neue Mitte!«

Auf einmal steht Annalena wieder ganz alleine da. Hospitalistisch nickt sie mich an, schaut umher und nippt beharrlich an ihrem Mojito. Gleich wird sie behaupten, mal aufs Klo zu müssen, dann schnappe ich meine Sachen und fahre nach Hause, nach Hause in den Wedding.

200 Wochen Hinterhaus, 3. Stock

Heiko Werning

1. Woche: Die Menschen, die heute durch den Innenhof laufen, sehen so derart normal aus, dass mir gleich klar ist: Die sind nicht von hier. Zwei ganz gewöhnliche Männer Mitte 40, wie aus der Fernsehwerbung, keine Ausländer, keine vom Alkohol ausgezehrten Gesichter und Gliedmaßen, keine Haare bis auf die Schultern, keine Tattoos auf den Armen, nirgends Metall – so was haben wir hier sonst nicht. Misstrauisch gucken die Nachbarn aus den Fenstern. Dann betritt das junge Paar die Szene. Leicht flippig gekleidet, so wie junge Paare in der Fernsehwerbung immer aussehen, so, wie sich Werbeagenturen und Werbegucker leicht flippige Adoleszente halt vorstellen, mit dem am Körper, was *H&M* für leicht flippige Adoleszente so auf der Stange hat – so was haben wir hier eigentlich auch nicht. Der Fall ist klar: Westdeutsche ziehen ein.

Und tatsächlich: Nach ein paar Minuten gehen sie wieder durch den Hof zur Straße, um bald darauf mit Kisten und Gerät wieder- und wiederzukehren. Das junge Paar zieht in unser Haus, und die Väter helfen beim Einzug. Leicht irritiert wirken sie manchmal, wenn sie auf den bröselnden Putz im Treppenhaus blicken oder auf das Graffiti, auf das kleine Elektroschrottlager neben den Mülltonnen oder die großteils mit Paketband zugeklebten Briefkästen. Einer davon gehört jetzt ihren Kindern. Mit dem Teppichmesser schneiden sie ihn frei. Die Werbezettelausträger werden sich freuen.

Die Väter bleiben das Wochenende, man hört es bohren und sägen und schleifen aus den Fenstern im dritten Stock. Die Hausgemeinschaft ist skeptisch. Wie lange die es wohl aushalten hier? Aber wir wissen noch zu wenig, um begründete Schätzungen abgeben zu können. Da bleiben nur die Erfahrungswerte mit den Vorgängern. Wir einigen uns auf fünf Monate, dann Umzug nach Prenzlauer Berg.

6. Woche: Das junge Paar schlägt sich tapfer. Es trägt Getränkekisten nach oben, *Tannenzäpfle*-Pils, Weinflaschen, sogar diese kleinen grünen Fruchtsaftkisten. Es kommt mit *Reichelt*-Tüten heim. Mal lugen Lauchstangen heraus, mal liegen Salatköpfe obenauf. Sie haben so ein lustiges braunes Biomülleimerchen, mit dem sie zum lustigen großen Biomülleimer gehen, wo sie dann auf die darin liegenden Plastiktüten voll Hausmüll ihre Kaffeefilter und Kartoffelschalen kippen. Ertappe mich bei nostalgischen Gedanken. Ich war ja auch mal jung. Ich habe auch mal Müll getrennt. Ich hab auch mal Fruchtsaftkisten getragen. Fast gerührt blicke ich den beiden nach, wie sie im Hauseingang verschwinden.

8. Woche: Nachdem ich morgens aufgestanden bin, sehe ich sie stets durch mein Küchenfenster, wenn ich darauf warte, dass der erste Morgenkaffee durchgelaufen ist, wieder nach Hause kommen. Nur einmal, als ich nachts aufs Klo musste und kurz in der Küche war, um etwas zu trinken, sah ich sie im Morgengrauen aus dem Hof nach draußen entschwinden. Richtung Uni. Zur 8-Uhr-Vorlesung. Mich schauderte, und schnell legte ich mich wieder schlafen.

14. Woche: Es klingelt Sturm. Akshat, unser Hausmeister, steht vor der Tür und hält mir aufgeregt einen Zettel vor die Nase. Er spricht zwar fast akzentfrei Deutsch, Deutsch lesen hat er aber nicht gelernt. »Was ist das denn?«, fragt er mich aufgeregt. Ich reibe mir verwundert die Augen und blicke auf den Zettel. »Wo hast du den denn her?« »Davon hängen mehrere hier im Haus! Was soll das? Ich musste die alle mühsam von der Wand abkratzen!« Ich las. In schöner, großer Mädchenhandschrift stand da: »Liebe Nachbarn! Endlich kommen wir am Samstag dazu, unseren Umzug nach Berlin mit einer großen

Einweihungsparty zu feiern. Dazu sind Sie alle herzlich eingeladen, kommen Sie doch einfach vorbei. Und sehen Sie es uns bitte nach, wenn es nachts etwas lauter werden sollte. Ihre Nachbarn aus dem Hinterhaus, dritter Stock, Julian Kessler und Birthe Langmeier«. Fassungslos blickt Akshat mich an, nachdem ich es ihm vorgelesen habe. »Von so was hat Milan mal erzählt«, sagt er, »der arbeitet als Hausmeister in Friedrichshain.«

30. Woche: Sie werden lauter beim Sex und lassen das Fenster jetzt dabei geöffnet. Ich glaube, sie leben sich langsam ein.

42. Woche: Statt der *Reichelt*-Tüten tragen sie immer häufiger die in Alu-Folie eingeschlagenen Päckchen, oft auch die quadratischen Pappschachteln. Allmählich sehen die Löcher in ihren Jeans nicht mehr aus, wie extra so erworben, sondern wie »Scheiße, kannste eigentlich nicht mehr anziehen, aber egal, hab grade nichts anderes, nächste Woche muss ich aber wirklich mal wieder einkaufen.«

75. Woche: Beim Sex werden sie wieder leiser, dafür dringt jetzt öfter lautes Geschrei aus ihren Fenstern. Akshat meint, vielleicht bleiben sie doch länger.

130. Woche: Lange schon keine Fruchtsaftkiste mehr gesehen. Überhaupt selten Kisten. Häufig *Aral*-Tüten. Akshat meint, sie könnten sich ruhig auch mal neue Klamotten kaufen, bei *Zeemann* seien die doch ganz preiswert. Am Wochenende furchtbarer Lärm aus ihrer Wohnung. Lautes Wummern und Grölen, ohne jede Vorwarnung. Akshat beschwert sich am Montag darauf über Bierflaschen im Innenhof, außerdem habe jemand von oben in den Flieder gekotzt.

186. Woche: Sie kommen mit großen Tüten von *H&M* nach Hause. Schon das dritte Mal in dieser Woche. Sie sogar mit einer von *Douglas.*

188. Woche: Heute morgen verließen sie Hand in Hand das Haus. Er im Anzug, mit Krawatte, sie in einem schicken Kleid. Ich glaube, es geht allmählich zu Ende.

198. Woche: Akshat hält mir den Zettel vor die Nase. *Verdana*, Schriftgröße 16, Fettdruck. »Liebe Nachbarn. Am kommenden Samstag feiern wir unser Diplom und unseren Auszug. Falls es lauter werden sollte, bitten wir um Entschuldigung.« Er schüttelt traurig mit dem Kopf: »Sie haben sich einfach nicht richtig integriert.«

199. Woche: Morgens, als ich die Zeitung aus dem Briefkasten hole, begegnet Birthe mir im Flur. Julian habe einen Job in einer Agentur für Veranstaltungsmanagment in Karlsruhe, und sie sei im dritten Monat schwanger. Am Wochenende zögen sie aus. Am Samstag sehe ich zwei ältere Männer durch den Hof gehen, Ende 40, erstaunlich normal aussehend. Die gehören hier nicht hin, das sieht man auf den ersten Blick. Sie wirken erleichtert, als sie auf den bröckelnden Putz und die Graffiti blicken. Bald darauf tragen sie Kisten und Gerät aus dem Hinterhaus zur Straße.

200. Woche: Als ich morgens die Zeitung reinhole, treffe ich Tarik im Flur. Er klebt einen weiteren Briefkasten mit Paketband ab.

II. Mit Fleisch

Versuche zum Dialog der Kulturen (2)

Im Drogeriemarkt am Bahnhof Friedrichstraße. So selbstverständlich wie möglich lege ich eine Packung Kondome auf das Band und halte das Geld bereit.

Kassiererin: Und? Sammeln Sie auch Treueherzen?

Dialog gescheitert. *(Heiko Werning)*

Tragischer Entwicklungsroman

Er war wie alle anderen. Er trug eine Basecap und eine schwarze Lederjacke. Die Säume seiner verwaschenen Beutelhose steckten in den Tennissocken über den *Nike*-Schuhen. Er sagte das, was alle sagten: »Ey Hurensohn, isch ficke deine Mudda!« Er tat alles, um dazuzugehören und wurde dennoch nicht akzeptiert. Traurig fuhr er von dannen. Die Stützräder an seinem Fahrrad quietschten eine traurige Melodei. *(Volker Surmann)*

Selbstbewusst

Nicht kleckern, klotzen! An einem Elektronikhandel in der Lüderitzstraße ist mit Weddinger Selbstbewusstsein ein Schild angebracht: »Wir sind Spezialisten für alles!« *(Frank Sorge)*

Neues Lernen

Wikipedia-Informationen werden bei mir im sogenannten Internet-Hirnareal verarbeitet. Das muss man sich vorstellen wie eine Salatschleuder, in der man versucht, Reis zu waschen und sich anschließend wundert, dass in der eigentlichen Trommel nichts mehr hängen geblieben ist, sondern der komplette Reis im Waschwasser liegt. So ist das bei mir mit *Wikipedia*-Informationen. *(Hinark Husen)*

Lieferfahrer Frank

Frank Sorge

Als Neuköllner habe ich dem Wedding nie getraut. Wie eine Katze, die mehr Respekt vor einer anderen Katze hat, als vor einem Hund, dem dummen Hund. Zehlendorfern, Sachsen und Schwaben kann man vielleicht etwas vormachen, was Neukölln angeht. Der Weddinger hingegen sieht sich lässig über beide Schultern um und meint: »Erzählst du mich, Alter? Denkst du, isch hab keine Peilung, oder was? Ist doch gleische Scheise hier.«

Mich befiel früh ein Unbehagen, wenn ich an den Wedding dachte, als hätte man mir erzählt, ich hätte einen Doppelgänger in der Stadt, der »genau so« aussieht, aber mit Brille und Fußballtrikot auf dem Weg zum *Hertha*-Spiel war und gegrölt hat: »Olé olé olé olé!«, oder am Imbiss stand und einer vorbei schlendernden Frau zulallte: »Na Mausi, schonmal *Sambuca* jetrunken?«, oder der im Supermarkt *Yakult* gekauft hat, oder *Charming*-Toilettenpapier. Es gruselt mich die Vorstellung, jemand schreibt mir die unglaublichsten Dinge zu und lächelt dann immer so wissend, wenn man sich trifft. So ungefähr ergeht es auch den Doppelgänger-Stadtbezirken Neukölln und Wedding, alles wird beiden zugeschrieben.

Ich weiß es vermeintlich besser, aber sonst würde ich die offensichtliche Völkerfreundschaft mit der Theorie verfechten, in der Frühzeit Berlins wäre die große spreeköllnische Platte in zwei Teile gerissen und seitdem einige Millimeter im Jahr auseinandergedriftet, bis Mitte und Kreuzberg nachsprudeln und erhärten konnten. Fünfziger-Jahre-Flachbauten, Plattenbau und Wohncenter wuchsen nach und trennten die gleichförmigen Biotope der Urbevölkerung ausreichend voneinander, sodass diese sich unabhängig entwickeln konnten.

Als Neuköllner Kind war ich wirklich fast nie im Wedding, warum auch? War doch das gleiche: Hasenheide – Humboldthain, Arbeitsamt Süd – Arbeitsamt Nord, *Karstadt – Karstadt*. Außerdem war die Mauer dazwischen. Ich hätte natürlich drumherum radeln können, aber schon im Kindergarten ersonnen wir das kleine Lied »Da ist die Mauer«, ging irgendwie so: »Da ist die Mauer,/ da ist die Mauer,/ fahr doch herum,/ fahr doch herum«, und man musste antworten: »Ich bin nicht dumm,/ Ich bin nicht dumm./ Hinter der Mauer,/ hinter der Mauer«, und dann mussten die Jungens brüllen: »lauert der Wedding!«, und die Mädchen rannten kreischend weg und wollten wieder eingefangen werden. Schöne alte Zeit.

Die U-Bahn fuhr natürlich auch von Neukölln in den Wedding, unter Mauer und Mitte hindurch, an den Geisterbahnhöfen vorbei, vor denen mir pflichtgemäß gruselte. Außerdem hatte ich keine Monatskarte mit U-Bahn-Netz, sondern nur eine riesige Pappkarte mit zwei Buslinien drauf, die ich benutzen durfte. Die eine führte zum Halleschen Tor, die andere bis nach Moabit, wo ich dem Wedding schon gefährlich nahe gekommen wäre.

Vielleicht stimmte ja auch, was wir als Kinder fürchteten, dass im Wedding ein anderes Kind genau so wie wir hieß, aber ein wüster Schläger war, wie alles, was mit dem Wedding zu tun hatte, uns schlimmer vorkam als zu Hause. Neukölln war der Arbeiterbezirk, Wedding der Arbeitslosenbezirk, Wedding hatte *Hertha BSC* geboren, wir den wundervollen *TSV Rudow*. Dass viele von uns Ausländer sind, fand ich immer gut – aber wir konnten in Neukölln mit definitiv mehr Zeugen Jehovas aufwarten!

Dann aber, die Mauer war weg, bekam ich einen Job im Wedding und wurde aushilfsweise Lieferfahrer. Müller-/Ecke Seestraße, Elektronikfachgeschäft *Peinsack* (ist ein schlechtes Anagramm). Gut lief der Laden nie, seit ich dort angefangen hatte, und natürlich war auch die Wende schuld. Kurz nach Mauerfall strömten Abertausende über die Bornholmer Brücke, holten hundert Mark, liefen weiter, kamen zum Laden mit dem lustigen Namen und kauften einen Fernseher, zugleich fielen von Süden die konsumierenden Horden über die Friedrichstraße ein. Es sprach sich herum, dass es verkehrsgünstig einen Laden mit schönen Fotoapparaten, Kameras, Fernsehern und mehr gab, *Peinsack,* mit bequemen Parkplätzen auf dem Mittelstreifen davor. Immer mehr Menschen plünderten das Geschäft wochenweise bis aufs Lager, und der geschäftstüchtige Inhaber vergrößerte und vergrößerte sich. Dann vergrößerte er sich noch ein bisschen mehr, und noch ein bisschen. Das stolze Geschäft hatte jetzt zwei riesige Etagen mit CD-Abteilung, professionellem Fotogeschäft, Fernsehern, Stereoanlagen und einem *Bang & Olufson*-Studio, als ich dazukam.

Repariert wurde auch noch in großem Stil (bevor der Einweg-Fernseher mit eingebauter Kaputtgehzeit in Mode kam), und wer einen kackbraunen *Grundig* mit zerdelltem Lautsprechergrill ohne Fernbedienung aus den frühen Achtzigern besaß, rief bei uns im Geschäft an, wir holten ihn ab und brachten ihn auf die Krankenstation in den Hinterräumen. Unter 150 Mark war es bei einer Reparatur kaum getan, und als das Geschäft in voller Blüte stand, hungrig Konsumenten erwartend, und mehr als 15 Angestellte hatte, starb die traditionelle Kundschaft, und die Jungen machten rüber zur Pankstraße, »Ich bin doch nicht blöd!«-sein. Als die Atmung schon flacher geworden war, kam noch die Straßenbahn und eliminierte die Parkplätze, und da in Deutschland viele nicht ohne Auto kaufen, noch weniger Fernseher ohne Auto kaufen, konnten noch so viele Autos von der Bornholmer Brücke Richtung Autobahn rollen – sie konnten nicht mehr anhalten! Abbiegen schon und dann runter zum *Media Markt* heizen, wo der große Umsatz hinwanderte, und Hoffnung ersetzte nach und nach die unbiegsamsten Stammkunden und starb dann zuletzt. Erst wurden es ein paar weniger, und weniger, und noch ein paar weniger. Da erst hab ich den Wedding mal kennengelernt, als Lieferfahrer aus Neukölln. – Blutjung und auf Droge (is nurn Scherz!), und bemerkte: Es ist alles viel schlimmer!

Da kenne ich keine Skrupel

Paul Bokowski

Ich stehe ratlos vor meinem Briefkasten und wende das cremefarbene Kuvert grübelnd in meiner Hand. Eine telefonische Belästigung durch meine Eltern, insbesondere durch meine Mutter, bin ich seit meinem Auszug vor vielen Jahren ja gewohnt.

»Hallo. Schläfst du noch?«

»Ja.«

»Rate mal, wen ich eben getroffen habe!«

»Ich weiß nicht.«

»Die Tante Inge.«

»Wen?«

»Na, die Tante Inge.«

»Mama, ich habe keine Tante Inge.«

»Na doch, die Inge. Die kennst du. Mit der habe ich früher gearbeitet. Ihr Kinder habt immer ›Tante Inge‹ zu ihr gesagt.«

»Welche Inge denn? Und was heißt hier überhaupt ›ihr Kinder‹? Ich bin Einzelkind, Mutter! Bei uns gab es keine Kinder.«

»Mensch! Du kennst doch die Inge noch. Die Schwarze!«

»Wie, die Schwarze?«

»Na, die hatte immer so schwarze Haare.«

»Deswegen ist sie noch lange keine Schwarze, die Inge!«

»Na siehst du! Du weißt doch, wen ich meine.«

»Nein, Mutter! Ich weiß nicht, wen du meinst!«

»Doch, doch. Die Inge. Die kennst du. Da bin ich mir ganz sicher.«

Noch immer drehe ich den cremefarbenen Briefumschlag in meiner Hand. Wäre es nicht ein Brief, sondern eine E-Mail, ich würde einfach auf den kleinen Mülleimer klicken, und die Nachricht rutschte zu meinen anderen engen Freunden *Vivienne Cox, Tamara Dickson* und *Mahnung Sparkasse* in den Spamordner. Das Medium ist die Botschaft. Da kenne ich keine Skrupel. Im Krieg und im Internet ist alles erlaubt.

Dieser kleinen Postwurfsendung meiner Eltern allerdings, die mich mit ihrer D-Mark-Euro-Übergangsmarke anstarrt, habe ich nichts entgegenzusetzen. Vor dem Haus steht ein Briefkasten der *Deutschen Post.* In meiner Tasche spüre ich einen Kugelschreiber. Die Versuchung ist gewaltig. »Unbekannt verzogen«, würde ich neben das Gesicht von Clara Schumann kritzeln. »Unbekannt verzogen«, und den Brief wieder auf seine Reise schicken. Eine Nachricht der Abweisung. Das wollte ich meinen Eltern antun. Aber ich durfte nicht. Ich konnte nicht.

Schon in das Adressfeld hat meine Mutter systematisch Schreibfehler eingearbeitet, einzig und allein, um Mitleid zu erregen und mich in eine wohlwollende Stimmung zu versetzen.

Wenn du auf einem Flohmarkt etwas verkaufen willst, dann musst du Mitleid erwecken. Sonst stehst du am Ende des Tages noch da mit all deinen Schallplatten von Michael Jackson und Roy Orbison und dem drehbaren Musikkassettenständer, da kann er noch so retro aussehen. Am besten schreibst du dir ein Schild. »Alles zum halben Preis« sollte darauf stehen, weil Geiz fast genauso gut zieht wie Mitleid. Das Schild schreibst du in Großbuchstaben. Das Wort »alles« allerdings nur mit einem »l«, das »n« von »halben« schreibst du spiegelverkehrt und in den i-punkt von »Preis« machst du ein kleines Loch. Dann besorgst du dir ein Kind, am besten so schmutzig, dass man nicht genau sagen kann, ob Junge oder hässliches Mädchen, setzt es an den Tapeziertisch und versteckst dich hinter dem Schild, bis die ersten Leute kommen. Die werden das Schild anschauen, das Kind, dann wieder das Schild und das spiegelverkehrte »n« und sich denken: »Ach wie süß.« Ein wohlfeiles stumpfsinniges Lächeln wird über ihr Gesicht wandern, und sie werden den Blick über die Auslage schweifen lassen und schließlich sogar den gröbsten Unfug an sich nehmen wollen. »Was soll denn das indianische Traumfängerchen kosten?«, werden sie schließlich fragen. Ein Werbegeschenk von *Bertelsmann*. »15 Euro«, flüsterst du dann durch das Loch im i-Punkt. »15 Euro«, sagt das Kind. Am besten suchst du dir ein Kind, das lispelt, in einem logopädischen Kindergarten vielleicht. Das zieht noch ein bisschen besser. »Was?«, werden die Leute sagen, »15 Euro für so ein Traumfängerchen ist schon ein bisschen teuer.« Dann flüsterst du ein zweites Mal durch den i-Punkt, und das Kind soll sagen: »Wenn ich den Traumfänger nicht verkaufe, dann schlägt mich meine Mama.«

Während ich die Treppe in den vierten Stock hinaufsteige, lasse ich meinen Blick nochmals über das Adressfeld schweifen. Tatsächlich hat meine Mutter, wohl eher aus Zufall, einen Fehler eingebaut. Sie hat die Straße falsch geschrieben. Lüderitzstraße. Mit »y« hinter dem »l« anstatt dem »ü«. Lyderitzstraße. Im Grunde ein polnischer Gewohnheitsfehler. Denn mit gewissenhafter Überzeugung schreiben meine schlesischen Eltern seit nunmehr einem Vierteljahrhundert jedes deutsche Wort, in dem ein »ü« vorkommt, lieber mit »y«. Yberraschung, myde, gryn oder Yberweisung. Gelangen sie allerdings an ein Wort, das zur Abwechslung mal wirklich ein »y« in sich trägt, regt sich auf einmal der kleine klugscheißerische Konrad Duden in ihnen und schreibt »Psüchologie« oder »Labürinth«. Einmal las ich Labyrinth sogar mit Doppel-Ü: »Labürünth.« Kurzzeitig wähnte ich mich anatolischer Abstammung.

Wer einmal in seinem Leben auf dem nationalen Schlesiertreffen in Hannover war und noch immer einen todsicheren Weg sucht, die mehr als treudeutschen Ostgebietler und zugleich einzigen NPD-

Wähler mit Migrationshintergrund von ihrer angeheirateten Westverwandtschaft zu unterscheiden, dem seien folgende Prüfungen ans Herz gelegt: Zum einen ist es ratsam, den rechten Oberarm zu untersuchen. Ein Westarm ist glatt und unversehrt, während auf jedem Spätaussiedlerbizeps eine kreisrunde Narbe zu finden sein wird, als hätte man die Ostjugend nicht mit einer Nadel geimpft, sondern mit einem Prittstift. Reicht auch diese Information nicht aus, um Schlesier von Mutterländlern, Heimatvertriebenen oder Sudentendeutschen zu unterscheiden, sei dem Schlesier einfach ein Zettel und ein Stift in die Hand gedrückt und die Aufforderung mitgegeben, einmal das Wörtchen »Gynäkologenüberschuss« zu schreiben. Wird man nun »Günäkologenyberschuss« auf dem Zettel lesen, so kann man sich sicher sein, einen Menschen vor sich zu haben, der noch immer weiß, welche Postleitzahl die freie Reichsstadt Danzig hatte.

Als ich den vierten Stock erreiche, meine Wohnung betrete und die Tür hinter mir ins Schloss fällt, klingelt das Telefon.

»Hallo. Bist du wach?«

Es war meine Mutter.

»Ja.«

»Hast du meinen Brief gekriegt?«

Ein letztes Mal drehe ich das Kuvert in meinen Händen.

»Welchen Brief?«

»Na ich habe dir einen Brief geschickt.«

»Warum schickst du mir denn Briefe?«

»Na, deine E-Mails liest du ja nicht.«

»Du kannst doch zur Abwechslung mal anrufen.«

»Warst du denn heute schon am Briefkasten?«

»Ja. Gerade eben.«

»Und?«

»Kein Brief.«

»Kein Brief?«

»Nö. Nur eine Karte von Thomas.«

»Wer ist denn Thomas?«

»Mama. Du kennst doch Thomas.«

»Ich kenne keinen Thomas.«

»Natürlich kennst du Thomas. Der hat mit mir studiert.«

»Welcher Thomas denn?«

»Na, der Rote.«

»Wie? Der Rote?«

»Na, der Thomas mit den roten Haaren. Den kennst du doch! Sag mal, Mama: Schläfst du noch?«

Einer ist entkommen

Hinark Husen

Vielleicht hätten sie etwas ahnen können, war ihnen doch am Vortag ein zitronengelber Wellensittich entflogen, einen Tag vor der Razzia. Meine ehemaligen Nachbarn, die Betreiber des Fenerbahçe-Vereinsheimes im Parterre, haben immer bei einigermaßen schöner Witterung zwei Käfige an die Hauswand gehängt, so wie man das aus dem Süden kennt, wo allerdings zumeist einheimische Arten wie Buch- oder Distelfink einsam ihr Leben fristen und vergebens um die Gunst eines Weibchens trällern.

Meine arabischen Nachbarn hielten die Vögel immerhin pärchenweise. In dem einen allerdings, etwas unkonventionell, wohnte ein Nymphensittich mit einem Wellensittich zusammen, und der kleinere hatte sich nun auf und davon gemacht. Die Käfignachbarn beobachteten dies mit einer schweigenden Gleichgültigkeit, ganz als ob sie dachten, das konnte eh nicht lange gut gehen, während sich der verlassene Nymphensittich, diese artenkritische Betrachtung seiner biederen Nachbarn ignorierend, die Seele aus der Brust zwitscherte. Es herrschte eine große Aufregung in der Straße, wie sie selbst von der sich tags darauf abspielenden Polizeirazzia nicht übertroffen wurde. Seine neue Freiheit auskostend, thronte der kleine Papagei auf der Krone einer Straßenlinde und ignorierte die Ansammlung von flötenden, trillernden und fiepsenden Arabern unter ihm.

Am nächsten Tag hoffte die in zwei Wannen angerauschte Polizeitruppe, die Vereinsmitglieder würden auch ihr etwas zuträllern, insbesondere, was die Lagerung von Drogen betraf, doch wieder war es nur der Nymphensittich, der hinter den Gittern des Käfigs kakophon seine Einsamkeit bekundete. Zumindest bis ich mich nicht ganz freiwillig ins Spiel brachte. Beim Aufschließen meines Fahrrades im Innenhof sprach mich eine der Grünjacken an, ob ich in der letzten Zeit hier auffällig oft Menschen vom Vorder- zum Hinterhaus hin und her laufen gesehen habe. »Nö, eigentlich nicht, wissen Sie, ich wohne im Vierten, da kriege ich von unten nicht so viel mit!« Ich fühlte mich ein bisschen wie der Sittich in der Lindenkrone.

»Kennen Sie denn den Betreiber des Vereinsheimes Fenerbahçe?«

»Na klar, vom Sehen halt, man wohnt ja schließlich im gleichen Haus.«

»Ach, der wohnt auch hier?«

»Na ja«, sagte ich, überlegend, ob mein folgender Satz nun schon einer Denunziation gleichkäme, »der hat doch auch die Wohnung über den Clubräumen.«

»Nicht uninteressant, danke schön!«, murmelte der Einsatzleiter in den überraschenderweise gar nicht vorhandenen Schnauzbart, und ich geriet nun schwer ins Grübeln: Hatte ich mich da vielleicht jetzt doch ein bisschen zu weit aus dem Fenster gelehnt, und – weitaus schlimmer – würden mich meine arabischen Nachbarn aufgrund dieser Aussage besuchen und mich – na ja, sagen wir mal – noch weiter aus dem Fenster lehnen?

Zurück vom Einkauf sah ich besagte Wohnungstür weit geöffnet und drinnen ein grünes Gewusel. Oha, sie waren also fündig geworden. Im Vorbeigehen sprach mich der Einsatzleiter noch mal an: »Entschuldigung«, sagte er sehr höflich, »hätten Sie noch mal einen Moment Zeit?« Was immer er wollte, warum nur bekam ich immer stärker das Gefühl, dass das nicht gut ausgehen würde? »Eigentlich nicht«, antwortete ich ebenfalls sehr höflich, und er beeilte sich zu versichern, dass es nur darum ginge, meine Aussage zu Protokoll zu nehmen.

»Aussage, was denn für eine Aussage, um Himmels Willen, ich habe doch keine Aussage gemacht!« Ich sah mich schon kopfabwärts aus meinem Schlafzimmerfenster baumeln, meine Fußknöchel umfasst von starken, sehr wütenden, arabischen Händen.

»Wir könnten das schnell oben bei Ihnen erledigen«, fuhr der Beamte fort, meinen Widerwillen völlig ignorierend. »Na ja, ich kann mich auch gleich hier aus dem Fenster werfen«, wollte ich sagen, korrigierte mich aber noch und meinte, ich hätte doch quasi nichts gesehen, und es sei mir schon sehr daran gelegen, mit meinen Nachbarn im friedlichen Einvernehmen zu wohnen. »Na, die werden ohnehin nicht mehr zurück kommen.«

»Das sagen Sie so in Ihrem jugendlichen Leichtsinn!«, dachte ich so bei mir, aber lief natürlich dem Beamten zum Einsatzwagen willfährig hinterher, weil ich ihn in meiner Wohnung denn doch nicht haben wollte. Vor allen Dingen, wenn meine Mitbewohnerin Jessica und ihre Freundin Karin dort kiffend am Küchentisch gesessen hätten, was nicht auszuschließen gewesen wäre. Also folgte ich dem Grünrock in die Wanne, fühlte mich aber doch extrem aus allen Nachbarfenstern beobachtet. »Sie müssen entschuldigen, wie es hier aussieht ...«, meinte der Einsatzleiter, als ich mich in die Wanne setzte, und ich konnte ein gewisses Grinsen nicht unterdrücken. »Sie müssen entschuldigen, wonach es bei mir riecht«, hätte ich eventuell noch sagen können, wäre mir der Bulle mit nach oben gefolgt. Aber das tat jetzt nichts zur Sache.

Der Rest ist schnell erzählt: Ich gab zu Protokoll, den Vereinsheimbetreiber des Öfteren beim Verlassen seiner »Wohnung« im ersten Stock gesehen zu haben, und verabschiedete mich. Keine 24 Stunden später fand ich einen erwürgten Wellensittich auf meiner Fußmatte. Zufälle gibt's, das glaubt man gar nicht.

(Woran ich erkannt habe, dass der Vogel erwürgt wurde? Ganz einfach: Er war nicht gerupft!)

Standortwahl

Robert Rescue

Wer im Wedding wirtschaftlich Fuß fassen will, nennt sein Geschäft *Billig* oder *Preiswert* oder als Discounter *Aldi* oder auch *Penny*, wobei *Penny* deutlicher klingt als *Aldi*.

Am besten gehen jedoch *Pfennigland, Fundgrube, Restposten* und *Lagerverkauf*, am besten per Außenmikrophon ausgerufen, damit es jeder hört und angelaufen kommt:

»Hier, meine werten Damen und Herren, bieten wir ihnen erlesene Produkte zu sensationell günstigen Preisen. Kaufen Sie hier ein, dann wird Ihnen geholfen. Hier kostet alles nur 50 Cent, selbst die Artikel, die nicht so aussehen, als würden sie 50 Cent kosten, kosten 50 Cent. Darauf gebe ich Ihnen mein letztes Hemd, das ich gerade trage.«

Legendär ist das Kaufhaus, welches mal in der Utrechter Straße seine Türen öffnete und die Weddinger in Scharen anzog, was wohl an dem Namen lag: *Super-günstig-preiswert-billig-ansichumsonst.*

Bei dieser Ladenbezeichnung, das kann sich jeder denken, ist dem Eigentümer kein wirtschaftlicher Erfolg vergönnt, was schließlich nach einer Woche durch eine plötzliche Geschäftsaufgabe, ohne Räumungsverkauf übrigens, auch geschah.

Geschäften, die nicht ausdrücklich einen Anspruch auf »billig« erheben, bringt der Weddinger Misstrauen entgegen, in der Art, dass er solchen Geschäften aus dem Weg geht und diese handeln lässt, bis ihnen betriebswirtschaftlich die Puste ausgeht und sie durch große Schilder mit dem Aufdruck »Räumungsverkauf« deutlich machen, dass sie sich geschlagen geben. Dann erst geht der Weddinger dort einkaufen.

»Liebling, ich glaube, du brauchst mal wieder neue Schuhe.«

»Ich denke auch, meine Süße. Ich habe gesehen, dass das Schuhgeschäft in der Müllerstraße für nächste Woche Räumungsverkauf zu supergünstigen Preisen angekündigt hat. Da können wir dann mal hingehen.«

Es gibt allerdings mindestens ein Geschäft im Wedding, das dem ganzen Preisdruck, dem ganzen »Ich mach auf billig« und vor allem, jedem Ausverkauf trotzt – das Wohnmöbelgeschäft *Graetz Wohnstil* in der Seestraße 98/Ecke Lüderitzstraße.

Unter dem Motto »Wohnstil« wirbt es für exquisite Wohnmöbel, etwas, das im Wedding unbekannt ist.

Täglich gehe ich an dem Geschäft vorbei und denke mir einerseits, dass *Graetz* ein virtuelles Abbild einer Möbelboutique vom Kurfürstendamm ist, das sich verirrt hat.

Andererseits erwische ich mich oft dabei, dass ich an dem Laden vorbeigehe und laut ausrufe: »Was solln ditte?«, was umgangssprachlich eine Kurzform darstellt von: »Ich kann nicht recht einsehen, warum es dieses Ladengeschäft ausgerechnet hier gibt, wo es doch Produkte vertreibt, für die Preise verlangt werden, die hier niemand bezahlen kann.«

Nenne ich also mal zwei Beispiele:

In einem der vielen Verkaufsräume steht ein Tisch aus zugegeben edlem, teuren Holz. Ansonsten ist er schmucklos und sieht wie ein ganz normaler Tisch aus, an dem sich Essen oder Kartenspielen lässt. Das aber verbietet sich durch den Preis in Höhe von 2.700 Euro. Direkt daneben steht ein Korbsessel, den äußerlich auch nichts ungewöhnlich macht, vielmehr erscheint er als etwas, für das ein Weddinger, wenn er denn Lust und/oder Bedarf an einem solchen Möbelstück hat, nach Tempelhof zu *IKEA* fährt, weil das schwedische Möbelhaus niemals einen Korbsessel für 590 Euro anbieten würde. Hat der Weddinger aber kein Geld für Neuware, dann läuft er um die Ecke, wo er bei einem der zahlreichen Wohnungsauflöser einen Tisch für 17 und einen Korbsessel für 19 Euro bekommt.

Neulich erzählte mir Gesine, gebürtige Weddingerin, dass es das Geschäft bereits gegeben habe, als sie noch in die Grundschule ging. Nun weiß ich Gesines Alter nicht genau, deshalb tippe ich mal, dass das Anfang der Achtziger-Jahre gewesen sein muss. Solange kann sich kein Geschäft halten, wo sich den Tag über der Geschäftsführer in einem der hinteren Räume verschanzt und ich, trotz häufigen Vorbeigehens und Wunderns, noch nie einen Kunden gesehen habe.

Da sich diese im Wedding definitiv nicht finden, muss die Kundschaft von außen kommen. Das müssen dann irgendwelche Gutbetuchten aus Zehlendorf oder Charlottenburg sein, die sich Möbel nicht zur Nutzung, sondern zum Anschauen kaufen, und die sich vielleicht einmal im Monat sagen: »So, jetzt fahre in den Wedding und kauf da einen neuen Sekretär, die anderen mag ich nämlich nicht mehr anschauen.«

Zum Schluss ein Hinweis auf eine Legende, die sich die Leute im Kiez erzählen, wenn sie sich im Gespräch über das merkwürdige Geschäft Lüderitzstraße/Ecke Seestraße wundern, und von der zwei Versionen existieren.

Anfang der Achtziger-Jahre soll der damals 22jährige, frischverheiratete Klempnergeselle Andreas Weierich an dem Geschäft vorbeigelaufen und auf die Idee gekommen sein, sich dort einen Tisch und einen Korbsessel zu kaufen, um damit seine neue Wohnung auszustatten. Angesichts der hohen Preise für beide Möbel entschloss er sich, solange zu sparen, bis er die Summe zusammen hatte.

Die eine Version der Legende behauptet, dass Andreas Weierich zwar eisern sparte, doch Anfang 2000, kurz bevor er die Summe zusammen hatte, dem Alkoholismus verfiel, seine Wohnung und Frau dadurch verlor und insgesamt in Grund und Boden abstürzte. Der Legende nach, führt ihn sein Weg manchmal des Nachts durch die Lüderitzstraße, wo er dann stehen bleibt und die Fensterscheiben von *Graetz Wohnstil* anbrüllt: »Irgendwann habe ich das Geld zusammen, und dann komme ich wieder. Dann kaufe ich die Möbel, und alles wird wieder gut.«

Die andere Version der Legende hat auch kein gutes Ende. Da heißt es, Weierich hätte am 15. April 2005 das Geld zusammen gehabt und sei frohgemut zu *Graetz Wohnstil* gelaufen, wo ihm der ominöse Besitzer des Ladens aber mitteilte, dass gerade eben ein Stammkunde aus Zehlendorf beide Möbelstücke aufgekauft hätte.

Daraufhin habe Andreas Weierich aus Gram sein Geld im nahegelegenen *Saray Dönerparadies* in exakt 1.316 Döner investiert, von denen er 73 zu verspeisen schaffte, bevor es ihn dahinraffte.

Nachtrag:

Ein halbes Jahr nach Fertigstellung dieses Textes schloss *Graetz Wohnstil*. Seitdem glaube ich, dass ich die Fähigkeit besitze, durch meine Texte die Existenz hiesiger Geschäfte beeinflussen zu können. Vor kurzem habe ich über ein Internet-Café in der Brüsseler Straße geschrieben. Vor drei Tagen hat es zugemacht. Das kann aber auch daran liegen, dass es nebendran noch zwei weitere Cafés gibt, und drei sind definitiv zu viele für eine Straße.

Krasse Mooves

Heiko Werning

Mit der gleichen Regelmäßigkeit, mit der das Monster im Loch Ness gesichtet wird oder eine entfleuchte Riesenschlange in einem deutschen Baggersee, nur viel häufiger, tauchten jahrelang Reporter bei uns im Wedding auf, um von nicht minder monströsen Entdeckungen zu berichten. Nur dass die bestaunten Kreaturen hier eben nicht Nessie oder Sammy heißen, sondern Erkan, Mazlum oder Ali. Das hat durchaus zu einem gewissen Lokalpatriotismus bei den Bewohnern geführt, wer sieht sich schließlich schon so oft in der Zeitung?

Wenn ich im *Saray*-Imbiss einkehre, um dort mein Iskender Kebap zu essen, fragt mich Tarek immer, ob ich es auch schon gelesen hätte, wir wären wieder in der Zeitung. Und da er die Zeitung dann praktischerweise auch immer gleich dazu liefert, kann ich, während er am Dönerspieß arbeitet, alles nachlesen und bin also top informiert über die Vorgänge in meiner Nachbarschaft.

Eines Nachts legte Tarek mir einen *SPIEGEL* vor: »Hier, musst du lesen!«. Eine Antonia Goetsch hatte einige Jungs ausfindig gemacht, die in Jugendzentren tanzen. Sie beginnt ihren Bericht mit dem beredten Titel *»Krasse Mooves statt Schlägerei«* ganz standesgemäß: *»Anmachen, prügeln, abziehen: In Berlin-Wedding dreht sich alles um Respekt und um Gewalt.«* Wo sie Recht hat, hat sie nun einmal Recht. Ich kenne das gut: Ob morgens beim Bäcker oder abends an der Pommesbude: immer nur Respekt und Gewalt.

»Vier Schrippen, Alter ey!«

»Hier sind sie, frisch gebacken, noch ganz warm und schön knusprig!«

»Respekt!«

»Danke. Jetzt lass aber mal 36 Cent dafür rüberwachsen, sonst gibt´s was auf die Fresse!«

Schlimm. Aber so ist das hier halt. So geht es laut Frau Goetsch auch Chico, 37: *»Chico, 37, war früher Gangmitglied und holt jetzt Jugendliche mit Breakdance von der Straße. Mazlum, Muradif und Denis haben keine Zeit zum Klauen – sie wollen Weltmeister werden.«* Aha. Breakdance-Weltmeister. Klar, da fehlt natürlich die Zeit zum Raubmord. So ein Glück. *»Um die Beats zu hören, braucht Mazlum keine Musik. Er tanzt überall, auch auf dem harten Betonboden des U-Bahnhofs Wedding.«* Der harte Betonboden im U-Bahnhof Wedding! Wie oft schon ging ich über diesen Betonboden und dachte: Scheiße, Mann, ist der hart. Dass sich das Ganze mal zum Guten wenden könnte, hätte ich nie gedacht. Doch so ist es. Breakdance-Weltmeister. Das geht nur hier. Auf den verweichlichten, den geradezu weibischen Böden der U-Bahnhöfe im Prenzlauer Berg oder in Steglitz, da könnte ein guter Breakdancer ja gar nicht heranwachsen. Aber hier, am U-Bahnhof Wedding: *»Ein guter Breakdancer muss seinen Körper dem Willen unterwerfen. Es braucht viele Trainingsstunden, um sich wie ein Kreisel auf dem Kopf zu drehen. Darum hat ein Weltmeister in spe keine Zeit sich zu prügeln oder Jacken zu klauen. Das ist Chicos Idee.«* Eine geniale Idee. Und das ist auch wichtig, denn der Konkurrenzdruck in der Ghetto-Branche ist groß. Erst kurz zuvor hatte sich die *SPIEGEL*-Kalauerschleuder Daniel Haas in den Wedding getraut (wo sind die Schläger bloß immer, wenn man sie mal wirklich bräuchte?), in *»eines der härtesten Krisengebiete des Landes«*, wie er stolz zu Protokoll gab, und berichtete über rappende Jugendliche mit Migrationshintergrund am *»so genannten Nauener«* (meint: der Nauener Platz), die statt randalieren zu gehen oder sich gegenseitig die Zähne auszuschlagen plötzlich in Jugendzentren den Sprechgesang üben. Bald darauf folgte vom gleichen Medium Miriam Schröder mit ihrer Reportage über Mädchen, die im Wedding aufwachsen. Beispielsweise Saliha mit dem schönen Wahlspuch: »*Bist du korrekt zu mir, bin ich korrekt zu dir. Bist du scheiße zu mir, schlachte ich dich wie ein Tier.*« Jetzt aber sitzt Saliha in Jugendzentren, um über alles zu reden, und hat deshalb keine Zeit mehr, Scheiße-Typen zu schlachten. Ach ja, die Termine!

So schön war es also bei uns. Kaum waren in den Vororten von Paris die Unruhen der migrationshintergründischen Jugendlichen ausgebrochen, standen auf dem Leopoldplatz die Kameras aller Fernsehsender herum, um der drängenden Frage nachzugehen: »*Kann das nicht auch bei uns passieren?*« Zu solchen Gelegenheiten trafen wir uns abends bei unserem Libanesen, der einen großen Fernseher hat, und guckten zusammen die Nachrichten – dafür wurde sogar *Al-Dschasira* weggeschaltet. Gebannt sahen wir tanzende türkische Jugendliche am Nauener Platz (»Ey kiek ma, der Ashan!«). In akzentfreiem Deutsch sagten diese dann Sachen in die Kamera wie: »*Wenn ich mich nach der Schule mal so richtig gestresst fühle, dann komme ich hierher und tanze. Das ist gut gegen meine Aggressionen und verhindert sozial geächtete Übersprungshandlungen. Danach bin ich dann wieder sehr ausgeglichen.*« Schnitt. Ein paar Häuserfronten aus der Seestraße, und der Sprecher raunte: »*Auch hier brodelt die gefährliche Mischung aus Perspektivlosigkeit, fehlenden Jobs und mangelnder Integration. Doch wenigstens solche Projekte geben den Jugendlichen eine sinnvolle Beschäftigung.*« Dann erklang Jubel in den Hinterhöfen.

Doch eines Tages, als ich in den *Saray*-Imbiss kam, war die Stimmung schlecht. »Hier!« Tarek warf mir anklagend eine *SPIEGEL*-Ausgabe auf den Tisch, »die wollen uns fertigmachen!« Erstaunt blickte ich auf den Titel des Heftes. Die Rütli-Schule. Oha. Damit haben die Neuköllner uns echt am Arsch gekriegt. Widerwillig griff ich das Heft und begann zu lesen. Schon das Editorial war ein Schlag ins Gesicht jedes Weddingers: »*Der Hilfeschrei von Lehrern aus Berlin-Neukölln überraschte SPIEGEL-Redakteur Peter Wensiers-*

ki vergangene Woche nicht. Schon vor neun Jahren hatte er unter der Überschrift ›Endstation Neukölln‹ den Verfall des Bezirks schonungslos beschrieben.« Denn dort, an der Endstation Neukölln, sieht es laut *SPIEGEL* so aus: »*Es sieht so aus, als ginge es dort inzwischen zu wie einstmals in der Bronx. Es wirkt wie eine Ansammlung vieler kleiner Kopien von Städten wie Karatschi oder Lagos, Städten also, die nicht mehr zu kontrollieren, nicht mehr zu regieren sind.*« Ja, ja, Neukölln, im Volksmund schon lange bekannt als das Karatschi des Nordens bzw. das Lagos an der Spree. Obwohl: Steht in Karatschi eigentlich auch ein vergleichbar hässliches Ding herum wie der Britzer Bierturm? Und wenn Neukölln sich brüstet, zur »Britzer Baumblüte« Europas größten Osterhasen zu präsentieren – was erwartet uns dann erst in Lagos, dem Neukölln Afrikas? Egal, ich las weiter: »*In dieser Welt, mitten und vielerorts in Deutschland, geht es nur noch um einen Wert*« ... Was konnte das sein? »*Respekt.*« Guck, da ist er ja wieder. Und wer bekommt diesen »Respekt«? »*Respekt bekommt, wer cool und wer stark ist, wer die richtige Kleidung trägt, die richtige Sprache spricht, die richtige Musik hört, wer die richtigen Freunde hat.*« Das ist ja ungeheuerlich. So etwas hätte es früher nicht gegeben. Als wir Jugendliche waren, fanden wir vor allem sprachgestörte Schwächlinge super, die Scheißmusik hörten, uncoole Freunde hatten und schlecht gekleidet waren. Das waren noch Zeiten. Meine Güte, resümierte ich meine neuen Erkenntnisse, was also ist geschehen? Und las weiter: »*Was also ist geschehen?*« Na, da war ich ja mal gespannt. »*Was also ist geschehen? Vor langer Zeit war das Viertel eine ziemlich sumpfige Wiesen- und Buschfläche.*« Oha. Der *SPIEGEL*! Das ist aber eine wirklich weit ausrecherchierte Geschichte. Gaaanz weit ausrecherchiert. Aber es ist ja auch schließlich immer dieselbe quasi unaufhaltsame Entwicklung. Erst sumpfige Wiesen- und Buschfläche, dann das: »*Im 19. Jahrhundert siedelten sich erste Betriebe an, die Bevölkerungszahl wuchs*«, man ahnt die Katastrophe, und dann: »*aus der Gründerzeit um die Jahrhundertwende stammten die meisten der Bauten.«* Es musste also so kommen. Die *SPIEGEL*-Reporter dürfte es kaum überrascht haben. »*Endstation Neukölln*« eben.

Kein Wunder also angesichts dieses Infernos, dass einer der Rütli-Lehrer wie folgt geschildert wird: »*Karl-Heinz Fischer stellt sich vor, dass er nie mehr zurückkommen müsste an diesen Ort, der seinem Gesicht die Farbe genommen hat und seinen Augen die Lebendigkeit. Er sitzt da, ein grauer Mann an einem grauen Tag, und spreizt Daumen und Zeigefinger der rechten Hand, er spreizt sie so weit er kann, um die Stärke dieser ›Lederhaut‹ zu beschreiben, die er sich zugelegt hat, zulegen musste, damit er nicht durchdreht in diesem Job.«* Ehe ich das Heft gruselnd aus der Hand legte, blieben meine Augen noch an der Passage hängen, in der der Reporter von seinem Ortstermin an der Rütli-Schule und dem Kontakt mit den ... diesen ... na ja, sagen wir: Kindern, berichtet: »*›Wir sind Außenseiter!‹, brüllt ein Siebtklässler in Richtung Presse. Dann fliegen Steine. Erst einer, dann viele, es ist eine ganze Kanonade, begleitet von aufgebrachten Schreien.«* Und da war ich dann doch einigermaßen beruhigt. Wenn die Neuköllner Hauptschüler dergestalt auf journalistische Schmeißfliegen à la *SPIEGEL* reagieren, dann kann es dort so schlimm noch gar nicht sein.

Tarek findet das nicht beruhigend. »Was soll denn aus unseren Kids werden?«, fragt er mich anklagend, »die nimmt doch keiner mehr ernst!« Der ganze Bezirk steht unter Schock. Wir haben uns übertölpeln lassen – von den Neuköllnern! Jahrelang stand es unentschieden im Rennen um den Ruf des einzig legitimierten Hauptstadtghettos, und wir haben es uns eingerichtet damit. Kaum ein Weddinger, der nicht schon vor laufender Kamera die Zustände in seinem Bezirk, der Stadt und der Welt im Allgemeinen beklagt hätte, im Prinzip also das, was jeder Berliner ohnehin den ganzen Tag macht, nur bei uns konnte man sicher sein, dass sich auch irgendwer dafür interessierte, dass immer mindestens zwei Journalisten eifrig mitschrieben. Kaum ein Migrantenkind, das sich nicht seinen

Frust über Pubertät, Ärger mit den Eltern oder Zahnschmerzen auf diese Weise von der Seele geredet hätte. Ja, hier im Wedding, da gab es immer jemand, der ein offenes Ohr für einen hatte, der sich für einen interessierte. Aber wir haben uns einlullen lassen. Haben geglaubt, die Spitzenposition wäre für alle Zeiten gefestigt. Doch man muss hart arbeiten, wenn man ganz oben bleiben will. Und dann schlugen sie zu, die Neuköllner. Rütli-Schule, Detlev Bucks *Knallhart* – da staunten die behäbigen Weddinger, mit einer solchen Offensive hatten sie nicht gerechnet. Die Ansätze der Gegenwehr kamen viel zu spät und waren halbherzig. Tage nach der Rütli-Schule versuchten die Lehrer der Weddinger Theodor-Plievier-Oberschule nachzuziehen und beklagten in einem Brief eine *»anarchische Situation«* an ihrer Schule. Eine *»anarchische Situation«* – so, so. Das war selbst *SPIEGEL-online* nur noch eine Kurzmeldung wert, die anderen Medien erwähnten es nicht mal mehr. Und unter der Überschrift *»Wie viel Hass und Chaos herrscht an Berlins Hauptschulen?«* folgte in der *B. Z.* gleich der nächste Tiefschlag: Weddinger Schulen wurden in einem Atemzug aufgezählt mit solchen aus Charlottenburg, Pankow und sogar – Steglitz. Was für eine Schmach. All die Kids, die es im Ghetto-Posing vor Journalisten zu einer echten Profession gebracht haben, sind plötzlich tatsächlich ohne Beschäftigung. Und es ist wie so oft: Mit dem Verlust einer geregelten Tätigkeit geht auch der des sozialen Ansehens einher.

Auf dem Rückweg sehe ich, wie Erkan und seine Freunde breitbeinig vor dem *Lidl* stehen und völlig unbeachtet das ganze Programm bieten: Schubsen, Grölen, aufgeplusterte Jacken, Baseballcaps, Springmesser. Ein Anblick, der noch vor wenigen Wochen ein Top-Motiv für jeden Pressefotografen gewesen wäre. Heute interessiert sich keine Sau mehr dafür. Die alte Oma Glendowski schlurft mit ihren schweren Einkaufstaschen vorbei. Erkan wittert seine Chance: »Hallo Sie?! Äh, ich meine natürlich: Ey du alte Nutte!«, ruft er der 80-jährigen zu und bemüht sich um einen grimmigen Gesichtsausdruck, »wollen Sie, äh, willste Stress, oder was?!« Aber Oma Glendowski guckt nur müde auf und winkt gelangweilt ab. »Ach, Jungs«, sagt sie mit traurig-mildem Lächeln, »das hat doch alles keinen Sinn mehr. Es ist vorbei. Helft mir mal lieber, die Taschen nach oben zu tragen.« Resigniert seufzen die Halbstarken auf, nehmen der alten Dame die Tüten ab und tragen sie ihr in die Wohnung. Die 50 Cent, die Oma Glendowski jedem von ihnen heimlich in die Bomberjacke steckt, reichen am Kiosk gerade mal für ein *Flutschfinger*-Eis. Es ist so demütigend.

Das Szenecafé

Volker Surmann

Als ich mich – frisch in Berlin – bei F., dem angesagten Pop-Literaten und Creativ-Director des Lifestylemagazins *MiddleMag* um einen Praktikumsplatz bewarb, schlug er mir umgehend ein Treffen in seinem Lieblingscafé vor:

»thanx for your mail. deine arbeitsproben sind echt qualitätsjournalismus, beitrag zur dorfplatzerneuerung in rheda-wiedenbrück ist marvelous, pulitzerprice-verdächtig.
congratulations zur ankunft in b., habe auf jmd. wie dich nur gewartet, sollten uns unbedingt schnell treffen wg. praktikumsplatz oder and. projekte, am besten heute abend. im nördlichen mitte ist maasdamer/ecke leerdamer ein abgefahrenes retro-café, kaum zu verfehlen, wart da auf mich, kann spät werden. cu, F.
senior junior producing art directing assistent leader MiddleMag.«

Aufgeregt brach ich am Abend auf zu meinem kreativen Blind-Date. Ich fand zwar keine Maasdamer Straße, aber ein paar ähnlich klingende, offenbar hatte F. da etwas verwechselt. Das besagte Café war in der Tat unübersehbar. Es hieß *Zum Süffel.* Aber wieso nicht? Hatte der bekannte Exzentriker F. nicht vom Retro-Chic der Location geschwärmt?

Schon die Leuchtreklame war voll retro, glomm in vergilbtem Used-Look; eine komplizierte Relay-Schaltung sorgte für ein täuschend echtes Flackern der Neonröhren.

Ich betrat das Café und war sogleich angetan. Hier spielte man echt gekonnt auf der Klaviatur der Ironie! Hier hatte man mit Retro-

Charakter wahrlich nicht gegeizt! Vor mir hatte ich ein bis ins letzte Detail durchgestyltes Prekariats-Ambiente par excellence!

»Wow, echt cool!«, entfuhr es mir spontan.

»Nix is cool hier, wat wüllst?«

Rüde fuhr mich die Bedienung an, ein Mann, Mitte fünfzig vielleicht, in einem verwaschenen Flanellhemd. Zuerst war ich erschrocken, doch dann fiel mir ein, dass er in so einer Location natürlich so reden musste, wahrscheinlich ein arbeitsloser Schauspieler, der hier angeheuert hatte.

Er musterte mich eindringlich, während ich mich an das einzige kleine Tischchen in einer Ecke zwängte und mein Notebook aufbaute. Es klebte direkt am Tisch fest. Der war mit einem klebrigen Fettimitat überzogen, um die typische Saugwirkung von Kneipentischen zu simulieren. Der Innenarchitekt musste sich an diesem Café `ne goldene Nase verdient haben. Wie viele versiffte Eckneipen musste er abgeklappert haben, um diese Assecoirs aufzutreiben!

»Wat is jetze?«, rief die Stimme vom Tresen her.

»Die Karte bitte.«

»Wat?«

»Ich hätte gerne eine Karte ...«

»Ick hab da irjendwo noch'n ollen Stadtplan, den kannste ham, sonst jibts hier keene Karte.«

Ich überlegte. Die Ironie-Ebene seiner Message hatte ich sehr wohl bemerkt, aber ich fand, der Schauspieler agierte etwas zu nah am Klischee des Eckkneipenwirtes.

Ich bestellte mir einen Latte Macchiato.

»Wat?«

»Oder eine große Schale Milchcafé.«

»Hä?!«

»... Capuccino?«

»Wills'n Kaffee oder wat?«

»Ja, dann einen Kaffee.«

»Juut, jeht doch.«

Er schlug sich wieder hinter die Theke und brüllte in eine Luke nach hinten:

»Jitta! Jitta, brüh ma'n Kaffee uff!«

»Is noch wat da, Justus!« erschallte von irgendwo, und er fand tatsächlich eine fleckige Kaffeekanne, goss daraus Kaffee in eine Tasse, fischte dann mit einem Löffel etwas heraus, das er sofort in die Spüle beförderte, und stellte die Tasse danach in die Mikrowelle.

Nach dem »Pling!« nahm Justus – wie ich jetzt wusste und was ihn natürlich eindeutig als Schauspieler auswies; ein kleiner, gezielt gesetzter Bruch der Ironie-Ebene, vielleicht ein amüsanter Verweis auf die Jugendkultur der 80er- und 90er-Jahre und *Die Drei Fragezeichen* – die Kaffeetasse aus der Mikrowelle, stapfte zu mir rüber und knallte das dampfende Gebräu vor mir auf den Tisch.

»Hier Kaffee, macht eensfuffzich.«

Ich klatschte unwillkürlich in die Hände: »Mann, Alter! Das war ne klasse Performance! Wirklich grandios!«

»HÄ?! Wills nich zahlen oder wat?«

»Doch, doch natürlich«, lenkte ich ein und zählte ihm die Münzen auf den Tisch.

Justus glotzte auf meinen Laptop.

»Will der Kleene ooch wat? Hat' de Klappe ja schon janz weet uffjerissn!«

»Na ja, vielleicht ... – Haben Sie denn W-Lan?«

»Watt?«

»Nen Accespoint?!

»Exzesse jipts hier nich, oder sieht dit aus wie'n Puff?!«

»Schon gut, war ja nur ne Frage.«

»Okee. Aber jearbeitet wird an dem Dingens nich, wa! Dit könnt meene andern Jäste abschrecken.«

Bevor ich mich dem Bildschirm widmete, fragte ich Justus noch, ob er F. heute schon gesehen hätte.

»F.? Wer solln dit sein? Und wieso hat der keenen janzen Namen?«

»F. ist ein angesehener Popliterat, der hier gelegentlich verkehrt!«

»Hier jips keen' Vakehr, hab ick doch schon jesacht! Puff ist Hinterhaus, links Thaimassage, rechts Hausfrau mit fetten Titten.«

Es war zwecklos. Justus spielte seine Rolle perfekt. Nur ich war derjenige, der der Rollenerwartung der Location nicht entsprach, weil ich nicht bereit war, mich auf sein untergründiges Spiel einzulassen. Aber womöglich bestand der tiefere Sinn dieser Szenekneipe darin, dass sich auch das Publikum im Rahmen einer kollektiven Wirklichkeitserfahrung dem Ironiegehalt der Umgebung anpasste und sozusagen doppelbödig atmete. Doppelbödig Atmen bedeutete hier jedoch zuallererst, einen Drink zu ordern.

Dazu musste ich mich nur noch der ironischen Ebene des durchgestylten Cafés anpassen und ein Getränk bestellen, das gleichermaßen angesagt wie retro ist.

»Hallo –« Ich stockte und suchte nach den richtigen Worten für diesen Laden: »Herr Ober!«

»Wat?!«

»Ich hätt gern einen Absinth!«

Absinth! Das wieder entdeckte Trend-Getränk! Die grüne Fee! Die Bionade unter den Alkoholika! Über die Oscar Wilde schon sagte, ein Glas davon sei poetischer als alles in der Welt!

»Wat wüllst?!«

»... oder Caipirinha? ... 'n *Beck's Green Lemon*?«

»Jitta! Mach ma'n Pils mit Korn feddich für d'n Pimpf hier!«

Justus' Reaktion verriet mir auf subtilste Weise, dass ich mich wieder voll daneben benommen hatte. Langsam dämmerte mir: Das hier war nicht Stilzitat sondern Stil pur, das war nicht mehr retro, sondern schon *post-retro*! Das Zitat einer intellektuellen Subkultur bestand einzig und allein in meiner Anwesenheit. Die Ironie-Ebene dieser Location manifestierte sich also erst durch das Eintreten des Gastkörpers in eine durch und durch unironisch inszenierte Wirklichkeit! Ich hatte es quasi mit einer de-virtualisierten virtual reality zu tun, quasi einer *Welt 2.0*! – Ich selbst wurde so Teil der interaktiven Ironie-Performance! Ich war das störende Element, an welchem sich die laue See still liegender Ironie erst brach zu schäumender Kontradiktion. – Völlig abgefahren! Ich kriegte schon Kopfschmerzen beim Verstehen dieses Ladens! Was für ein kreatives Genie musste sich das alles erst ausgedacht haben!

Als Justus mir das Bier brachte, raunte ich ihm zu: »Ey Justus ... – Ich weiß, ich breche gerade mit allen Regeln eurer Ironie-Inszenierung, aber ich wollte nur sagen, ich find euer Konzept echt cool! ... Kann ich hier vielleicht mal `n Praktikum machen?!«

»Hast' Ei am Schaukeln oder wat?! Trink ma aus, dann quakste wenichsens nich mehr blöd rum.«

Justus ging wieder hinter den Tresen.

Nach und nach füllte sich das Café. Die anderen Gäste passten sich schon von selbst der Kulturinszenierung der Location an und chillten bei einem Glas Bier oder Hefeweizen. Ja, es schien absolut üblich zu sein, als Besucher im umgebenden kulturellen Kosmos aufgehen zu wollen. Es ging hier scheinbar um Transformations-Erfahrungen der intellektuellen Assimilation. Geistige Degression als kreatives Projekt! Ich ahnte langsam, wieso mich F. hierher bestellt hatte, und wurde mächtig stolz, dass er, der wirklich angesagteste Underground-Pop-Literat, mich an solchen urbanen Lifestyle-Erfahrungen teilhaben lassen wollte. Er musste echt viel von mir halten! Ich beschloss, für den Rest des Abends meine kreative Existenz in die Hände der lokalen Inszenierung zu legen, und bestellte noch ein paar Pils mit Korn und schaute ganz tief hinein auf den Boden der Ironie.

III. Mit Salat

Wie ich mal herausfand, warum meine Bewerbungsbemühungen erfolglos sind

Ich stand im Copyshop, um Kopien meiner Zeugnisse zu machen. Aufgrund eines Papierstaus, den das Zeugnis der Firma *Kuppel & Schlöder* verursachte, hatte ich plötzlich die Gelegenheit, es mir mal durchzulesen. Mein Praktikum bei denen lag vier Jahre zurück, und weil in solchen Zeugnissen immer nur dieselben Phrasen stehen wie: »Er hat die ihm zugewiesenen Arbeiten gewissenhaft erledigt« usw. hatte ich mir das Zeugnis bis zu diesem Zeitpunkt nie näher angeschaut.

Ich las: »*Herr Rescue war echt das übelste Stück Mitarbeiter, was bei uns je ein Praktikum absolviert hat. Das Wort ›Pünktlichkeit‹ war für ihn ein Fremdwort. Um die wirtschaftlichen Schäden, die er angerichtet hat, auszugleichen, werden wir Jahrzehnte brauchen. Wir alle, selbst die Putze, sind froh, dass er endlich verschwindet. Ich persönlich wünsche ihm für den Rest seines Lebens alles erdenklich Schlechte und ich bete zu Gott, dass er nie wieder beruflich Tritt fassen wird.*«

In dem Moment wurde mir klar, warum mich bislang keine Firma zum Vorstellungsgespräch eingeladen hatte. *(Robert Rescue)*

Schmutzige Fantasie

Bevor sie im Hauseingang verschwindet, wird vor mir eine recht attraktive, brünette junge Frau auf der Straße von einer Nachbarin angesprochen: »Naaa? Schon Feierabend?«

Sie darauf grinsend: »Jaaa!«

»Und zu Hause geht´s jetzt weiter, wa?!«

Frage mich, ob alle denken, was ich in dem Moment dachte. *(Volker Surmann)*

Versuche zum Dialog der Kulturen (3)

Das Telefon klingelt.

Ich: Hallo?

Frau: Guten Tag! Ich rufe an vom Marktforschungsinstitut »ÖkonoRegio«! Wären Sie bereit, an einer kurzen Befragung zu unserem Steuersystem teilzunehmen?

Ich: Na ja ... na gut, meinetwegen.

Frau: Prima! Sie sind doch sicher auch der Meinung, dass wir zuviel an Steuern bezahlen.

Ich: Nein, keineswegs. Ich wäre eher für Steuererhöhungen.

Dialog gescheitert. *(Heiko Werning)*

Doch wieder nur so ein Tag im Leben eines Endverbrauchers

Gemütlich mache ich mich auf den Weg, einen kleinen Einkaufsbummel in der Müllerstraße zu unternehmen. Von meiner Wohnung bis zur Weddinger Hauptschlagader dürften es so knappe 600 Meter sein. Wie heißt es so schön in der Vorhersage für Wetterfühlige: *Eine der Kondition angepasste Bewegung im Freien fördert die Gesundheit und stärkt die Abwehrkräfte.* Es ist 14.15 Uhr, bei meiner Kondition dürfte ich es eigentlich bis 16.00 Uhr bis zur Abzweigung geschafft haben. Die Frage ist nur, ob die Physis auch wirklich mitmacht. Was, wenn plötzlich Kammerflimmern einsetzt? Ob die im Supermarkt einen Defibrillator haben? – Ich geh hinein und frag mal nach. Natürlich Fehlanzeige.

»Sowas führen wir nicht«. Ich soll's aber mal bei *Schlecker* versuchen. Wer hätte das gedacht? *(Hinark Husen)*

Meine liebste Wirtschaftsmeldung

Unveränderter Leitzins: Die Entscheidung der Europäischen Zentralbank, den Leitzins unverändert zu lassen, war am Markt erwartet worden und löste keine größeren Kursreaktionen aus, berichteten Aktienhändler. *(Frank Sorge)*

Eine Bewerbung mit Hindernissen

Robert Rescue

Seit Einführung diverser Hartz-Reformen sind die Arbeitsagenturen aufs Tunlichste bemüht, ihre Klientel loszuwerden, und kennen dabei keinerlei Einschränkungen. Die Arbeitslosen sollen sich gefälligst auf alle möglichen und auch unmöglichen Stellen bewerben, bereit sein zu arbeiten, was sie nicht arbeiten können, und wer weiß, vielleicht findet der eine oder andere eine Anstellung und verschwindet damit endlich aus der Statistik, die den Politikern so schwer im Magen liegt.

Früher sagten die Arbeitsvermittler zu einem: »Melden Sie sich spätestens Juni 2013 wieder«, und ließen bis dahin auch nichts weiter von sich hören, außer zwei Stellenangebote in sieben Jahren, doch seitdem bei ihnen alles anders geworden ist, habe ich bereits zwei Stellenanzeigen erhalten, und das innerhalb eines halben Jahres.

Das Problem an diesen Angeboten ist, gleich ob ich interessiert bin oder nicht, dass es immer eine Anforderung gibt, die ich beim besten Willen nicht erfüllen kann.

Die erste Ausschreibung stammte von einem Bildungsträger für Frauen, und gesucht wurde eine Archivarin auf ABM-Basis. Ich las mir das Schreiben von der Arbeitsagentur mehrmals durch und hinterfragte mit jedem Lesen mehr, warum ich es erhalten hatte. Die gewünschten Qualifikationen wie Computer- und Datenbankkenntnisse erfüllte ich ohne Probleme, doch offensichtlich wünschte der Bildungsträger eine Frau und keinen Mann. Aber ich hatte Interesse an dem Job, schließlich bedeutete er ein Jahr Arbeit und das in einem angenehmen Umfeld. Ich würde nur von Frauen umgeben sein, und das war eine nette Vorstellung.

Wenn Frauen während der Arbeit nur einen Mann in ihrer Nähe haben, dann entstehen so bestimmte Verhaltensweisen, die auf einen Mann sehr motivierend wirken können. Man wird ins Vertrauen gezogen, auch bei heiklen Gesprächsthemen, man hat öfter mal angenehmen Körperkontakt und bei technischen Problemen wird sofort nach IHM gerufen und deutlich gemacht, dass nur ER es lösen kann. Ja, ja, das alles hatte ich in meinem letzten Job gehabt, und ich muss zugeben, es fehlte mir.

Am Tag darauf rief ich bei dem Bildungsträger an und erhielt von der Sekretärin eine Absage. Sie meinte, da sei wohl ein Fehler passiert, und ich entgegnete, ja, das hätte ich mir auch schon gedacht, und damit war die Angelegenheit erledigt.

Am letzten Wochenende erhielt ich ein weiteres Schreiben von der Agentur für Arbeit. Diesmal wurde eine Bürokauffrau gesucht. Arbeitgeber war eine Autoreparaturwerkstatt im Wedding. O Gott, war mein erster Gedanke, das können die doch nicht ernst meinen.

Meinten sie aber doch, denn Frau Blaschke, die Sachbearbeiterin, freute sich sogar, mir die Arbeitsstelle vorschlagen zu können. Ich war verpflichtet, mich dort zu bewerben und sie später über den Erfolg oder das Scheitern meiner Bemühung zu informieren. Es war gewiss, dass ich Frau Blaschke enttäuschen würde. Wie hatte das nur passieren können?

Durch eine Weiterbildung war ich zum Netzwerkadministrator geschult worden und befand mich gerade wie viele, die irgendetwas mit IT gelernt hatten, vor der Situation, dass niemand mit uns etwas anfangen konnte. Hatte deshalb die Agentur für Arbeit meine neue Qualifikation gar nicht erst vermerkt, sondern führte mich weiterhin noch unter meiner früheren Ausbildung als Bürokaufmann, oder falsch ausgedrückt, als Bürokauffrau?

Mein Ansprechpartner bei *Auto Gügülü* war ein gewisser Herr Ützkü. Ich setzte mich an den Rechner und öffnete eine bestimmte Datei, die ich für solche Fälle wie jetzt angelegt hatte. Sie beinhaltete einen Lebenslauf mit eingefügtem Bild sowie ein Standardanschreiben.

Ich wählte die Schriftart *Tahoma* und Schriftgröße »12«, und wer das mal an einem Text ausprobiert, wird verstehen, was ich erreichen wollte. Den Betreff änderte ich zu: »Bewerbung als Bürokauffrau« und stutzte, als ich es las. Was ich gerade tat, konnte doch keinen Erfolg haben – und sollte es auch nicht, rief ich mir in Erinnerung.

> Sehr geehrter Herr Ützkü,
> ich bin von der Agentur für Arbeit im Wedding aufgefordert worden, mich bei Ihnen für die Tätigkeit als Bürokauffrau zu bewerben.
> Wie sie an meinem Vornamen »Robert« leicht erkennen können, fehlt es mir an einer grundlegenden, von ihnen gewünschten Charakteristik, wenn Sie verstehen, was ich meine. Vielleicht denken Sie jetzt, dass das ein Scherz ist, aber ich kann Ihnen versichern, dass die Agentur für Arbeit der Grund ist, dass ich Ihnen schreibe. Irgendwer dort, die Sachbearbeiter oder die Computer, glauben offenbar, dass ich als Mann für eine Stelle, die für Frauen ausgeschrieben ist, am besten geeignet bin.

Ich hielt inne. Ich hatte gerade » ... am besten geeignet bin« geschrieben. Das war eindeutig zu positiv. Ich versuchte, mir die Werkstatt vorzustellen. Eine Hinterhofgarage, dunkel, dreckig und einzig von einer Klientel besucht, der ich nicht im Dunkeln begegnen wollte. Die Mechaniker hießen bestimmt Yüksel und Hartmut, trugen Goldkettchen, hatten immer einen flotten Spruch auf den Lippen und schauten grundsätzlich nur Tittensendungen auf *RTL*. Zugegeben, ich stellte mir ziemliche Klischees vor, aber ich musste mir die Autoreparaturwerkstatt so scheußlich vorstellen, wie es nur ging. Dann schrieb ich weiter:

Die von Ihnen gewünschten Qualifikationen erfülle ich nur bedingt. Über buchhalterische Fähigkeiten verfüge ich nur in der Theorie, denn während der Umschulung seinerzeit fehlte ich oft in der Schule und litt zudem an einer ausgeprägten Konzentrationsschwäche.
Über Windows-95-Kenntnisse verfüge ich auch nicht, denn ich arbeite grundsätzlich nur mit der neuesten Generation von Betriebssystemen.
DATEV klingt für mich wie eine üble Hautkrankheit.
Kenntnisse über das Kfz-Gewerbe besitze ich auch nicht. Ehrlich gesagt, kann ich einen Audi Quattro nicht von einem VW Golf unterscheiden.

Trotzdem würde ich mich freuen, wenn Sie mir die Gelegenheit zu einem persönlichen Vorstellungsgespräch geben könnten.

Mit freundlichem Gruß,
Robert Rescue, Künstler

Das mit dem »Künstler« schrieb ich, um Herrn Ützkü zu verstehen zu geben, dass ich eine sensible Natur war, die in der rauen Atmosphäre einer Autowerkstatt nichts verloren hatte. Herr Ützkü musste, wenn er das las, bestimmt denken, dass ich so jemand war, der gerne mal bei einem glutballartigen Sonnenuntergang mit seiner Geliebten im Park saß und ihr verlangende Liebesschwüre ins Ohr hauchte, während der laue Sommerwind vergeblich die von der Erwartung nach körperlicher Verschmelzung bebende Haut zu besänftigen versuchte.

Anlage:
Lebenslauf

Von einer aussagekräftigen Bewerbung erwartete man, dass möglichst viele Unterlagen, wie Zeugnisse, Beurteilungen und dergleichen als Anlage beigefügt wurden. Nur einen simplen Lebenslauf zu schicken, war der blanke Hohn und musste auf jeden Personalchef wie eine Beleidigung wirken, zumindest aber einen uninteressanten Eindruck machen. Auch die Hobbys, die ich im Lebenslauf angab, erweckten nicht den Anschein, es handele sich bei mir um eine gefestigte Persönlichkeit.

Hobbys: Frauen angucken, Bier trinken, mit mir selbst reden

Ich war sicher, alles richtig zu machen. Jetzt musste ich meine Bewerbung nur noch zur Post bringen und abwarten. Entweder bekam ich nach irgendeiner Zeit eine schriftliche Absage, oder ich würde eine E-Mail hinschicken und nachfragen. Erhielt ich eine Absage, was sicher war, dann brauchte ich nur noch das Schreiben der Arbeitsagentur auf der Rückseite auszufüllen und an Frau Blaschke zurückzuschicken.

Einen Moment lang dachte ich daran, dort einen Vermerk zu machen und zu fragen, warum sie mir immer Stellenangebote zuschickten, für die mir eine bestimmte Qualifikation grundlegend fehlte. Aber vielleicht würde ich mit einer solchen Randbemerkung irgendwen überfordern.

Sag mal: Erdbeere

Hinark Husen

Kinder mit Migrationshintergrund bedürfen einer speziellen Förderung. »Migrationshintergrund« ist ein schönes Wort, wie ich finde, das macht was her, könnte ich eigentlich gleich in meine Sprachförderung einbauen. »Ihr seid Kinder mit Migrationshintergrund. Fatma, sag doch mal ›Miiigraationshinteerrgrund‹.« Okay, das ist wohl eher ein Wort für den Leistungskurs; wenn's nach einigen besonders ehrgeizigen Bildungspolitikern geht, kann man ja gar nicht früh genug anfangen mit der fachspezifischen Förderung. »Windelfrei in zwei Tagen – ein Wochenendseminar für Menschen ab anderthalb, *Powerpoint*kenntnisse hilfreich, aber nicht zwingend erforderlich«. So was wär's doch. Da sollen aber andere den Kursleiter machen, ich habe ja meine Sprachförderung, immerhin auch fünf Mal die Woche, jeweils maximal zwanzig Minuten. Das schaffen die Dreijährigen mit Migrationshintergrund gerade noch, und natürlich in Kleingruppen mit maximal vier Kindern, alle im Alter von circa drei Jahren. Die Einteilung habe ich mir auf einen Zettel notiert:

Gruppe 1: Fatma, Ibrahim, Ali und Mohamad.

Gruppe 2: Adnan, Haifa, Hassan und Yasemin.

Falls ein Ahnungsloser diese Notiz findet, könnte er bei diesen Namen natürlich auch schnell terroristische Splittergruppen vermuten. Selbst wenn ich Sprachförderung drüberschriebe, würde der das wahrscheinlich nur für ein Codewort halten.

Egal, bisher habe ich die Kleinen jedenfalls noch nicht »Migrationshintergrund« einüben lassen, obwohl das für sie spätestens in drei Jahren, also mit der Einschulung, eine wichtige Vokabel sein wird. Das wäre doch toll, wenn Hassan schon in der 1. Klasse sagen könnte: »Weißt du, bin isch Kind mit Migrationshintergrund, ist konkret schwere Sozialisation, Alta, verwechsel das nischt mit Opfer, wenn du das sagst, bist du selbst Opfer.«

Nein, ich lasse die Kinder erst mal Gemüse- und Obstsorten erkennen und benennen. Vor drei Wochen konnten sie nur Apfel und Tomate zweifelsfrei unterscheiden und verbalisieren. Dazu gekommen sind mittlerweile immerhin Birne, Kirsche, Pflaume, Radieschen, Möhre und Paprika. Wobei mir die Birne und die Kirschen ein bisschen Kopfschmerzen machen, weil ich aufpassen muss, dass ich ihnen kein westfälisches Klangmuster beibringe. Bei mir heißt es ja eigentlich »Bi-ane« und »Ki-esche«, aber irgendwann werden sie ohnehin »Bürrne« und »Kürsche« sagen, das kommt von alleine. Da kann man nix gegen machen, genauso wie nach der Zehn die »Ölf« kommt.

Mein Lieblingswort war ja bisher die »Möhre«. Kann man auch hübsch spielerisch lang ziehen: »Möööhre«. Toll, das geht dann so weit, dass mich Ibrahim mittlerweile jeden Morgen mit »Möhre« begrüßt, wenn ich in die Kita komme. »Hallo, Möhre!« Ist momentan sein absolutes Lieblingswort. Ibrahim geht ja auch gerne zu mir in die Sprachförderung. Bei Fatma liegen die Dinge etwas anders. Vor ein paar Tagen hatte sie auch noch ihren Spaß an Möhre und Pflaume. Dann aber, eines Morgens wie aus heiterem Himmel, ein Schreikrampf vom Feinsten, als ich sie zur Sprachschule mitnehmen will. Ich sage »Schule«, weil das leichter auszusprechen ist, ich könnte natürlich auch »Kurs« formulieren, klingt aber zu abgehoben. Na, jedenfalls heult das Mädel los, als hätte ich gerade ihrer Puppe den Kopf abgerissen oder sie gezwungen, »Schweinebraten« zu sagen. Keine Ahnung, woher diese plötzliche Ablehnung kommt, vielleicht geht ihr die Möhre ja auf den Keks. Vielleicht habe ich sie ja doch ein bisschen intellektuell unterfordert. Mich fragt allerdings keiner, wie ich mich fühle, wenn ich 40 Minuten lang im Prinzip nur mit zehn Wörtern hantiere. Oder sie empfindet das ständige

Möhren-Herbeten als sexuelle Belästigung – glaube ich aber eher nicht. Ist nur ein bisschen blöde der Kollegin gegenüber, die gerade daneben steht. Ich meine, wir separieren uns ja immer für die Übungen und gehen in einen kleinen Raum, um ungestört zu sein. Was glaubt die denn jetzt, was ich da anstelle? Wo ich doch sowieso nur der Hiwi bin, und der entwickelt sich zum Kinderquäler? Nein, ich kann ja, wenn's zum Äußersten kommt, Haifa und Yasemin als Kronzeugen der Verteidigung aufrufen. Deren Wortschatz ist allerdings auch nicht allzu groß, und wenn sie dann nur »Möhre« und »Banane« sagen, sobald sie mich sehen, ist das vielleicht auch keine große Hilfe. »Paprika«, werde ich mich zu retten versuchen, »sie können auch ganz super ›Paprika‹ sagen, oder ›Radieschen‹«, aber zu spät.

Was soll's. Gestern habe ich auf den Tipp meines Freundes mal was ganz anderes versucht, wegen der Integration und so, da habe ich die Sprachmelodie in gewisser Weise mal auf's Österreichische gelegt, ich habe die »Örrdbörre« eingeführt. Den Kindern hat's prima gefallen, immerhin habe ich nicht »Blut- und Bodenbörre« gesagt, es war nur »Örrdbörre«. Vielleicht werden sie ja in ein paar Jahren im Politik-Unterricht beim Anhören von Hitler-Dokumentationen plötzlich Appetit auf Erdbeereis verspüren, wer weiß, wie's kommt.

Aber ich glaube, ich lasse das in Zukunft doch lieber mit der österreichischen Aussprache. Wenn die »Möhre« schon Schwierigkeiten bringt, wird mich die »Ördbörre« den Job kosten. Obwohl, so schlimm wäre das auch wieder nicht.

Serbokroatisch für Lernbereite

Volker Surmann

I.

Arbeitsämter sind immer unpersönliche graue Klötze. Doch das Arbeitsamt Berlin-Mitte in der Gotlindestraße 93 in Lichtenberg ist noch viel unpersönlicher, noch viel grauer und noch viel klötziger: Es ist ein monströses DDR-Plattenbaumonument und zudem ein geheimnisvolles Rätsel: Wieso ist das Arbeitsamt Berlin-Mitte in Lichtenberg?

Doch Geheimnisse haben hier Tradition. Bis zur Wende residierte hier die Stasi. Ich laufe durch den Hof auf den monströsen Gebäuderiegel zu. Kein Wunder, dass die Stasi so scheiße war. In so einem Klotz würde ich auch irgendwann paranoid gegenüber der zivilen Außenwelt.

Innen: frisch getünchte Wände, stählerne Sitze, fahle Gesichter der Wartenden. Wie Gefangene sitzen sie hier, vor der Brust Zettel mit ihren Nummern in den eingeschlafenen Händen. Ich bekomme auch eine und setze mich neben eine gleichfalls inhaftierte Topfpflanze. Sie wirkt deprimiert. Sehnsüchtig reckt sie sich gen Fenster und blickt mit verstaubten Blättern traurig aus dem siebten Stock in die Freiheit gen Westen. Wahrscheinlich so eine Ein-Euro-Grünpflanze. Muss den Traum vom botanischen Garten im Arbeitsamt Gotlindestraße austräumen. Armes Ding. Ob in diesem Raum früher mal Stasi-Delinquenten tatsächlich auf ihre Verhöre gewartet haben? Eine Stimme reißt mich aus diesen Gedanken: »Herr Mielke bitte!«

Herr Mielke steht auf und geht. Kurz darauf stürmt ein Mann mit zotteligen Haaren ins Wartezimmer. Er trägt eine ramponierte Quetschkommode vor der Brust: »Hey, wir sind zwar arbeitslos, aber dadurch lassen wir uns unsere Würde nicht nehmen!« Erste Töne quälen sich schnarrend aus der roten Ziehharmonika. Würde ist gut, denke ich. Würde ist sehr gut. Würde er spielen können, wäre das sehr gut. Hoffentlich wird der schnell vermittelt.

Nach zwanzig Minuten wiegt sich allein die Topfpflanze zur Musik – offensichtlich ein schwer hospitalisiertes Exemplar. Jemand versucht, die zugeschlossenen Fenster aufzureißen; er will doch nicht etwa springen? Nein, er hofft wohl nur auf üppigen Verkehrslärm. Die anderen machen gute Miene zum schlechten Spiel des Quetschkommunisten und wirken dabei alles andere als würdevoll. Ich ertappe mich dabei, wie ich mir genussvoll ausmale, was die Stasi wohl mit einem wie ihm angestellt hätte.

Dann bin ich dran. Die Frau hinter dem Arbeitsamtsschalter studiert ihren Bildschirm: »Aber Sie haben doch studiert! Sie müssen zur Akademikervermittlung!«

II.

Kurz darauf im 10. Stock in der Leistungsabteilung für Akademiker. Lautlos schwingen vor mir zwei blitzsaubere Glastüren auf, in denen mit goldbestäubten, geschwungenen Lettern eingraviert ist:

Bundesagentur für Arbeit
Akademikervermittlung

Drinnen ist es angenehm ruhig, leise Klassikmusik säuselt aus sorgsam verborgenen Lautsprechern. Cremefarbene Wände, indirekte Beleuchtung, geschmeidiges Licht. Meine Schuhsohlen umschmeichelt knöcheltiefe Auslegeware. An einem Tresen aus dunklem Nussbaumwurzelholz erwartet mich eine adrett gekleidete Hostess: »Guten Tag, wenn Sie bitte noch einen Moment warten möchten!«, flötet sie und führt mich in eine Wartelounge. Ich lasse mich in eine der schweren Garnituren aus weich gegerbtem Kalbsleder fallen und nicke dem Gärtner zu, der gerade die Terrocotta-Kübel mit üppig gedüngten Benjamini wässert. Nach drei Minuten steckt die Hostess ihren Kopf in den Salon: »Verzeihung, aber wir müssen Ihre Geduld noch einen Moment länger strapazieren. Darf ich Ihnen einen Kaffee anbieten?«

»Lieber einen schwarzen Tee, Darjeeling, ohne Zitrone, aber mit Kandis und Sahne.«

»Aber gerne doch!«

Kurz darauf nippe ich entspannt an meinem Tee und blättere in einer der überall ausliegenden, in Schweinsleder gebundenen Ausgaben der *Financial Times.*

»Guten Tag. Mein Name ist Tanja Maahn. Wenn Sie mir bitte folgen mögen«, sagt meine Arbeitsvermittlerin und hilft mir aus dem Sessel.

Frau Maahn spricht sehr leise. Eigentlich spricht sie gar nicht, sondern kommuniziert nur über eine Mischung aus Lippenbewegung und Flachatmung: »Darf ich Sie höflichst fragen, was Sie von Beruf sind?«, atmet Frau Maahn.

»Ich habe gerade einen Abschluss in Linguistik gemacht.«

Meine Sachbearbeiterin scheint daraufhin etwas zu sagen.

»Entschuldigung, aber ›Linguist‹ heißt nicht, dass ich Lippen lesen kann.«

»Verzeihung«, aspiriert Frau Maahn, »ich vergesse beim Sprechen manchmal das Atmen. Ich sagte, ich habe hier eine Liste mit ihren Qualifikationsmerkmalen erstellt.«

Sie zieht einen Zettel aus dem Drucker des arbeitsamtlichen Großrechners. Auf ihm steht: *»Aufsicht/Leitung, Computerlinguistik, Denkvermögen, Dolmetschen/Übersetzen, Fachliterarische Tätigkeit, Flexibilität, Kontaktfähigkeit, Lektorat, Lernbereitschaft, Lexikographie, Linguistik/Phonetik, Literaturwissenschaften, Philologie, Publizistik, Recherche/Informationsbeschaffung, Slawistik, Sprachliche Ausdrucks-*

fähigkeit, Sprachwissenschaft.« – Klingt alles ganz nett, aber was hat das mit mir zu tun?

Einiges passt zu einem ausgebildeten Linguisten: *Lektorat und sprachliche Ausdrucksfähigkeit* zum Beispiel. Dankenswerterweise stellt die Bundesagentur für Arbeit fest, dass ich als Linguist besondere Kenntnisse in *Linguistik* besitze und überdies auch noch in *Sprachwissenschaft*. Schau einer an! Auf *Computerlinguistik* und *Phonetik* hätte ich mich spezialisieren können, hab ich aber nicht. Das ist wie mit Molekularbiologie, Humangenetik und Zoologie – alles irgendwie Biologie, aber eben auch nur irgendwie. Und so kritisch ich manchen Feldern der Humangenetik auch gegenüberstehe, hoffe ich dennoch inständig, dass sie von ausgebildeten Humangenetikern betrieben wird und nicht durch vom Arbeitsamt vermittelte Ornithologen.

Ein Freund von mir, seines Zeichens ausgebildeter Musiktherapeut, war kürzlich ohne Job, und das Arbeitsamt Tiergarten hat ihn gezwungen, sich bei einem heilpädagogischen Kindergarten zu bewerben, die einen Ergotherapeuten suchten. Die Erzieherinnen lachen heute noch. Ich sorge mich seitdem um unser Gesundheitssystem: Wie viele Psychotherapeuten sind in Wahrheit nur ausgebildete Physiotherapeuten oder angelernte Fußpfleger? Ist mein Urologe vielleicht nur Veterinärmediziner? Wie viele Poliere auf den Berliner Baustellen sind in Wahrheit nur ausgebildete Polen?

Einige Merkmale auf Frau Maahns Liste machen mir regelrecht Angst: *Flexibilität, Lernbereitschaft, Dolmetschen/Übersetzung* und *Slawistik*. Meine *Lernbereitschaft* ist nach 21 Semestern an der Uni deutlich erschlafft, *Flexibilität* wird immer dann gefordert, wenn es unangenehm wird, und die restlichen zwei Begriffe lassen mich befürchten, demnächst als Dolmetscher für Tschechisch und Serbokroatisch vermittelt zu werden.

»Ich will nicht serbokroatisch lernen!«, entfährt es mir. Diesmal ist es Frau Maahn, die mich nicht versteht.

Restaurant Seestraße

Heiko Werning

Der Standort Seestraße im Wedding scheint kein ganz leichter zu sein für gastronomische Projekte. Jedenfalls hat das Restaurant bei uns im Haus eine sehr wechselvolle Geschichte, und obschon ich mich immer aufrichtig bemüht habe, so stabilisierend wie möglich auf die Umsätze im Vorderhaus einzuwirken, muss ich mir doch letztlich mein Scheitern eingestehen.

1

Lange Zeit hat Tariq, ein Pakistaner, allen diplomatischen Ressentiments dem Nachbarland gegenüber zum Trotz dort ein indisches Restaurant unterhalten und sich in der Nachbarschaft sehr beliebt gemacht. Zu beliebt offenbar, denn nach acht Jahren wechselte er das Metier und wurde gleich der Hausmeister. Seine ehemaligen Gäste sieht er weiter regelmäßig, nur muss er jetzt nicht mehr für sie kochen.

2

Als Nachfolger zog ein Inder ein, der möglicherweise auch ganz gut kochen konnte. Genau haben wir es nie herausgefunden, da der Mann über keinerlei Deutschkenntnisse verfügte und also jede Bestellung ein unkalkulierbares Risiko war. Nicht nur, dass man nie wusste, was man eigentlich erhielt, es war auch keineswegs garantiert, dass alle am Tisch überhaupt etwas bekamen, denn zählen konnte er leider auch nicht. Womöglich damit in Zusammenhang stand der nächste problematische Aspekt, nämlich das Kassieren. Da er offenbar weder seine Gerichte noch die Preise kannte und auch keinerlei Beziehungen zwischen diesen Dingen herzustellen vermochte, war es jedes Mal eine echte Überraschung, welche Zahl – und es war immer nur eine einzige Zahl – er am Ende auf seinen Notizblock schrieb und auf den Tisch legte. Mal konnte man sich für insgesamt sieben Euro mit drei Personen pumpelsatt essen und reichlich trinken dazu, mal gab es nur drei Gerichte für vier Leute, die dafür aber 25 Euro bezahlen mussten.

Reklamationen führten zu einem quälenden Prozess, den ich hier nicht näher schildern möchte, der aber letztlich darin mündete, dass man selbst errechnen musste, was das alles kosten sollte. Und das wiederum war technisch ebenfalls nicht ganz einfach, da man ja gar nicht wusste, was man eigentlich gegessen hatte.

Rescue: »Ich hatte ein Chicken Curry – äh ... bestellt.«

Ich: »Und was hast du bekommen?«

Rescue: »Tja. Curry war's nicht. Eher so etwas in Richtung Madras. Huhn war's allerdings auch nicht. Vielleicht Lamm?«

Ich: »OK, hier gibt es Mutton Madras, könnte es das gewesen sein?«

Rescue: »Na ja, vielleicht, obwohl die Zwiebeln, die da stehen, waren nicht dabei.«

Ich: »Na ja, dann zieh die halt ab.«

Der indische Gastwirt schaute dem Spektakel fasziniert zu, manchmal nickte er freundlich zu irgendetwas. Ansonsten schien er sehr gespannt, wie die Dinge sich entwickelten, vielleicht hoffte er auch, durch genaue Beobachtung die Rätsel der Rechnungstellung zu ermitteln und wähnte sich schon ganz dicht auf der Spur.

Aber obwohl ich recht optimistisch bin, dass niemand von Tariqs ehemaliger Stammkundschaft unseren indischen Lehrling absichtlich über den Tisch gezogen hat, erwiesen sich die Besuche in dem Restaurant einfach als zu mühsam, sodass die Kundschaft nach und nach ausblieb. Ich versuchte es immer mal wieder, aber es wurde nicht besser. Im Gegenteil: Da außer mir offenbar so gut wie niemand mehr dorthin mochte, wurde die Qualität des Essens zunehmend fraglicher.

Nach einer deutlichen Durchfallattacke im Anschluss an einen Besuch zog auch ich mich schweren Herzens zurück.

3

Rettung schien in Form eines mexikanischen Restaurants zu nahen. Ein Ur-Weddinger Pärchen, so um die 60, Lederwesten mit Nieten, Tätowierungen, reichlich Ohrringe und ein *ZZtop*-ähnlicher Haarwuchs, schraubten hoch motiviert Schilder mit der Aufschrift *Tequila – mexikanisches Restaurant & Bar* an, tauschten das Mobiliar im Inneren aus, hängten *Corona*-Leuchtwerbung ins Fenster und klebten Zettelchen mit der Aufschrift »Neue Bewirtschaftung« an die Tür. Ich war gespannt, ob im Gefolge auch noch jemand auftauchen würde, der näherungsweise mexikanisch wirkte, aber offenbar mussten die Sombreros an der Wand zur Authentizität genügen. Kurz nach der Neueröffnung aßen wir einmal dort – es war ganz OK. Als wir eine Woche später ein zweites Mal dorthin gingen, begrüßte uns freundlich grinsend wie eh und je der Inder, also nicht Tariq, sondern der indische Inder. Wir waren leicht irritiert, aber er legte uns die *Tequila*-Karten vor. Also gut. Wir bestellten Tacos, freudig nickend verschwand er in der Küche und kam 40 Minuten später mit etwas, was man mit viel gutem Willen als Chili con carne durchgehen lassen konnte, wieder daraus hervor. In der Woche darauf war die Karte wieder gegen die alte indische ausgetauscht und das mexikanische gegen das indische Restaurant-Innere. Nur das große *Tequila*-Schild am Eingang erinnerte noch an die rätselhafte zweiwöchige mexikanische Episode in unserem Haus.

4

Letzte Woche blieb das Restaurant geschlossen. Niemand war überrascht, außer mir, als einen Tag später der DSL-Mann wie immer die Pakete für unser Haus gesammelt bei mir abgab. Er stand mit einem großen Schiebewagen vor der Tür und fragte, wo er die etwa schrankgroßen Dinger denn hinstellen sollte. Ein Blick auf die Kartons ließ uns staunen: Es waren wohl Gläser darin und Teller und anderer zerbrechlicher Kram. Offenbar eine neue Restaurant-Ausstattung.

Am Abend tauchte ein etwa 50-jähriger, sehr freundlicher Türke bei uns auf.

»Guten Abend! Ist bei Ihnen etwas für mich abgegeben worden?«, fragte er freundlich. Anklagend deutete ich auf die acht mannsgroßen Kisten im Eingangsbereich.

»Oh, ist das alles schon da! Wie schön!«

»Was machen Sie denn damit?«

»Ich habe das Restaurant vorne im Haus übernommen.«

»Oh. Na dann, viel Glück. Lief ja nicht mehr so gut die letzte Zeit.«

»Aber bei mir wird alles viel besser. Ich habe schon 15 Jahre Erfahrung in der Gastronomie!«

»Ach ja?«

»Ja, ich habe sogar mal im Grunewald gekellnert«

Ich bin beeindruckt. »Und? Welche Art Restaurant wollen Sie machen?«

»Na ja«, sagte der Türke, »Türkisch gibt es hier in der Gegend ja schon so viel. Und dann habe ich mich mal ein bisschen umgeguckt und gesehen, Indisch gibt es auch, und ganz viel Asiatisch, und noch mehr Arabisch. Und Pizza! Gibt es alles hier! Und da habe ich gedacht: Da mache ich doch Deutsch, das hat hier keiner, da bin ich der Einzige.«

Ich bin noch beeindruckter. »Aha. Und, äh, inwiefern Deutsch?«

»Na, deutsche Küche! Ist doch eine echte Marktlücke! Und außerdem: Deutsch ist am einfachsten. Da kann man einfach drei Saucen vorbereiten, Sauce braun, Sauce mit Pilzen, Sauce braun zwei, kann man gut morgens machen, ist ganz einfach. Türkisch ist ja viel aufwändiger, und Asiatisch erst recht. Ich mache gute deutsche Küche!«

Na, dann ist ja gut. Ich wünsche ihm alles Gute.

Die Gruppe 37

Robert Rescue

Vorgeschichte:
2005/2006 besaß ich einen externen Fallmanager, der einmal im Monat für eine Stunde meine Bewerbungsunterlagen »optimierte«, um damit meine Vermittlungshemmnisse zu verringern. Gebracht hat es außer einem gekürzten Lebenslauf nicht viel. Der folgende Text erzählt von einem der letzten Termine und zeigt auf, wie er mit mir umgegangen ist.

Dies soll mein achter Text über meinen Fallmanager Heilbutt Magenta sein. Zwölf sollten es werden, denn ich habe mir vorgenommen, über jeden Besuch bei Magenta einen Text zu schreiben. Doch inzwischen habe ich berechtigte Zweifel, wie viele zählbare Besuche ich im Rahmen des einjährigen Betreuungsprogramms noch aufweisen kann, denn Heilbutt Magenta zählt die monatlichen Treffen anders.

»So, Herr Rescue, wir sind fast durch mit der Optimierung Ihrer Person. Wir sind ja weit gekommen, nicht wahr? Was jetzt noch fehlt, ist der Fragebogen.«

Bei einem früheren Termin hat er mal gesagt: »Wir finden für sie einen Job, garantiert«, und: »Sie haben unglaubliche Kenntnisse in Ihrem Lebenslauf stehen. Da tun sich, auf weitem Feld gesehen, außerordentliche Jobchancen für Sie auf.«

Ich hatte mich davon sogar blenden lassen und gehofft, dass er tatsächlich einen Job für mich findet. Ich Depp. Ich bin manchmal so naiv.

»Wir machen jetzt den Fragebogen.«

»Okay.«

»Gut, dann sind wir auch schon durch. Der ...«

»... Moment mal, Sie haben mich überhaupt nichts gefragt?«

»Nein, musste ich auch nicht. Steht ja schon alles drin im Fragebogen.«

Ich bin verwirrt. Ich krame aus den Taschen ein Eukalyptusbonbon und stecke es mir, samt Papierumhüllung, in den Mund. Das Papier soll gegen irgendetwas gut sein, habe ich mir sagen lassen.

»Also die Auswertung des Fragebogens ergibt, dass sie zu wenig Berufserfahrung haben. Das ist natürlich ein großes Manko, das ich und die *Connection GmbH* leider nicht beheben können.«

»Jetzt haben Sie aber einen Fehler gemacht«, protestiere ich, »Sie haben in der Vergangenheit behauptet, Sie würden mir einen Job besorgen. Sie haben gelogen! Sie ... Sie Fallmanager, Sie!«

»Ja, das stimmt, Herr Rescue. Ich habe gelogen, aber mit Absicht. Ich wollte in Ihnen den Ehrgeiz wecken. Damit Sie sich selbst einen Job suchen und sich damit aus der Misere befreien, bei mir gelandet zu sein. Aber diese Form der Motivation hat bei Ihnen nicht geholfen. So sieht es aus.«

Mein Fallmanager tippt eine Menge Buchstaben auf der Tastatur. Er ist ein Tastaturtyp. Kurz geht mir durch den Kopf, dass er über dem Bett eine Tastatur hängen hat, in die er sich vor dem Schlafengehen einklinkt, um dann die Nacht über schlafend seine Lieblings-Tastenkombinationen zu drücken.

Herr Magenta unterbricht mich in meinen Gedanken.

»Wie gesagt, Herr Rescue, zu wenig Berufserfahrung. Das macht die Sache schwierig. Wir werden den Fragebogen so an das Jobcenter Mitte weitergeben, und das wird Sie dann im Aktenschrank ganz hinten einsortieren. Wahrscheinlich bei ZD wie »Zappenduster.«»

»Jammerschade«, sage ich, um seine erniedrigende Einschätzung irgendwie zu kommentieren.

»Ja, das ist es, Herr Rescue. Um meine erniedrigende Einschätzung noch etwas absacken zu lassen, will ich Ihnen verraten, dass

Sie in den Augen des Jobcenters zur ›Gruppe 37‹ gehören. Die wird bei denen in der Rubrik ›NzvE‹ geführt.«

»NzvE? Ist das ein Kürzel für ›Neu zu vermittelnde Eliten‹?«

Der Fallmanager lacht auf. »Nein, Herr Rescue. Das steht für ›Nicht zu vermittelnde Existenzen‹.»

Ich denke an die historische *Gruppe 47*. Das war ein Netzwerk von Schriftstellern wie Erich Fried, Erich Kästner, Günter Grass oder Martin Walser. In diesen Kreis illustrer Namen hätte ich gerne gehört, doch leider gibt es die *Gruppe 47* seit 1977 nicht mehr.

»Wer ist denn in dieser Gruppe 37 noch so drin?«, frage ich nach.

Während ich frage, merke ich, wie naiv meine Frage ist. Ich ertappe mich in dem Glauben, so Namen genannt zu bekommen wie Dan Brown, Andreas Eschbach, Margarete von Killing Fields oder Edgar Wallace.

Magenta zieht eine Schublade auf und holt einen Ordner hervor. Er stöbert in den Papieren und gibt ab und an ein »Oje, oje« oder ein »Ach, du Schande« von sich.

»Da wäre unter anderem Horst Oppenheimer, der Kiezkönig vom Sprengelkiez. Der hat mehr Vorstrafen als meine Oma Lebensjahre. Oder hier, Manni Schmidt. Der ist für den Geruch verantwortlich, der oft über dem Wedding liegt. Was ist mit Günther Sauerampfer? Kennen Sie den? Jeder im Wedding nennt ihn ›Arschloch.‹«

»Ja, den kenne ich«, rufe ich aus. »Ich bin diesem Arschloch vorhin in der U-Bahn begegnet.«

Magenta nimmt den Ordner und wirft ihn zurück in die Schublade.

»So, Herr Rescue, dann wollen wir mal was an Ihnen optimieren. Wenn Sie im Internet nach Stellenangeboten suchen, wo schauen Sie da nach?«

»Auf der Portalseite der Arbeitsagentur. Die ist hip!«, rufe ich aus.

»Also, Herr Rescue, die Portalseite der Arbeitsagentur ist die schlechteste Website, die es gibt. Die Angebote dort sind Müll.«

Magenta dreht den Monitor, sodass ich darauf sehen kann. Dann zeigt er mir zwei Jobsuchportale, die ich bislang noch nicht kannte.

»Diese Seiten sind gut«, erklärt er mir. »Ich kann ihnen zwar kein Argument liefern, warum die gut sind, aber sie sind gut. Ich würde es als erfolgreichen Schritt zur Optimierung Ihres Bewerberverhaltens sehen, wenn Sie diese beiden Seiten in Zukunft benutzen. Sie verstehen?«

Ich nicke und ergebe mich wieder mal in mein Schicksal.

Nach einigen Tagen bin ich der Aufforderung meines Fallmanagers gefolgt. Als ich bei den zwei Suchportalen nach Stellenangeboten fahndete, wurden mir die meisten Treffer bei der Bundesagentur angezeigt. Ich bin dann wieder zur Portalseite der Agentur gewechselt und überlege seitdem, was ich antworten soll, wenn mich Herr Magenta nächstes Mal nach meiner Meinung zu den beiden Suchportalen fragen wird. Vielleicht sage ich ihm dann, dass ich die beiden Seiten im Internet nicht wiedergefunden habe. Ist zwar für einen Netzwerkadministrator unglaubwürdig, aber eigentlich bin ich ja Schriftsteller.

Lüderitzkinder

Paul Bokowski

Das Leben der Kinder in meinem Hinterhof wird überschattet von einem beherrschenden und allgegenwärtigen Problem: notorische Langeweile. Wenn ich aus meinem Wohnzimmerfenster hinunter schaue auf die winzigen wuselnden Köpfchen und nach wenigen Sekunden jeden Zählversuch enttäuscht aufgeben muss, scheint es mir fast so, als sei eben jene notorische Langeweile auch der einzige Grund, warum diese Horden an Kindern überhaupt gemacht wurden. So ist das bei uns im Wedding. Da werden Kinder noch aus Langeweile produziert und nicht wie in Charlottenburg, damit man etwas hat, was man auf den Rücksitz seines *BMWs* setzen kann. In Steglitz macht man Kinder, weil die Nachbarn auch welche haben, in Mitte, damit man in der Agentur was rumreichen kann, und im Prenzlauer Berg, weil es bei *H&M* eben einfach keine zu kaufen gibt. Langeweile allerdings scheint von all diesen Beweggründen der stärkste Antrieb zu sein. Das lässt zumindest die Kinderdichte in meinem Hinterhof vermuten.

Da gibt es zum Beispiel im Seitenflügel diese türkische Familie. Die sitzen nach Einbruch der Dunkelheit immer so gemütlich beieinander, dass man wirklich glauben könnte, Gott hätte dieser Familie alles gegeben, was für ein gutes und glückliches Leben notwendig ist, also abgesehen von Vokalen im Nachnamen oder einer dauerhaften Aufenthaltsgenehmigung. Kinder aber haben die, Unmengen davon. Die kriegen so häufig ein neues Baby, wie ich Besuch vom Gasableser. Das muss doch etwas mit Langeweile zu tun haben.

Unser Hauswart hat immer gesagt: »Wenn schon die Eltern nicht wissen, was sie tun sollen mit ihren freien Nachmittagen, kann man von ihren Nachkommen doch auch kaum etwas anderes erwarten.« Dann wollte er sie eines Morgens alle mit dem Güterzug nach Osten schicken und war damit die längste Zeit unser Hauswart gewesen. Aber zurück zur Langeweile.

Manchmal, wenn ich am frühen Nachmittag aufwache und meinen ersten Blick in den Innenhof werfe, erschrecke ich und denke, es hätte über Nacht ein spontanes Massensterben eingesetzt. Dabei liegen die Kinder nur in der Gegend herum und langweilen sich fürchterlich. Das ist aber auch wirklich nachvollziehbar, wenn man in einer Welt lebt, die zwischen Vorderhaus, Seitenflügel und Gartenhaus Platz findet. Da fängt ja auch alles an. Wenn die Kleinen noch Käseschmiere hinter den Ohren und Fruchtwasser zwischen den Zehen haben, steht das halbe Kottbusser Tor bei uns im Hinterhof und will einen Blick auf das frisch gebackene Neugeborene werfen. Aber sobald die Kleinen alt genug sind, um eigenständig sitzen zu können, überlässt man sie sich selbst, setzt sie auf eine der Betonplatten im Hinterhof ab und schaut vielleicht in ein paar Tagen mal nach, was wohl aus ihnen geworden ist.

Das ist gar nicht so ungewöhnlich. Als meine Eltern nach Deutschland gekommen sind und noch im Lager wohnen mussten, haben die polnischen Familien auch alle ihre Kinder einfach unter einem Baum zwischen den Häusern platziert und ab und zu aus den einfach verglasten Plattenbaufenstern hinunter geschielt, ob es wieder eins weniger geworden ist. Polnischen Sozialdarwinismus nannte man das damals: *Survival of the Fittest.* Die meisten von uns haben nur deswegen überlebt, weil sie gescheit und unmoralisch genug waren, sich von den Kindern zu ernähren, die es leider nicht geschafft haben. Es mag an der Religion liegen, aber die Polen hatten schon immer ein sehr ungezwungenes Verhältnis zu Mensch gewordenen Fleisch- und Blutspeisen.

Solch einen katholischen Kannibalismus gibt es bei uns im Hinterhof natürlich nicht. Zuallererst einmal sind die Kinder natürlich

Moslems, und zum zweiten einfach viel zu gelangweilt und entkräftet, um übereinander herzufallen. Wenn aber jemand durch das Tor im Vorderhaus tritt, geht eine sonderbare Unruhe durch die Kinder: ein Murmeln, fast wie das leise Knurren eines kollektiven Magen-Darm-Trakts. Dann ploppt ein einzelnes Individuum wie ein Späher aus dem gefühlten Dutzend heraus, kommt mit ausgestreckter Hand auf einen zu und fragt in einem lauten, freundlichen Ton: »Hallo mein Freund! Wie geht es dir?« – Als mir das zum ersten Mal passiert ist, wollte ich instinktiv einen Döner ohne Zwiebeln bestellen. Mittlerweile kenne ich die Prozedur:

»Hallo mein Freund! Wie geht es dir?«

»Gut. Und selbst?«

»Ey, warst du einkaufen?«

»Ja.«

»Was hast du gekauft?«

»Papaya.«

»Ey, gib uns Papaya!«

»Nö-hö.«

»Was hast du noch gekauft?«

»Tunfisch in eigenem Saft.«

»Ey, gib uns Thunfisch in eigenem Saft!«

»Nö-hö.«

»Was hast du noch gekauft?«

»Acetylsalicylsäure.«

»Ey, gib uns – das!«

»Hast du Kopfschmerzen?«

»Nein, Alter.«

»Dann nicht.«

Dieses hungergelenkte Verhalten ist geprägt von einer ungeheuren Ausdauer. Ich wohne seit drei Jahren dort, und sie fragen mich immer noch jeden Tag. Mittlerweile habe ich mir angewöhnt, nur noch kopfschüttelnd an ihnen vorbei zu gehen und mir Sachen anzuhören wie: »Ey Alter, bist du unfreundlich!«

Wirklich hungrig sind die Kinder in den meisten Fällen natürlich nicht. Aber während, wie bereits erwähnt, Langeweile das beherrschende Problem dieser Hinterhofpopulation darstellt, ist die Kompensation der selbigen die einzige tagesfüllende Tätigkeit. Dabei legten die Kleinen anfänglich ein sehr klischeehaftes Verhalten an den Tag. Wenn ich zum Beispiel aus meinem Hinterhaushochstand hinunter sah, war es, als sähe ich eine türkische Adaption der *Kleinen Strolche*. Es wurden Briefkästen angezündet, Mülltonnen umgeschmissen, Einkaufswagen, Kinderwagen und Gehwägelchen die Kellertür hinunter gestoßen, und es wurden Fensterscheiben eingeschlagen; auch gerne mal die eigenen. Besonders unterhaltsam waren die aus Langeweile entstandenen Wandbemalungen. Während *mein* kindliches Wachstum mit Strichen und Datumsangaben an unserer Wohnzimmerwand verewigt wurde, lassen sich die Wachstumsfortschritte meiner Hinterhofkinder an den Wänden in unserem Hausflur verfolgen. In Bodennähe schmücken noch bunte, aber unförmige Kritzeleien den rauen Putz. Wenige Zentimeter darüber, etwa in Kniehöhe, sind aus den Kritzeleien konkrete Objekte geworden: Blumen, Häuser, Penisse. In Hüfthöhe wurde das Farbspektrum reduziert, und die Objekte wandeln sich zu ersten Buchstabengruppen, die Vornamen wie »Hassan« oder Lieblingswörter wie »Scheise« vermuten lassen. In Brusthöhe schließlich erscheinen dann die ersten vollständigen Satzkonstruktionen. »Ich ficke Düriye« zum Beispiel. Bis Sätze wie dieser in Schulterhöhe durch dadaistische Experimentalgrammatik auf einen Höhepunkt getrieben werden: »Aische du tust von uns gefickt werden.« Es bleibt dabei dem Leser überlassen zu entscheiden, ob es sich hierbei um den fehlerhaften Gebrauch des Futur I handelt oder sozial-literarischen Widerstand gegen das Establishment.

Nun ist die selbst geschaffene Literatur mitunter ein sehr kurzweiliges Vergnügen. Also üben sich die Kinder regelmäßig in immer neuen Ausdrucksformen ihres Kreuzzuges gegen die Langeweile. Vor drei Wochen zum Beispiel haben die Kleinen mit vereinten Kräften in einem 30-Sekunden-Akt alle Bewohner des Seitenflügels von ihrem Kabelanschluss befreit. Ich habe leider nicht genau verstehen können, was »Hauruck!« auf Türkisch heißt. Allerdings war dieser belustigende Akt des Vandalismus ein Schnitt ins eigene Fleisch, da er auch den eigenen Vater seiner geliebten Feierabendunterhaltung beraubte. Seit diesem folgenschweren Tag hat die anhaltende Langeweile der Kinder ein jähes Ende gefunden. Sie werden nun jeden Morgen in drei Gruppen unterteilt: Gruppe 1 besteigt in den frühen Morgenstunden den grünen Lieferwagen des Vaters und wird im Laufe des Tages in den verstreutesten Winkeln Berlins Haushalte auflösen, Keller entrümpeln, Sperrmüllhaufen abtragen und aufschichten und die Hinterhöfe der Stadt nach verwaisten Möbelstücken durchforsten. Gruppe 2 dagegen wird zeitgleich die Ausbeute des Vortages auf Vordermann bringen. Sie wird schrauben, bürsten, wichsen, polieren und den mit Teppichen ausgelegten Hinterhof so lange mit Wasser fluten, bis auch die letzten Flecken Katzenpisse hinausgespült und zwischen den Betonplatten versickert sind. Gruppe 3 aber wird nach dem Frühstück in die Schule geschickt, und trotzdem werden sie dreinschauen, als hätten sie von allen Kindern das schwerste Los gezogen.

Damit auch jedes der Kinder die Freuden der anderen zu schmecken bekommt, hat sich der Vater darüber hinaus ein gewinnmaximierendes Rotationssystem überlegt. Drei-Felder-Wirtschaft in einer postindustriellen Dienstleistungsgesellschaft. Seitdem herrscht Ruhe in unserem Hinterhof. Kein Geschrei, kein Gebrüll, kein Kindergarten-Kreuzberg-Feeling mehr. Und wenn ich jetzt am frühen Nachmittag aus den Federn krieche und meinen ersten Blick aus dem Fenster werfe und sehe, wie die Kinder in unserem Hof herumliegen, als hätten sie Malaria und Ebola, dann ist das keine Langeweile mehr, sondern lieblich süße Feierabendmüdigkeit.

IV. Mit Zwiebeln

Büroflächen

Am Haus klebt der Hinweis: »Büroflächen zu vermieten!« Pah, das haben schon ganz andere versucht. Meine Wohnung wird allerdings wieder eine Wohnung, sehe ich an den Bauplänen. Dort, wo ich gerade sitze, steht dann eine Toilette, und ich würde auf eine Badewanne schauen. Das Berliner Zimmer wird eine Wohnküche und die Küche ein Kinderzimmer, wahlweise Abstellkammer. Plötzlich scheinen 14 Quadratmeter in der Gesamtgröße verschwunden und in die Kammer im Flur wollen sie ernsthaft ein Gäste-WC einbauen, übrigens das dritte in der Wohnung und direkt gegenüber der Haustür. Was würde wohl ein Feng-Shui-Berater dazu sagen? Da kann die negative Energie gleich in den Hausflur abfließen? *(Frank Sorge)*

Ein wahrer Freund

Neulich war ich bei Lutz. »Ich soll dir von Madeleine einen schönen Gruß bestellen. Sie fand dich am Freitagabend abstoßend.«

»He, warum läßt sie mich grüßen, wenn sie so eine schlechte Meinung von mir hat?«, fragte ich nach.

»Nun, eh ...«, antwortete Lutz. »Das mit dem Grüßen habe ich mir ausgedacht. Ich wollte halt ihre negative Bewertung etwas entschärfen.«

Ich glaube, so etwas zeichnet einen wahren Freund aus.

(Robert Rescue)

Abnormales Verhalten im Friedrichshain

Friedrichshain gilt als einer der am stärksten mit Hundekot gepflasterten Stadtbezirke Berlins. Umso verwunderter war ich, als ich jüngst Folgendes beobachtete: Ein Hund stellte sich rittlings direkt an eine Straßenlaterne. Daraufhin geschah, was geschehen musste: Etwas unschön Braunes kleckerte an die Laterne und lief sogar noch etwas daran herunter. Herrchen stand daneben, guckte zu und sagte dann tatsächlich: »Ihh gitt«!

Doch dann traute ich meinen Augen nicht: Herrchen nahm ein Taschentuch aus der Tasche, faltete es sorgsam auf, beugte sich hinab zum Tatort des Geschehens – und wischte seinem Hund den Arsch ab.

Dann gingen sie weiter. *(Volker Surmann)*

Das ist Berlin

Meine Eltern sind zu Besuch. Ich bin mit meiner Mutter einkaufen. Im *Plus* in der Müllerstraße. Wir legen gerade den Einkauf auf das Band, als ein fürchterlicher Gestank an uns vorbeizieht. Vor uns an der Kasse steht ein Obdachloser und wühlt erst in seinem gelb-grauen Bart und dann in seiner Hand voller Centmünzen. Meine Mutter schiebt die Sachen auf dem Band zurück und zieht mich einen halben Meter nach hinten. Auch die Leute hinter uns schauen angeekelt zu dem Obdachlosen und weichen ein ganzes Stück zurück.

»Das ist Berlin«, flüstert mir meine Mutter ins Ohr.

»Könn' se mal ne zweete Kasse uffmachen?« brüllt ein Mann vom Ende der Schlange.

»Warum denn?« brüllt die Kassiererin zurück.

»Weil's stinkt«, ruft der Mann.

Ich neige mich zu meiner Mutter.

»*Das* ist Berlin«, sage ich. *(Paul Bokowski)*

Versuche zum Dialog der Kulturen (4)

Nachts um zwei in einer Kneipe im Wedding.

Gast: Und ich hätte gerne noch einen Pfefferminztee.

Kellnerin: Tut mir leid, die Kaffeemaschine ist schon aus.

Dialog gescheitert. *(Heiko Werning)*

Berlin-Mitte

Frank Sorge

Manche Dinge glaubt man, andere nicht. Neigen doch Menschen schnell dazu, eine Begebenheit auszuschmücken, wenn nicht gleich neu zu erfinden. Ein Freund erzählte mir dazu die schöne Geschichte eines Experiments aus dem Jurastudium, um die Glaubwürdigkeit von Zeugen generell zu bezweifeln. Ein Dozent gab einem Studenten bei gefülltem Saal ohne Veranlassung zu Beginn der Veranstaltung eine schallende Ohrfeige. Dann wurden die Studenten als Zeugen befragt und siehe da: Ein Großteil der Anwesenden sagte aus, die Ohrfeige sei kein Wunder gewesen, der geschlagene Student hätte den Dozenten doch im Vorfeld massiv beleidigt und provoziert. Ein Teil beteuerte andersherum, der Student hätte dem Dozenten die Ohrfeige gegeben, manchmal wurde auch getreten oder geboxt. Irgendwer glaubte außerdem zu wissen, es wäre eine persönliche Angelegenheit zwischen den beiden und eine Frau im Spiel. So viel zur Wahrheit.

Meine Geschichte geht jetzt so, sie ist eine typische Berlin-Mitte-Geschichte: Ich rücke nachmittags vom Rechner an meinem Arbeitsplatz ab und rauche eine Zigarette am Fenster, um in meinem dunklen Mietskasernenhinterhofloch ein bisschen Frühlingsluft zu schnuppern. Der Baulärm der Brunnenstraße dringt dumpf herüber, gegenüber arbeiten Menschen in einem Büro und machen Bürotätigkeiten und oben hängt ein Pullover zum Lüften aus dem Fenster, auf dem »Schwabenpower« steht. Ich lehne mich weit hinaus, und ein Pärchen tritt in meinen Hof. Sie sehen russisch aus. Er in schwerer Handwerkerkleidung, Blaumann und Arbeitsschuhen, sie trägt Bürokostümchen mit violett verspiegelter Sonnenbrille und feinen Strumpfhosen. Ich habe beide noch nie gesehen. Sie kommen auf meinen Hinterhof und sehen sich um. Der große blonde Kerl sieht zu mir hoch und in meine Augen, dann geht er in eine Ecke des Hofs, neben das ausgebrannte Klavier, das unsere Performancekünstlerin vor drei Jahren während einer Performance verbrannt und dann in blauer Folie auf den Hof abgeladen hat, wo es jetzt wie eine Leiche weiter verfault, und pinkelt gegen die Wand. Währenddessen steht die Frau am Eingang zum Keller und raucht eine Zigarette, eine kleine teure Handtasche baumelt an ihrem Arm.

Er schüttelt ab und geht zu ihr zurück, lehnt sich an das Gitter am Kellereingang und hält einen Plausch. Sie sprechen tatsächlich Russisch und stehen sehr nah beieinander. Dann holt er seinen Zollstock heraus und vermisst zurückhaltend zärtlich ihre Körpergröße, ihre Breitengerade und Fingerlängen. Da es mir zu absurd und zu intim wird, setze ich mich wieder in meinen Sessel zurück und versuche herauszufinden, ob ich mich tatsächlich wach und in der Realität befinde. Oder lieben Russen einfach anders?

Fünf Minuten später kommt meine Mitbewohnerin ins Zimmer und erzählt, sie hätte vom Fenster in der Küche beobachtet, wie gerade ein großer Araber mit einer Prostituierten in den Hof gekommen wäre. Der südländische Typ in Jogginghose und engem T-Shirt hätte hinter dem Klavier gewühlt und ein kleines Päckchen herausgeholt, das sich die Prostituierte gewissenhaft in einen kleinen Rucksack steckte, den sie über der Schulter trug. Dann seien sie noch auf einen Quickie in den Keller runter.

Ich glaube ihr natürlich kein Wort, und plötzlich klingelt das Telefon. Meine Exfreundin im Stockwerk drüber ist völlig aufgelöst und meint, sie hätte einen Mord gesehen. Ein kleiner Mann im Geschäftsanzug hätte einen Transvestiten im Hof mit einem Hammer erschlagen, der hinter dem Klavier verborgen war, und dann den Leichnam in den Keller gezerrt.

Aha, denke ich, wer braucht jetzt die Brille, oder ist vielleicht alles ausgedacht?

Alle dachten gerade, ich erzähle etwas, das wirklich passiert ist, aber in Wirklichkeit ist natürlich nichts dergleichen passiert. Warum sollte auch ein russisches Pärchen offen in meinen Hinterhof pinkeln und sich danach mit dem Zollstock vermessen?

Ich jedenfalls traue dem Bezirk Mitte, seit ich hier wohne, so ziemlich alles zu. In der U-Bahn, Linie 8, vor meiner Haustür stehen so viele Drogendealer in den Bahnhöfen oder fahren hin und her, dass ihnen, wären sie im Nebenberuf *BVG*-Kontrolleure, kein einziger Schwarzfahrer würde entwischen können. Den ganzen Tag lungern sie so herum und drehen sich als kleine Rädchen im organisierten Mechanismus aus Einfuhr, Anlieferung und Verteilung vor meiner Haustür im Kreis und nerven die Imbissbudenbesitzer oder die Verkäufer in den Tabakläden, weil ihnen langweilig ist. An den Ausgängen stehen und sitzen Punks und handeln mit Fahrscheinen oder spielen Gitarre. Prostituierte schlendern Cola trinkend die Rosenthaler Straße hinunter, und Touristen marodieren bis 5 Uhr nachts durch die Kastanienallee, um den ganzen Stadtteil aufzuwecken. Alle treffen sich vor meiner Haustür, um mit dem Nachtbus in den Wedding nach Hause zu fahren.

Man wundert sich tatsächlich, warum z. B. so viele Schwaben genau hier Häuser kaufen, oder gibt es irgendeinen Haken am Leben in Tübingen, Ulm oder Stuttgart, den ich als geborener Berliner nicht nachvollziehen kann?

Meine Oma schwört zum Beispiel, obwohl sie schon länger aus anderen Gründen in Neukölln wohnt, immer noch auf Lichtenrade, weil es da ruhig und grün ist, und es ist tatsächlich sehr ruhig und grün da, glaube ich.

Als würden alle genannten Personengruppen plus die folgende auf irgendeine mysteriöse Art und Weise zusammenhängen, wohnen hier in Mitte mehr Schriftsteller als anderswo. Ein Fernsehdokumentarfilmer erzählte mir mal von seiner Doku-Reihe über Berliner Schriftsteller in den verschiedenen Stadtbezirken. Er hatte schon einige gedreht und in der Aufzählung, fiel mir auf, fehlte Berlin-Mitte. Ich fragte unbedarft: warum? Und er antwortete, es würden hier so unverhältnismäßig viele wohnen, dass er im Prinzip gezwungen wäre, den ganzen Bezirk auszulassen. Als Nächstes dann Schriftsteller in Lichtenrade.

Warum sich ein ungleiches russisches Pärchen in meinen Hinterhof verirrt, damit er mal Wasser lassen kann, ist mir dennoch ein Rätsel. Es ist ja nicht so, dass es auf Baustellen keine Toiletten gäbe.

»Oder kein Russland mehr!«, würde der Typ, den ich vor kurzem zufällig bei einer Kindstaufe in Neukölln kennengelernt habe, vielleicht hinzufügen. Es dauerte keine zehn Minuten, da fingen wir an, uns miteinander anzulegen, wie Teilchen und Antiteilchen hatten wir uns angezogen, ohne uns vorher einmal gesehen zu haben. Schon nach zwei Sätzen erläuterte er, es ging um die kleine Ansteckflagge an seinem Jackett, die mir aufgefallen war, die Flagge, mit der die deutsche Armee in den ersten Weltkrieg gezogen sei, der letzten Zeit reiner deutscher Tugenden übrigens, die er auch heute gerade wieder für angebracht halte – also etwa nach einer Minute war ich drauf und dran anzumerken, einen wie ihn würde ich auf der Taufe meines Kindes nicht mal in die Kirche lassen. Mehrere Frauen in der Nähe trennten uns augenblicklich. Ein paar Tage später erfuhr ich, dass er tatsächlich NPD-Mitglied ist. Manchmal riecht man das ja.

Wenn das jetzt Neukölln ist, dachte ich, bin ich in Mitte mit Schwaben, Dealern, Prostituierten und Schriftstellern vielleicht doch viel besser aufgehoben. Dann pinkelt ruhig weiter alle in meinen Hausflur oder in den Hof, hier hat noch niemand saniert. Ist ja sowieso nur Wasser und Bier und Döner, und geregnet hat's auch lange nicht, der Efeu in der Ecke kann es vielleicht brauchen.

Ich, the Häuslebauer. Drama in 10 Aufzügen

Volker Surmann

1 Wie alles begann

Vor einiger Zeit habe ich etwas gemacht, über das man gewöhnlich lieber schweigt: eine Erbschaft. In einer Höhe, dass man sagt: »........ – Uh!«, aber leider auch nicht so hoch, dass ich mein Leben lang hätte von den Zinsen leben können, schade eigentlich. Es war also ein Betrag, dessen Existenz ich aus purer Ratlosigkeit erst einmal eine Weile ignorierte. Doch dann brummelte der gelernte Westfale in mir: »Anlegen, min Jung, du musst es anlegen! Für schlechte Zeiten!«

Dieser gelernte Westfale war es wohl, der dann samstags die *Morgenpost* anschleppte und mir auf den Frühstückstisch legte. Der gelernte Linke in mir warf die Springer-Seiten ins Altpapier, der Westfale beugte sich über den Immobilienteil und murmelte: »Ist Mietezahlen etwa fortschrittlich?« Ich musste an meinen Vermieter denken und dachte: »Na ja«. Der gelernte Linke in mir schielte daraufhin dem Westfalen über die Schulter, und gemeinsam machten sie dann Kringel um Anzeigen mit günstigen Eigentumswohnungen. Ich glaube, es war der gelernte Linke, der zuerst den Hörer in der Hand hatte.

2 Besichtigungen

Bald wird mir klar: Mit der Überlegung, mir Eigentumswohnungen anzuschauen, bin ich eindeutig auf die Arschlochseite des Universums gewechselt. Mit dem ersten Anruf bei einer dieser Projekt- oder Vertriebsgesellschaften *VGG Immohai Bau KG*, *QVC Projektgesellschaft Mainzerstraße* (Berlin/Tuttlingen/Honduras), *TKKG Friedrichshain mbH* und wie sie alle heißen, habe ich mich in eine

Art Matrix für Makler eingewählt, und auch in dieser Matrix sind die Anzugträger die Bösen.

Unlängst an der Simon-Dach-Straße: Ein Anzugträger kommt auf mich zu, stellt sich vor als »Herr Schmidt« und mustert mich mit durchdringendem Blick. Okay, das war's dann. Ich sehe eindeutig nicht wie ein Immobilieninteressent aus. Doch dann fährt er fort: »Das wird hier ein Zentrum urbanen Livings für junge Kreative, vorwiegend aus der Medienbranche. Genau das Richtige für Sie«, klärt er mich auf. Vielleicht sollte ich mir doch mal Gedanken um mein Outfit machen. »*MTV, Universal*. Sie müssen wissen, Friedrichshain ist der aufstrebende Trendbezirk mit hervorragenden Entwicklungschancen und Renditeraten.«

Ich will aber gar keine Wohnung zum Renditeraten. Ich will eine Wohnung zum Drin-Wohnen. Herr Schmidt guckt mich äußerst irritiert an, führt mich dann aber doch durch einen leer geräumten Altbaublock. Die meisten Türen sind derart vernagelt, als unterhalte die CIA dahinter ihre Geheimgefängnisse. Hieß ja immer, die wären irgendwo im ehemaligen Ostblock. Wieso also nicht Friedrichshain?

»Wir hatten hier Probleme mit Punkern und Hausbesetzern«, klärt mich Herr Schmidt auf, »aber die haben wir jetzt in den Griff gekriegt.« Ja, wahrscheinlich eingesperrt und zugenagelt, dann müssen sie später nur noch die Knochen rausfegen. Zwei oder drei Wohnungen sind sogar noch bewohnt, Kinderwagen und Fahrräder stehen davor. Zettel an den Türen verkünden in trotziger Eddingschrift: »Diese Wohnung steht für Besichtigungen nicht zur Verfügung! Hier leben noch Menschen!« Menschen unterstrichen.

»Keine Sorge, bis zum Abschluss der Baumaßnahmen werden die auch noch frei«, deutet Herr Schmidt angewidert auf die Schilder und macht ein Gesicht wie Cäsar in den *Asterix*-Comics, als wolle er sagen: »Dieses Haus ist verseucht, es hat Gallier!«

Die Musterwohnung im Haus ist schlicht und unspektakulär:

»Die Grundrisse sind alle ähnlich, Fliesen und Fußböden werden in allen 40 Wohnungen gleich«. – Na, da werden sich die jungen Kreativen aber freuen! »Ansonsten könnten wir den Preis nicht halten«. Der Preis ist aber auch so nicht zu halten. Wer diesen Preis zu halten versucht, kippt damit gleich um. Aber die jungen Kreativen scheinen es ja zu haben. Ich bin zwar jung und kreativ, aber ich will nur eine Wohnung, ich will nicht *MTV* gleich mitkaufen müssen.

Herr Schmidt führt mich wieder nach unten. Im Innenhof stehen zwei alte, sehr knorrige Rotdornbäume: windschief – ein Rätsel, wieso. Im Hinterhof weht kein Wind, aber vermutlich wurde der Block vor hundert Jahren um sie herumgebaut. Die Bäume blühen und sehen verwunschen und hübsch aus. »Der Innenhof wird ganz modern«, sagt Herr Schmidt und deutet auf die urigen Gewächse, »da kann man den Altbau dann nur noch erahnen. Das wird alles neu gestaltet, mit Gartenteich, im Stil eines japanischen Bambusgartens.« Klar, ein japanischer Bambusgarten für Friedrichshain. Damit sich die jungen Kreativen ihr Sushi direkt aus dem Gartenteich ziehen können. Wahrscheinlich werden die Wohnungen auch nur mit integriertem Wok verkauft. Ich beschließe, ganz schnell zu altern, um nicht mehr jung und kreativ zu sein.

Vor dem Haus gibt mir Herr Schmidt flüchtig die Hand und faltet sich in seinen schwarzen Smart. Dann fährt er davon. Ich kehre noch einmal zurück in den Altbau zu den Türen der Gallier-Wohnungen: »Esst kein Sushi!«, schreibe ich drauf.

3 Der Kaufakt

Etwa zwanzig Herren Schmidts später habe ich eine Wohnung gefunden. In meinem Kiez, im nördlichen Friedrichshain, dem Wedding des Trendbezirks. Ich halte es mit Umzügen in Berlin westfälisch. Während die zugezogenen Schwaben alle fünf Monate einen Möbelwagen bestellen, weil sie irgendwo in der Weisestraße in Neukölln doch noch ein günstigeres WG-Zimmer gefunden haben, wo acht Euro billiger isch, ziehe ich von der Straßmannstraße in die Verlängerung der Straßmannstraße. Das ist praktisch, nicht mal meine Handy-Homezone muss ich ändern. Auch Westfalen können acht Euro sparen. Die Maklerin heißt Frau Bollerke und ist auch so. Das Haus gehört zwei Brüdern und ein paar Geschäftspartnern; im Wartezimmer des Notars plaudern wir freundlich. Nach meiner Unterschrift unter den Kaufvertrag springen die Gebrüder Ex-Eigentümer auf und entschwinden grußlos. Von draußen höre ich sie lachen. Einer fragt: »Warste eigentlich jemals in dem Haus?« »Nee«, ist die Antwort, »Friedrichshagen war dit, oder?«

4 Freud und Leid einer neuen Wohnung

Das Schöne an einer eigenen Wohnung ist, dass man nach Belieben drin wüten darf. Man darf Wände einreißen und versetzen, mit Vorschlaghammer und Kuhfuß Gipskartonplatten zertrümmern, Fußböden aushebeln und neu verlegen, Türen versetzen, nach Lust und Laune Fliesen von den Wänden kloppen und neue aussuchen, sich seine Lieblingsbadewanne kaufen, Wände quietschend bunt streichen, ohne an lästige Vermieter zu denken, und Dreck machen, bis er überall knöchelhoch liegt. Das Blöde an einer eigenen Wohnung ist, dass man das alles tatsächlich auch macht.

5 Meine kleine homosexuelle Baustelle

Anfangs spreche ich, wenn ich in meine Wohnung zum Renovieren gehe, noch davon, dass ich »in die Wohnung« gehe. Nach zwei Wochen spreche ich nur noch von »meiner Baustelle«. Ungeplant ist meine Wohnung zu einer Leistungsschau homosexuellen handwerklichen Geschicks mutiert. Ein Anruf bei einer vertrauenserweckenden Handwerkeranzeige in der *Siegessäule*, dann kam eine Empfehlung zur anderen, und mit einem Mal gleicht die Handwerkergemeinde einer Miniaturausgabe der Gay-Community. Meine Privat-Baustelle: ein Bonsai-CSD mit Sicherheitsschuhen. Meine

Klempnerin ist lesbisch, der Fliesenleger schwul, meine Helfer auch, der Elektriker transsexuell. Vielleicht sollte ich zur Einweihung den Papst einladen.

Bier wird trotzdem getrunken, aber im Baustellenempfänger läuft nur Klassikradio, und beim »Richtfest«, das wir nach erfolgreichem Fußbodenverlegen feiern, wird ein Glas Prosecco an die Wand geknallt. Frank Sorge will eine Zeitlang beweisen, dass auch Heteros nageln können, doch wir überhören sein Kratzen an der Tür. Lediglich der Handwerker, bei dem ich ein neues Schlafzimmerfenster bestellt habe, weil das DDR-Fensterimitat nur noch durch die Kraft des Glaubens an eine sozialistische Zukunft zusammengehalten wird, ist hetero und lässt fünf Wochen auf sich warten.

6 My life is a Spachtel

Seit zwei Monaten renoviere ich lustig vor mich hin. Etwa eine halbe Tonne Spachtelmasse habe ich verbaut. Das ist meine Aufgabe. Irgendwas ist immer zu spachteln. Ich wusste gar nicht, wie viel verschiedene Pasten es gibt: Fugenspachtel, Flächenspachtel, Ausgleichsputz und Blitzzement, Schnell-Gips, der lustig warm wird, wenn man ihn über ein Bündel Elektroleitungen schmiert, Ansetzgips für Gipskartonplatten, Malerfeinspachtel ... Ich kann kein *Nutella*-Brot mehr schmieren, ohne dass ich die Nussnougatoberfläche sauber glätte. Gestern wollte ich Eierkuchen backen, rührte Eier, Mehl und Milch zusammen und fand mich kurz darauf mit der Teigschüssel vor der Wohnzimmerwand wieder und dachte: »Irgendwas ist hier falsch.« Spachteln ist mein Leben. Zwischendurch erledige ich ein paar Schreibaufträge. Schnell die sprachliche Oberfläche mit Wohlklang ordentlich zugespachtelt, dann sieht man keine tieferen Sinnrisse mehr. Funktioniert wie geschmiert. Ich laufe durch U-Bahn-Stationen, stehe vor fremden Mauern, betrete Wohnungen von Freunden, sehe Wände und Decken von Veranstaltungsräumen, und, ohne dass ich es will, erkennen meine geschulten Augen überall Unebenheiten! Überall Dellen und Risse! Löcher in jeder Wand! Die Welt ist voll davon! Überall Vertiefungen, Kratzer und Fransen! Man muss sich die Landkarten doch nur anschauen! Norwegen! Eine Küste wie eine ausgerissene Raufasertapete! Das kann man doch zuspachteln! Wo bleibt Gott mit dem transzendentalen Füllspachtel? Das muss doch alles mal ordentlich gespachtelt werden! Sieht das denn niemand? Von wegen *Brot für die Welt*! Die Welt braucht mehr Füllspachtel!

7 Ich habe Angst vorm Fliesenleger

Wenn morgens um kurz vor acht das Handy klingelt, und zwar einen aus dem Schlaf, man rangeht, und es ist der Fliesenleger, der auch gestern schon um kurz vor acht anrief, und man auch gestern zu der Zeit noch geschlafen hatte, und er heute wie gestern im neuen Badezimmer steht und ins Telefon mault: »Komm mal her, das geht so nicht«, und man dann verpennt auf die Baustelle wankt, und die ersten Worte des Tages, die man auf nüchternen Magen hört, die folgenden sind: »Was ihr da gestern gebaut habt, das ist maximal ne Vier, eher ne Fünf, auf jeder anderen Baustelle würde der Architekt sagen: ›Alles einreißen, noch mal neumachen!‹«, und man eigentlich glaubte, genau das gestern schon einmal getan zu haben, und wenn man dann bedröppelt, wie damals, als einen im Kindergarten Frau Polt vor der ganzen Gruppe eine »Heulsuse« genannt hat, daneben steht, den Blick zu Boden gerichtet, und sich bei dieser Gelegenheit vergegenwärtigt, dass man den Mann, der einen da gerade runterputzt, dafür sehr, sehr teuer bezahlt, dann ist das nicht nur ein Anlass für zehn bis zwölf Stunden schlechte Laune, sondern auch ein guter Grund, alle etwaig geplanten Experimente mit Sadomasochismus lieber noch um ein paar Leben zu verschieben.

8 Ich habe alles falsch gemacht

In meine eigenen Jubelarien über die Erfolge meiner Heimwerkelei mischen sich regelmäßig Dissonanzen durch einen Chor von Experten, die meine Wohnung betreten und als erstes Sätze von sich geben wie: »Wieso haste das denn so gemacht?«, »Also ich hätt das anders gemacht!«, »Das kann man doch auch viel einfacher hinkriegen!«, »Wieso haste denn da nicht `nen Hartschlappentrimmer genommen? Kost auch nix, so'n Hartschlappentrimmer, nur 200 Euro vielleicht, lohnt sich aber«, »Im *Bauhaus* gibt's so'n Zeug, damit geht das total easy, und sieht nachher nicht so örgh aus.« Das blöde an diesem Chor ist, dass er einem das Hirn so weich singen kann, dass man irgendwann mit einstimmt. Ich soll schon wimmernd in fremden Wohnungen gesichtet worden sein, während ich mit Tränen in den Augen ansatzlos geklebte Tapeten betastete.

9 Ich stelle mich meinen Nachbarn vor

Meine Nachbarin aus der Wohnung über mir klingelt und stellt sich vor mit den Worten: »Ich bin Lehrerin.« Wie lange das Hämmern noch gehen solle, sie brauche Ruhe. Sechs Wochen später werden meine freundlichen Aushänge im Treppenhaus, auf denen ich das Abschleifen meiner Dielen ankündige, mit Rotstift korrigiert. Was die Lehrerin nicht weiß, aber ich weiß, und ich werde dieses Wissen für mich behalten bis zu einem für mich günstigen Augenblick: Im nächsten Jahr wird das Dachgeschoss ausgebaut, direkt über ihr.

10 Status quo

Die Fenster sind nicht geliefert, der Boden ist nicht lackiert, ein Berg ramponierter Scheuerleisten stapelt sich im Wohnzimmer. Die Fliesen kleben nur halb an der Wand, die Badewanne steht hochkant im Flur, die Kloschüssel liegt noch im Pappkarton. Die Wände sind nicht gestrichen, die Steckdosen alle nackt, die Decken sind nicht ausgebessert, in der Küche blickt man noch auf den Fußboden meiner Übermieter, das Bad hat keine Tür, aber der Möbelwagen ist bestellt. Morgen ziehe ich ein.

Frühstück mit *Accipiter nisus*

Hinark Husen

Es war eine ungewöhnliche Begegnung. Da entdeckte ich im Hinterhof meiner Weddinger Mietskaserne frühmorgens einen imaturierten Greifvogel, mit anderen Worten: einen nicht ausgefärbten jungen Habicht, der mir auf einer großen Flatterulme im Hinterhof sitzend direkt in meine Küche in den vierten Stock starrte. Luftlinie vier Meter Abstand. Ich weiß nicht genau, wer blöder geguckt hat, der Vogel oder ich.

Jahrelang hatte ich in der westfälischen Heimat Greifvogelbestandsaufnahmen durchgeführt, ein Habicht war mir dabei nie untergekommen, und nun guckten wir uns Auge in Auge an, ohne dass ich das Haus verlassen musste. Und wie es der Zufall so wollte, waren wir beide beim Frühstück, bei mir gab's Marmeladenbrötchen, bei ihm Jungtaube. So recht zum Essen kam der arme Kerl aber nicht, weil er von einem Dutzend Elstern umringt war, die unbedingt Ringelpietz mit ihm spielen wollten. Während er versuchte, sein Frühstück zu rupfen, zogen ihm die Quälgeister immer abwechselnd am Schwanz. Die Mimik eines Habichts ist nicht eben ausgeprägt, aber wer wollte, konnte schon eine leichte Verärgerung in der Haltung der weißen Augenbrauenfedern herauslesen. Nach einer Viertelstunde wurde es den Elstern zu langweilig und sie schwirrten ab, der Habicht konnte nun in Ruhe den Darm aus der Taube ziehen, und ich war froh, mein Marmeladenbrötchen schon aufgegessen zu haben.

Jetzt doch noch schnell zur Plattensammlung gerannt und die CD mit den Vogelstimmen herausgesucht. Nun schrie in voller Lautstärke ein hörbar erregter Habicht in meiner Küche. Das lebende Exemplar im Baum ließ dieser Kommunikationsversuch aber eher kalt. Nach einigen Minuten verpisste sich das Tier, ohne einen Laut von sich gegeben zu haben. Die Amseln und Krähen schimpften ihm indes noch eine Weile hinterher. Dann wurde es ruhig. Nur ich lief völlig aufgedreht in der Wohnung herum. Ein Habicht in meinem Hinterhof! Eine echte Sensation! Ob ich Zeitungen anrufen sollte? Oder es interessierten Radiostationen melden?

Beim abendlichen Smalltalk in der Kneipe interessierte sich leider kein Schwein für meine ornithologische Sensation, und ich musste einsehen, dass der Fall auch bei den Medien nicht mal für eine Sommerloch-Story reichen würde. Okay, ich sinnierte kurz, ob ich mir ein T-Shirt anfertigen sollte mit der Aufschrift: »Ich hab mit dem Weddinghabicht gefrühstückt«, allerdings wäre das ja auch nicht unbedingt so ganz wahrheitsgemäß, denn der Teenie-Greif saß ja draußen.

Zu meiner großen Freude tauchte er allerdings in den folgenden Wochen immer mal wieder auf, man brauchte nur auf die Schimpfkanonaden der befiederten Hinterhofbewohner zu warten. Außerdem stieß ich in der näheren Umgebung des Öfteren auf Tauben- und Elsterrupfungen. Ich freute mich, dass das Leben für die fliegenden Stadtratten im Kiez nun um eine existenzielle Note bereichert wurde. Aber woher kam der Habicht, war er wirklich auch ein gebürtiger Weddinger, ein echtes Kind der Großstadt? Wenn es so war, dann konnte er eigentlich nur in den Rehbergen das Licht der Welt erblickt haben, und so machte ich mich eines Tages auf den Weg zum Volkspark, auf die Suche nach den Wurzeln meines Tauben fressenden Freundes. Ich freute mich für ihn, dass die Freilandhühnerhaltung im Wedding ausgesprochen unpopulär ist, sodass er sich hier eigentlich kaum Feinde machen konnte. In einem kleinen, mit Buchen bewachsenen Waldstreifen in der Nähe des Plötzensees wurde ich dann fündig, ein riesiger Horst in einer Baumkrone, und am Boden sah es total beschissen aus, das sicherste Zeichen, dass oben auch jemand wohnte. Ein hervorragend gewählter Platz, ich hätte mich genauso entschieden, mit bestem Ausblick auf den ganz in der Nähe gelegenen FKK-Strand. Anscheinend allerdings muss es in der luftigen Höhe zu bösen Streitereien um die beste Sicht gekommen sein, denn ein paar Tage später fand ich bei meinen inzwischen regelmäßigen Besuchen einen toten Jungvogel auf dem Boden. Was für eine Schande, bei der Anzahl der Flugratten wären doch wirklich alle satt geworden. Aber was half das Lamentieren. Kurzfristig kam ich auf die Idee, das Küken zum Präparator zu bringen und es dann anschließend bei mir auf die Fensterbank vom Schlafzimmer zu stellen, damit die doofen Tauben da nicht jeden Morgen herumgurren, aber bei deren Blödheit würden sie dieses weiße Knäuel wahrscheinlich gar nicht als Habicht erkennen. Oder ob ich mir aus den Klauen ein Amulett oder so was machen sollte? Dazu hätte man sie aber erst mal vom Rest des Vogels abkriegen müssen. Ich wäre zumindest der Erste hier im Revier gewesen, der mit Greifvogelklauen um den Hals herumgelaufen wäre, aber das sollen dann vielleicht doch besser andere ausprobieren.

Ich überließ also den Kadaver den Ameisen und wünschte noch eine erfolgreiche Brut, vielleicht trifft man sich ja mal wieder zum Frühstücken.

Feuer in der Seestraße 101

Robert Rescue

Manchmal ist es hilfreich, wenn man im gesetzten Alter nicht mehr auf Partys eingeladen wird und deshalb oft am Wochenende zu Hause ist. Dann kann man nämlich auf möglicherweise lebensgefährliche Entwicklungen reagieren, die ausgerechnet an einem Samstagabend auftreten.

Ich saß am Schreibtisch und schrieb an einer neuen Geschichte, als ich das Knistern hörte. Ich kannte das Geräusch zu genüge, hatte es die letzten Wochen immer mal wieder gehört und wusste daher um die Folge. Sobald das Knistern verstummte, startete mein Rechner neu. Also speicherte ich das Dokument und wartete dann auf den Reboot. Es geschah nichts. Stattdessen blieb das Knistern, wurde lauter und durch ein weiteres Geräusch ergänzt, welches ich in Ermangelung eines passenden Begriffs »Knustern« nennen möchte. Ich stand auf und besah mir die Stelle, woher das Lärmen kam. Neben der Tür befand sich in der Wand eine runde Plastikscheibe. Von dort führte eine Leitung zu der Steckdose, die meinen Rechner samt Peripherie mit Strom versorgte. Jetzt sah ich, dass sich in der Plastikscheibe ein Loch bildete, das immer größer wurde. Dahinter sah ich eine rötlich gelbe Masse immer heller leuchten. Ich überlegte, was zu tun war.

Sollte ich die Angelegenheit ignorieren, schlafen gehen und hoffen, dass morgen alles wieder so war wie zuvor?

Irgendwen anrufen und über die Sache informieren?

Aber wen?

Es handelte sich eindeutig um Feuer. Um einen Brandherd, der augenscheinlich im Begriff stand, größer und damit unkontrollierbar zu werden.

Feuerwehr, ging es mir durch den Kopf. Ich eilte zu der Pinnwand, wo ich vor einigen Jahren vorausschauend mal einen aus der Zeitung ausgeschnittenen Zettel mit wichtigen Telefonnummern deponiert hatte. Ich schaute auf den vergilbten Zettel – 112. Ich holte tief Luft und besann mich auf meine eiskalte Entschlossenheit, die Frauen an mir so bewunderten. Dann nahm ich den Hörer ab und wählte die Nummer.

»Herzlich Willkommen beim Notruf der Feuerwehr! Zurzeit sind alle Leitungen besetzt. Einer unserer Mitarbeiter wird sich Ihrem Anliegen widmen, sobald er Zeit dazu findet. Bleiben Sie solange in der Leitung und erfreuen Sie sich an der Melodie von ›Burn, Baby, burn‹ von der irischen Band *Ash*.«

»Feuerwehr!«

»Ja, hallo, hier ist Robert Rescue. Bei mir brennt es. Kommen sie schnell! Tschüss.«

Ich legte auf. Für meinen ersten Anruf bei der Feuerwehr war das nicht schlecht gewesen. Ich hatte einen Namen genannt, allerdings nur mein Pseudonym, sowie das Anliegen. Mehr aber auch nicht. Ich wählte erneut die Nummer.

»Herzlich Willkommen beim Notruf der Feuerwehr! Zurzeit sind alle Leitungen besetzt. Einer unserer Mitarbeiter wird sich Ihrem Anliegen widmen, sobald er Zeit dazu findet. Bleiben Sie solange in der Leitung und erfreuen Sie sich an der Melodie von ›We didn´t start the fire‹ von Billy Joel.«

»Feuerwehr!«

»Ja, guten Morgen. Mein Name ist Dietrich Fobbe. Ich wohne in der Seestraße 101 und habe einen Brand zu melden. Es handelt sich augenscheinlich um eine verschmorte Stromleitung. Soweit ich das einschätzen kann, besteht bislang keine Gefahr für irgendwen außer mir. Ich wäre Ihnen dankbar, wenn Sie einen Löschzug in Bewegung setzen könnten, der mich aus der unerfreulichen Situation befreit.«

»Wo war das? Seestraße 101? Das ist doch der olle Wedding, oder?«

»Richtig.«

»Na, dann sage ich mal der Wache Schillerpark Bescheid. Die ist dafür bekannt, dass sie auf Einsätze am frühen Sonntagmorgen soviel Bock hat wie GIs auf den Irak. In fünf Minuten sind die da. Können auch zehn werden, je nachdem, wie die aus der Hüfte kommen. Polizei wird ebenfalls anwesend sein, da ich Ihrer laienhaften Einschätzung der Brandursache nicht trauen kann. Möglicherweise haben Sie den Brand gelegt, und das wird Sie teuer zu stehen kommen.«

Ich nickte in den Hörer und legte dann auf. Polizei! In meiner Wohnung! Panisch überlegte ich, was zu tun war. Sollte ich den Teppich im Flur saugen? Oder die »Dschihad jetzt!«- und »Osama for President!«-Poster abhängen? Was war mit den Dutzenden Rohlingen mit illegal heruntergeladener Software? Ich packte den ganzen Kram, riss den Teppich raus, öffnete das Fenster und schmiss alles raus.

So, jetzt war ich vorbereitet.

Fünf Minuten später hämmerte es an meiner Tür. Ich öffnete und sah vor mir drei Feuerwehrleute sowie zwei Polizisten. Wir schauten uns einen Moment alle überrascht an.

Ich unterbrach die Stille und sagte in einem Tonfall, als erwarte ich den Klempner: »Kommen Sie rein.« Um die Besonderheit der Situation zu verdeutlichen, fügte ich noch hinzu: »Die Brandursache befindet sich geradeaus im Wohnzimmer, links neben der Tür unterhalb der Decke.«

Die Einsatzkräfte stürmten meine Wohnung. Die Feuerwehrleute nahmen Hammer und Schraubenzieher und rissen die halbe Wand ein. Nein, das ist übertrieben. Sie rissen ein kleines Stück Mauer ein, rund um den Brandherd, und zogen dann die Stromleitungen heraus. Ich schaute ihnen interessiert zu und versuchte mir ihre Vorgehensweise zu merken, damit ich sie bei einem weiteren Vorfall dieser Art nicht mehr rufen musste, sondern allein mit der Sache fertig wurde.

Der Zugführer nahm das Walkie-Talkie und sprach etwas Kryptisches hinein.

»Holen Sie jetzt Verstärkung?«, fragte ich scheu.

»Nee«, antwortete der Zugführer gereizt. »Draußen steht die ganze Wache Schillerpark. Die habe ich wieder zurückgeschickt. Wegen einer verschmorten Stromleitung macht der Hotline-Schorsch so einen Aufstand. Sagte was von ›Terroranschlag‹ und ›*Al Qaida*‹. Womöglich glaubt der sogar, dass Sie hier Poster mit ›Dschihad jetzt!‹ und ›Osama für President!‹ hängen haben.«

»Also Sachen gibt es«, erwiderte ich und stemmte die Arme in die Seiten.

Einer der Polizisten stellte sich neben mich und hielt mir was hin. »Und was ist das?«

O Gott, er hielt meinen Mitgliedsausweis der *Al Qaida* in den Händen! Ich benutzte ihn als Lesezeichen für meinen Koran.

»Das ist mein Badepass für ein arabisches Freibad in den Rehbergen«, antwortete ich, ohne nachzudenken. Wenn der Polizist aus dem Wedding kam, dann würde er mir nicht glauben. Stammte er allerdings aus einem anderen Bezirk, dann war ich aus dem Schneider, denn Auswärtige nahmen vom Wedding alles Erdenkliche an.

»Aha«, sagte er nur und legte den Ausweis wieder auf den Tisch.

Der Zugführer wandte sich wieder an mich.

»Haben sie zufällig so etwas ... so etwas ... so etwas wie eine Sprühflasche?«

»Sie meinen zum Löschen des Brandherds?«

»Zur Sicherheit. Der Brand ist gelöscht, aber es kann nicht schaden, zur Sicherheit etwas Wasser mit Seife draufzusprühen, um quasi sicher zu sein.«

Ich nickte, ging in die Küche und füllte dort eine Sprühflasche mit Wasser und etwas Spülmittel. Die gab ich dem Zugführer in die Hand.

Er stellte sich affektiert vor das Loch in der Wand, zielte und sprühte dreimal, was er jedes Mal mit einem »PENG« kommentierte. Dann stellte er die Flasche ab und rieb sich die Hände.

»So«, rief er aus, »der Brand ist gelöscht. Die Gefahr ist beseitigt.«

Dann packten die drei Feuerwehrleute ihre Utensilien, klemmten sich die Polizisten unter die Arme und verließen die Wohnung.

Galerie im Haus

Frank Sorge

In mein Haus zieht eine New Yorker Galerie ein. Ich war noch niemals in New York, kann mich also jetzt wie der Prophet zurücklehnen, bis der Berg über den Atlantik geschwommen ist. Seit Wochen bohren und hämmern Bauarbeiter das Erdgeschoss auf, vorne und hinten, der Presslufthammer dröhnt in den Wänden und überträgt sich bis in den eigenen Kiefer, wo unangenehme Erinnerungen an den letzten Zahnarzttermin ausschwärmen. Das Haus hat schwere Karies und bekommt Implantate. Eine erste Vernissage und Party wurden schon gefeiert, noch ohne New Yorker, dafür mit einem Schulkameraden aus der Grundschule (Neukölln) am Tresen der Bar im Hof, gleich hinter der Discokugel. Die Welt ist kein Dorf, Berlin auch nicht, sondern hier kann natürlich nur das ohnmächtige Schicksal seine Hände im Spiel haben. Mein neuer Vermieter doziert am Mikrofon über die Geschichte des Rosenthaler Platzes, und ich könnte von meinem Fenster flanierenden Botschaftern auf den Kopf spucken (wo für gewöhnlich mein Fahrrad steht), geselle mich aber lieber dazu wegen der Freigetränke. Außerdem gibt es Menschen mit gezuckerten Turmfrisuren, gesteppte *Coco-Chanel*-Taschen und einen angesagten DJ. Er steht vor der faulig zerbröselten Hauswand, vor sich die Plattenteller, und hat Staub in den Rillen! Bunte Brillen überall, und ich bin nicht rasiert, junge Stuttgarter mit Shorts und Rucksäcken schauen aus einer geräumten Wohnung auf den Hof und machen Fotos. Jahrzehntelang im Dornröschenschlaf, wird das Haus mal kurz mit Geld abgerammelt und mit neuen Fenstern und amerikanischen Einbauküchen geschmückt, dann kommt die Galerie und bezieht wie ein goldäugiger

Drache die aus dem Zahn gefressene Höhle. So ungefähr wird es sein, denke ich prophetisch. Endlich mal was los! Der Platz hat eine neue Ampelanlage und neue Linksabbiegespuren bekommen, dass man jetzt dreimal länger am Fußgängerüberweg steht, freut Imbisse und Restaurants. In einem Fahrradladen, ein paar Meter den Weinbergsweg hoch, hat eine französische »Épicerie« eröffnet. Die fehlten natürlich noch! Sonst ist die Welt hier in Ordnung, von der Polizei landete ein warnendes Informationsblättchen in meinem Briefkasten: »ACHTUNG! – Drogenkonsum in den angrenzenden Wohnhäusern des Volksparks am Weinbergsweg«. Das Papier eignet sich gut zum Rollen von Filtern und Nasenflöten, und erst wenn sich die New Yorker Kokswolke verdichtet hat, wird die Polizei wieder Hinweise zu Lärmstörungen in die Briefkästen der Anwohner verteilen (diese festen, beklebten Kärtchen von Umzugsdiensten sind auch zunehmend gefragt). Jetzt aber wird erst mal auf den Heroinis herumgehackt und den Strichern, die will ja keiner haben, vor allem nicht die, die hier wohnen! Die Künstler frühstücken im Hof, und der Efeu wird abgerissen. Am Abend grüße ich unserer Hofratte vom Fenster zu, die im Schutt nach einer neuen Bettdecke sucht. Tagsüber kriegt sie kaum Schlaf, weil sie im Zahnschmelz wohnt. Mal sehen, wie lange noch!

Herr Caycig

Paul Bokowski

Seit einem halben Jahr liegt Herr Caycig von nebenan tot in seiner Wohnung. An den Geruch habe ich mich mittlerweile gewöhnt und nutze den unverhofften Stauraum im Hausflur, um mein Fahrrad vor seiner Wohnung abzustellen. Ich habe sogar mit dem Gedanken gespielt, in seinem Türrahmen ein paar Regalböden einzuziehen und einige meiner Zimmerpflanzen auszulagern. »So, Herr Caycig! Das bringt doch gleich wieder richtig Leben in die Bude«, würde ich sagen und mir die Nase zuhalten, um dann doch noch ein paar Duftbäumchen durch seinen Briefschlitz zu schieben.

Dass Herr Caycig es ein wenig übertreibt mit dem Herumgammeln, ist bisher noch niemandem aufgefallen. Außer mir natürlich, und sagen wir so: Ich genieße es sehr, einen Nachbarn zu haben, der den Begriff Totenstille zur Abwechslung mal wörtlich nimmt. Es ist nämlich so, dass nicht Platz der eigentliche Luxus des Lebens ist, sondern Ruhe. Da kann ich auch gern darüber hinweg riechen, dass es in meinem Flur immer nach vergorenen Orangen müffelt. Übrigens fällt mir gerade auf, dass das Wort »Orangen« ein Anagramm zu »Organen« ist. Das passt in diesem Fall ja auch, ganz hervorragend sogar.

Also noch mal: Es ist nämlich so, dass nicht Platz der eigentliche Luxus des Lebens ist, sondern Ruhe. Da kann ich auch gern darüber hinweg riechen, dass es in meinem Flur immer nach vergorenen Organen müffelt. Ob Herr Caycig wirklich allein dafür verantwortlich gemacht werden kann, bezweifle ich allerdings. Sind ja alle nicht so sauber bei mir in der Lüderitzstraße, und knusper schon gar nicht.

Gerne zeige ich Besuchern meines Hauses zum Beispiel die Matratze von Frau Bölke. Dazu brauche ich nicht mal einen Zweitschlüssel, denn die Matratze steht ja jeden Tag im Flur. »Boah! Wer stellt denn seine vergammelte Matratze hier in den Flur? Habt ihr keine Mülltonnen, ihr Schweine?« – »Das ist kein Müll«, sage ich, »die steht hier nur zum Lüften.«

Herr Caycig und Frau Bölke nehmen sich nicht viel, was den Geruch angeht. Das war zu Caycigs Lebzeiten noch anders. Immer wieder rümpfte er die Nase über das sonderbare Nachtlager seiner Nachbarin von unten, und jeden Abend, wenn im Flur das Licht anging und ein leises schabendes Geräusch zu hören war, als zerre jemand einen Reissack über eine mit Vogelsand bestreute Türschwelle, kam auch Herr Caycig aus seiner Wohnung und brüllte Sachen wie: »Kauf dir mal ein neues Bett, du alte Fotze.«

Nicht immer war Herr Caycig derart herb und vulgär in seiner Ausdrucksweise. Als ich eines Nachmittags zu meiner Wohnung hinaufstieg, fand ich einen Zettel an Frau Nachbarins Matratze geheftet: »Das regelmäßige Benutzen von Seife kann zu gelegentlichem Geschlechtsverkehr führen«, stand auf dem Zettel. Ich war beeindruckt. Erst einige Tage später kam mir in den Sinn, dass diese subtile Kritik an Frau Bölkes Körper- und Haushygiene vielleicht eine noch viel subtilere sexuelle Anmache gewesen sein konnte. »Waschen Sie sich endlich, und wir ficken ein bisschen. Mit freundlichen Grüßen, Ihr Nachbar.« Sollte Herr Caycig etwa eine geheime Obsession für Frau Stinkerchen gehegt haben? Hatten die unsichtbaren Ausdünstungen der von Schweiß, Speichel, Milbenkot und Menschenurin durchtränkten Matratze über all die Wochen und Monate seine Sinne umsalbt, sich wie ranziger Bratfettdunst über seine Geruchsrezeptoren gelegt und waren die nächtlichen Schimpftiraden nur ein schmerzlicher Ausdruck zwischen einer quälenden Erregung seiner Sinne und der beißenden Frustration eines kontrollierten Verstandes? »O meine liebe Frau Bölke. Leben wir nicht in zwei unterschiedlichen Welten, du und ich, die uns Liebende so schmerzlich voneinander trennen? Wie Pyramus und Thisbe, Romeo und Julia, Polen und der Rest Europas? Zwei Welten die unterschiedlicher nicht sein könnten? Ich in einer Welt der Hygiene und du nur in deiner Wohnung?«

Soweit ich das nachvollziehen kann, ist es nie zu einem Stelldichein gekommen. Frau Bölke lässt ihre Körperflüssigkeiten wie eh und je in ihre Gefahrengutmatratze sickern, während Herr Caycig tot in seiner Wohnung liegt und in aller seelenlosen Ruhe seinen Fußboden imprägniert. Wie gesagt: Seit einem halben Jahr geht das so, und während die optische Erinnerung an Herrn Caycig langsam in mir verblasst, man könnte auch sagen, mehr und mehr durch eine olfaktorische Erinnerung ersetzt wird, will sein Matratzenkommentar mir nicht mehr aus dem Kopf gehen: »Das regelmäßige Benutzen von Seife kann zu gelegentlichem Geschlechtsverkehr führen.« War es wirklich so einfach? Seit vier Jahren lebe ich im Wedding, und seit vier Jahren versuche ich, das Wesen dieses Stadtteils in seiner Essenz in mich aufzunehmen. »Das regelmäßige Benutzen von Seife.« Genau so war es. Wer sich gewaschen hat, darf Liebe machen. Wenn Berlin »arm, aber sexy« war, dann war der Wedding »schmutzig, aber ungefickt.« Ich wollte es von den Dächern schreien: »Wer sauber ist im Schritt, der darf ihn auch benutzen.« Am Leopoldplatz, beim *Burger King*, würde ich einem der weiblichen Alkis meinen Arm um die Schultern legen und sagen: »So muss eine Achsel riechen, dann klappt's auch mit dem Nachbarn.« Ich würde Flugzettel über Intimhygiene im *Lidl* verteilen, Deopröbchen im türkischen Supermarkt, und aus jedem Leergutautomaten kämen keine Pfandbons mehr, sondern Gutscheine für Zahnpasta und Seife, und wenn einer kommt und mich schlagen will, dann sage ich: »Nein, nein, mein Lieber. Ich wohne hier. Ich darf das. Ich habe ihn gerochen, den Wedding, und wer ihn nicht gerochen hat, der hat ihn nicht erlebt, der hat ihn nicht begriffen, der weiß nicht, was es heißt, ein Weddinger zu sein.«

Im Kastenwesen

Volker Surmann

In meiner Straße steht ein grauer Kasten. Plötzlich war er da, stand vor meinem Haus, als habe er nie etwas anderes getan: ein Kasten – hellgrau, fast zwei Meter lang, knapp 1,60 hoch, etwa 40 cm tief. Doch er ist neu, als sei er über Nacht aus dem Gehweg gesprossen!

Knappe zehn Meter weiter steht in der Richard-Sorge-Straße der nächste Kasten, im Verlauf der Straße sind noch zwei weitere. Am Friedhof an der Landsberger Allee wieder einer. Auch in anderen Berliner Stadtteilen, auch in anderen Städten sehe ich mit einem Mal überall unzählige graue Kästen! *Sie sind da!* Eine Invasion von grauen Kästen überzieht unser Land! Überall stehen sie rum, verstecken sich im Straßengrau und gucken unschuldig in die Luft! Wieso sieht sie eigentlich niemand außer mir?

In *2001 – Odyssee im Weltraum* steht plötzlich ein schwarzer Monolith zwischen Neandertalern rum und verändert ihre Gehirnströme. Seit 2007 stehen in ganz Deutschland neue, graue Monolithen rum, und wir gehen achtlos vorbei. Wieso? *Was machen sie mit uns?*

Nur ein paar Trinker im Wedding waren ob der Höhe der Kästen irritiert, nachdem sie morgens wie immer ihre *Aldi*-Beutel mit Bier auf die Kästen legten, aber nach dem achten davon nicht mehr drankamen.

T-Com steht klein und rosa an den Kästen – als erkläre das irgendetwas! Wenn in jeder deutschen Großstadt in jeder Straße zwei neue Kästen aufgestellt wurden, sind das für ganz Deutschland rund zweihunderttausend Kästen. Was will die *Telekom* mit so vielen Kästen?

Wenn jeder Kasten nur zweitausend Euro kostet, haben wir eine Investitionssumme von vierhundert Millionen Euro. Woher sollte die *Telekom* so viel Geld haben? Und was haben sie mit dem Menschen gemacht, der auf zweihunderttausend Kästen den Aufkleber »Bekleben verboten« *aufkleben* musste?

Auf der letzten *Cebit* zeigten sie Mobiltelefone, die man in Fingernägel implantieren kann. Alles wird kleiner: kleinere Handys, kleinere Chips, kleinere PCs. Nur die Telefonkästen werden größer! *Da stimmt doch was nicht?!*

Vierhundert Millionen! Wer soviel Geld ausgibt, führt doch was im Schilde! Davon könnte man zwanzig letale Portionen Polonium kaufen! *Was geht hier vor?*

Mir kommt ein schrecklicher Verdacht: Sitzt in jedem dieser Kästen vielleicht wieder ein Fräulein vom Amt? Sinkt deshalb die Arbeitslosigkeit? Wie stark war sie zuletzt noch mal gesunken? – Eben! Um ca. zweihunderttausend Menschen!

»Hallooo!« Ich lehne meinen Kopf ganz nah an einen der grauen Kästen: »Hallo Fräulein!? Können Sie mich hören ...? – Ich hol' Sie da raus!« Keine Reaktion. Vielleicht versteht sie mich nicht; Knöpfe im Ohr, oder stellt die *Telekom* aus Prinzip nur chinesische Immigrantinnen ein, weil die kleiner sind und besser in die Kästen passen? »Fräulein? Ver-ste-hen Sie mich? Do you speak english? Parlez vous anglais? Español?« – Nichts.

»Sprechen Sie Tonwahl?« frage ich und beuge mich zu einer Art Schüsselloch. »Pieb, büb, bibipp, böpp«, spreche ich hinein. – Keine Antwort. Dafür höre ich hinter mir: »Is' ist ja nicht mit anzusehen! Gott, wie kann man sich nur sein Hirn so weg saufen!«

»Psst! Nicht so laut!« Ich ziehe den Mann von dem Kasten weg und senke meine Stimme: »Hüten Sie sich vor den Kästen ... – Ist Ihnen noch nicht aufgefallen: Sie werden immer größer!?«

»Ach, das meinen Sie!«, sagt der Mann mitleidig, greift auf den Kasten und drückt mir eine verwaiste Tüte mit Bier in die Hand. »Da, trinken Sie nur weiter!« Schnell eilt er davon.

Ich nehme das Bier und beschließe, einen Kasten zu observieren.

Ich entscheide mich für den am Friedhof. Hinter einer Mauer gehe ich in Deckung. Ich warte auf den Schichtwechsel! Irgendwann muss das chinesische Fräulein doch mal abgelöst werden! Oder aufs Klo. Doch nichts passiert: keine Ablösung, keine Pinkelpause. Dafür sehe ich, wie 23 Teenager mysteriöse Zeichen auf den Kasten malen, 42 Hunde dran schnüffeln – ich wette, sie riechen die Chinesin! – sieben Männer dranpinkeln (einer davon im Talar), sowie eine Frau. Plakate werden aufgeklebt, vom nächsten Plakatkleber überklebt und von einem Kastenputzer wieder entfernt. Was *bedeutet* das alles? Ich werde müde.

Nass und frierend erwache ich. Der Kasten hat sich nicht bewegt. Mir kommt ein bestechender Gedanke: Die Chinesin im Kasten spricht nicht mit mir, weil sie gar nicht im Kasten sitzt! Stattdessen sitzen natürlich Geheimagenten drin und hören Telefongespräche ab! Wolfgang Schäuble will doch immer Ausweitungen des Lauschangriffs! Jetzt fügt sich alles zusammen: Zahl der Kästen, Kosten der Kästen – alles finanziert vom BND! Deshalb keine Antwort auf meine Rufe! Wahrscheinlich hört der Agent gerade *meine* Telefonate ab!

Ich stürze zum Kasten, trommle mit den Fäusten dagegen: »Hören Sie auf! Gehen Sie sofort aus meiner Leitung, verdammt! Außerdem telefoniere ich gerade gar nicht! Und was haben Sie mit den chinesischen Telefonistinnen gemacht?! Haben Sie sie etwa umgebracht? Sie – Mörder! Mörder!!!«

Ich höre Sirenen auf der Landsberger Allee. Offenbar hat der Agent Verstärkung herbei telefoniert, er hat natürlich die besten Möglichkeiten dazu! Der Kasten hat nur eine kleine Delle, sie ist blutig, wie meine Hand. Offenbar ist der Kasten bewaffnet. Doch ich prügle weiter auf ihn ein: »Ich mach dich fertig!«; versuche, ihn mit bloßen Händen aus dem Fundament zu hebeln, aber meine Fingernägel brechen ab, und Blaulicht umflutet mich.

Ich erwache in einem hellen Raum. Neonröhren. Kopfschmerzen. Was haben *sie* mit mir gemacht? Meine Hände sind verbunden. Nur langsam kehrt mein klares Denken zurück: Abhörkästen mit Geheimagenten! Ich musste durchgedreht sein. Ich schaue mich um. Ich liege auf einer schmalen Pritsche aus grauem Gummi. Der ganze Raum ist hellgrau und sehr eng, die Tür hat von innen keinen Griff ... – Ich lehne meinen Kopf ganz nah an die Wand: »Hallooo! Hört mich jemand da draußen? Ich werde gefangen gehalten! Holt mich hier raus! – Ich spreche auch Tonwahl! Pieb, büb, bibipp, böpp«...

Der Club der Verdammten
Teil 5: Das Bildnis des Robert Rescue

Robert Rescue

Vorgeschichte:
Im August 2007 besuchte ich auf Veranlassung des Jobcenters Berlin-Mitte eine Trainingsmaßnahme in Kreuzberg, bei der herausgefunden werden sollte, wo ich auf dem Arbeitsmarkt stehe und wo ich künftig stehen könnte. Der folgende Text schildert einen Unterrichtstag und zeigt, wo ich selbst mich gerne auf dem Arbeitsmarkt verorten möchte.

Das Schlimmste an Trainingsmaßnahmen des Jobcenters ist, dass man sich in den ersten zwei, drei Tagen bei diversen Dozenten vorstellen muss. Gut, für die Dozenten ist das wichtig, sie wollen schließlich wissen, mit was für einem Menschenschlag sie es zu tun haben. Ärgerlich ist, dass ich mir immer wieder die Vorstellungen meiner Mitteilnehmer anhören muss. Wenn wenigstens jeder jedes Mal etwas anderes erzählen würde, aber nein, alle spulen ihr Programm ab, einschließlich mir. Ich bin vor geraumer Zeit zur IT-Fachkraft umgeschult worden, habe aber seit drei Jahren keinen Job und auch keine weitere Qualifizierung erfahren und sage deshalb, dass ich raus bin. Umschulung gescheitert, Geldverschwendung, Experiment misslungen. Da ich früher einige Jahre mit jungen Autoren gearbeitet habe, möchte ich gerne zurück in den soziokulturellen Bereich.

»Daher wäre ich ihnen verbunden, wenn sie das am Ende der Maßnahme im Bewertungsbogen unter »berufliche Orientierung« vermerken könnten.«

Frau Jung schaut mich irritiert an.

»Sie wollen also Auftritte für Gedichteschreiber organisieren, wo dann kein Schwein hinkommt?«

»Das stimmt so nicht. In der Regel kommen zumindest Freunde und Anverwandte, wenn auch manches Mal unfreiwillig. Für das Selbstbewusstsein des Lyrikers bedeutet eine Lesung auf jeden Fall eine Bereicherung, und im günstigsten Fall schreibt er, gestärkt durch den Erfolg der Lesung, künftig gute Lyrik.«

Frau Jung schüttelt den Kopf.

»Nee, nee, Herr Rescue. Ich glaube, da müssen wir noch an Ihnen arbeiten. Das kommt auf keinen Fall in Frage. Arbeit im soziokulturellen Bereich, so ´ne Scheiße aber auch. Warten Sie ab, wenn der Kurs beendet ist, werden Sie an so etwas nicht mehr denken.«

Frau Jung ist unsere neue Dozentin. Bei ihr werden wir etwas lernen über Selbstmanagement, Anzeigenanalyse, Bewerbungsunterlagen. Was wir bei ihr auf keinen Fall lernen werden, ist was fürs Leben.

Sie ist nämlich so jung wie ihr Name, 26 Jahre, studiert sogar noch (Germanistik) und legt als Dozentin einen Ehrgeiz an den Tag, den sie in spätestens zwei Jahren nicht mehr haben wird. Dann nämlich teilt sie nur noch Kopien, neudeutsch auch »Hand-Outs«, aus oder unterhält sich mit den Teilnehmern über Gott und die Welt, wie es Herr Pein, unser EDV-Dozent, macht. Als ich ihm von meinen künftigen Berufsplänen erzählte, meinte er zunächst: »Aha«, und fuhr dann fort:

»Haben Sie eigentlich eine Haftpflichtversicherung, Herr Rescue? Sie sehen mir so aus, als hätten Sie keine. Dabei ist die notwendig für allerlei Dinge im Leben wie zum Beispiel ...«

Als ich Frau Beautycase, der Koordinatorin des Bildungsträgers in Kreuzberg, von meinen Vorstellungen berichtete, meinte diese: »Das ist ja schön zu hören, Herr Rescue, dass Sie noch was vorhaben im Leben. Könnten Sie dann bitte mal dort unterschreiben, dass Sie die Hausordnung zur Kenntnis genommen haben?«

Einer fällt bei der Vorstellung doch aus dem Rahmen. Das ist Mark, der bei der Einführungsveranstaltung die Hausordnung nicht unterschrieb, sondern sich damit die Nase putzte. Mark hat seine Vorstellung mit dem Wunsch geschlossen, dass er künftig als »imperialer Zahnarzt« arbeiten möchte. Während die anderen als Übersetzer, Fotografin, Stadtführer oder Küchenhelfer tätig sein wollen, sieht er seine berufliche Zukunft jeden Tag aufs Neue woanders. Gestern wollte er Schaffner werden, vorgestern Astronaut. Dabei kann er mit seinen 42 Jahren gar kein Astronaut mehr werden, mit seinem Alkoholproblem reicht es vielleicht noch zum Kosmonauten. Generell fehlt ihm dazu aber die Reaktionsfähigkeit, wie er auch andere Fähigkeiten vermissen lässt, wie einen klaren Verstand. Mark bringt jeden Morgen zu der Trainingsmaßnahme »Aktivierung und Neuorientierung auf dem Arbeitsmarkt« seinen Körper und ein bisschen Geist mit. Das lässt sich vor allem daran erkennen, dass er in den ungeeignetsten Momenten Dinge fragt, die nicht zum Thema gehören.

»Kann mir jemand von euch sagen, was ein ›overpatched Onplying‹ ist?«

Mark schaut in die Runde. Niemand gibt ihm eine Antwort. Vor wenigen Sekunden hat er erzählt, dass er imperialer Zahnarzt werden will, und jetzt fragt er nach etwas, was ihm niemand beantworten kann. Spektakulär ist zudem, dass er wie alle anderen für den heutigen Tag seine Bewerbungsunterlagen, also Zeugnisse und andere wichtige Papiere mitgebracht hat, allerdings in einem Koffer, den er nun nicht aufbekommt, weil er den Code des Zahlenschlosses vergessen hat.

Frau Jung gibt Mark so etwas Ähnliches wie eine Antwort: »Ihre Frage, Herr Kern, entbehrt jeder Grundlage und ist für das Kursziel zudem unerheblich. Daher schweigen Sie jetzt bitte. So, als nächstes möchte ich Ihre Lebensläufe in Augenschein nehmen und diese optimieren. Herr Rescue, kommen Sie mal nach vorne!«

Ich nehme meinen Lebenslauf und gehe zu Frau Jung. Ihr Blick verweilt auf dem Foto, das ich als Grafik auf dem Titelblatt eingefügt habe. Sie schaut von dem Foto zu mir und zurück.

»Das Foto ist aber schon etwas älter«, stellt sie dann fest. Ich schaue genauer hin und denke an die Zeit, als das Foto entstanden ist. Damals habe ich als Facharbeiter im Spritzguss gearbeitet. Mein Traum war es, Meister zu werden. Danach wollte ich mir eine Frau suchen, ein Haus bauen und eine Familie gründen. Dann aber kam die Teufelsdroge Lyrik in mein Leben und dieses Hinterfragen der eigenen Existenz. Das Nachgeben hatte mich aus der gewohnten Bahn des Lebens geworfen und mich schließlich nach Berlin gebracht. Dort dann Rumsumpfen, Partys feiern, Arbeitslosigkeit, Asyl im Wedding und schließlich die Trainingsmaßnahme hier in Kreuzberg. Meine Güte, war viel Zeit vergangen. 20 Jahre, um genau zu sein.

»Ja, ist schon älter«, antworte ich.

»Sie sollten mal ein neues Foto anfertigen«, rät mir die professionelle Bewerbungs-Coachin Frau Jung. »Sie sehen toll und sympathisch aus, davon ist hier gar nichts zu sehen.«

Ich horche auf. »Was haben Sie gerade gesagt?«

»Dass Sie toll und sympathisch aussehen.«

»Bitte sagen Sie es noch mal, bitte.«

»Dass Sie toll und sympathisch aussehen.«

Meine Güte, dass ich das noch mal erleben darf. Das letzte Mal, dass eine Frau das zu mir gesagt hat, ist genauso lange her wie das Foto. Ob Frau Jung es ernst meint? Nein, bestimmt sagt sie das nur, damit ich ein neues Foto anfertigen lasse.

»Ich werde mal schauen, was sich machen lässt«, antworte ich. Das ist die Standardantwort, die Langzeitarbeitslose von sich geben, wenn sie zu etwas aufgefordert werden.

»Außerdem«, so kündigt Frau Jung eine neue Kritik an, »steht das Datum am Ende des Lebenslaufes immer links statt rechts. Dass

Sie Ihren Namen auf der Titelseite farblich markiert haben, sieht doch scheiße aus. Kein Wunder, dass Sie bislang keinen Job gefunden haben, Herr Rescue. Wenn Sie das korrigieren, wird das schon werden mit einer Arbeit als IT-Fachkraft. Soziokultureller Bereich, da lachen doch die Hühner.«

Ich setzte mich hin und schaue auf den Lebenslauf. Vor zwei Jahren hat mal ein Kollege von Frau Jung, Herr Heilbutt Magenta, den Lebenslauf so umgestaltet, wie ich ihn gerade in den Händen halte. In anderthalb Jahren wird ein anderer ihren Entwurf wieder umarbeiten.

Bedrückend finde ich, dass Frau Jung das Foto von mir mit zwei gekreuzten Strichen gekennzeichnet hat. Es wirkt irgendwie so, als wolle sie damit meine Existenz zunichte machen. Wenn die hier so weitermachen, werden sie das auch schaffen.

V. Mit Tomaten

Versuche zum Dialog der Kulturen (5)

In der Nacht vom 13. auf den 14. September am Tresen in einer Bar in Friedrichshain:

A: Prosit Neujahr!

B: Was?

A: Heute ist jüdisches Neujahr!

B: Heute?

A: Ja, nach dem jüdischen Kalender ist heute *Rosch ha-Schana,* das Neujahrsfest der Juden!

B: Mitten im September! Kein Wunder, dass die keiner leiden kann.

Dialog gescheitert. *(Heiko Werning)*

Rennerei

Die Berliner Volksbank warb einst für besondere Anlagen mit außergewöhnlich guten Zinsen und fordert dazu auf: »Informieren Sie sich in allen unseren Berliner Filialen.« Ganz ehrlich: Mir war das zuviel Rennerei. *(Volker Surmann)*

Armer Künstler

Eins sechzig in der Tasche,
einen letzten Schluck noch in der Flasche,
und die Kunst lag brach ohne Ergebnis.

Von Freunden ein kräftiger Anschiss,
sich aufzurappeln, den Stift zu greifen,
auch mal fertig zu sein, nicht immer zu reifen.

Nicht so viel denken, und immer gut handeln,
Dinge abschließen, nicht immer verwandeln,
und mein Magen knurrt, damit mal was los ist.

Nasser Asphalt vor dem Arbeitsamt,
Hände rissiges Leder, Seele aus Samt.
Und eins sechzig noch in der Tasche.

Den letzten Tropfen gesaugt aus der Flasche,
raus auf die Straße, Auslauf für die Beine,
damit es mir gut geht, denk ich an deine.

Die Frauen, das geht, denn ein Künstler kann lächeln,
und bei Bedarf schöne Worte zufächeln,
das Besondere sieht er überall.

Und bringt ihn oft zu Fall,
Leben ist Sterben, und alles zugleich
alles wird hart, bleibt nicht seidenweich.

Milch, Tee, das Geld ist dahin, drauf geschissen,
und den Rest über die Schulter geschmissen.

Nasser Asphalt vor dem Arbeitsamt,
Hände verschlissen, Seele aus Samt,
und nur Staub in den Taschen.
(Frank Sorge)

Bewerbungsfotos mal anders

Neulich am U-Bahnhof Kottbusser Tor. Ein Besoffener schläft in der Kabine eines Passfotoautomaten. Die Kamera blitzt unentwegt.

Was das wohl für Bilder werden?

Und wozu braucht er die? *(Robert Rescue)*

115 Jahre Streit

Heiko Werning

Am Freitag, den 7. September 1888, traf sich eine Handvoll Berliner Aquarienfreunde um 20.30 Uhr in *Lembkes Bierhallen* in der Behrenstr. 50, um den Verein TRITON zu gründen. Er war damit nicht nur Berlins erster Aquarienverein, sondern einer der ersten Vereine in Deutschland überhaupt. Das Hobby der Aquaristik war noch jung. Bahnbrechend war ein Artikel in der Zeitschrift *Die Gartenlaube* aus dem Jahr 1854, der unter dem Titel »Der Ocean auf dem Tische« über die Möglichkeit eines frühen Meerwasseraquariums berichtete. Das Wort »Aquarium« war zu dieser Zeit allerdings noch gar nicht geprägt. Dies folgte erst ein Jahr später, als sich nämlich zeigte, dass im Ozean auf dem Tische mangels tierhalterischer Kenntnisse eine Ökokatastrophe nach der anderen folgte, was konsequenterweise zum Artikel »Wie er- und behält man den Ocean auf dem Tische« führte. Vielleicht weil der Ozean dann doch eine Nummer zu groß war für den Tisch, folgte schließlich mit dem Artikel »Der See im Glase« 1856 von Adolf Roßmäßler ein Beitrag, der als Grundstein der modernen Süßwasseraquaristik betrachtet werden kann. Die neue Liebhaberei wurde durch diesen Artikel schnell populär, und bald bildete sich eine lebhafte Aquaristikszene mit Haltern, Importeuren und Händlern.

Als Schlüsselfigur sollte sich Paul Nitsche erweisen, der mit weiteren Fischfreunden Gleichgesinnte zum Zusammenschluss aufrief. Er selbst beschrieb seine Motivation wie folgt: »*Nachdem ich selbst mich viele Jahre vergeblich bemüht hatte, ein Aquarium so zu schaffen, wie es Roßmäßler so schön beschreibt, schaute ich im Spät-Sommer 1887 mein Werk an und sah, daß es mir endlich gelungen war. Ich hielt es für meine Pflicht, denen meinen Erfolg mitzutheilen, die mir mit Rhat und That zur Seite gestanden hatten (...) und da ich meine Errungenschaften auch gern anderen Liebhabern, die sich vielleicht noch in gleich bedrängter Lage befanden, in der ich mich im Jahr vorher befunden hatte, zugute kommen lassen wollte, so schlug ich Herrn Dr. Ruß die Gründung unsres Vereins vor, welchen Gedanken er in einem Antwortbrief vom 6. Dezember 1887 mit Freuden begrüßte. Diesen Brief habe ich zu den Akten genommen; mit dem 6. Dezember 1887 also beginnt das erste schriftliche Lebenszeichen unseres Vereins.«*

Leider kam es bereits im ersten Jahr zu erheblichem Streit über die Vereinszeitschrift. Während Ruß für die Aufnahme in die von ihm betreute Schrift *Isis, Zeitschrift für alle naturwissenschaftlichen Liebhabereien* plädierte, setzte Nitsche seine Vorstellung einer eigenen Fischzeitschrift durch. In der direkten Folge wurde *Isis* eingestellt, woraufhin Ruß aus der Vereinsführung zurücktrat und sich verbittert zurückzog.

Die Idee eines Aquarienvereins fand aber Ableger, und rasch bildete sich ein Netzwerk aus eng in Kontakt stehenden Aquarienvereinen in ganz Deutschland. Jedoch sollte es nicht beim bloßen Meinungsaustausch bleiben. Schon wenige Jahre nach der Gründung vermelden die Berliner Protokolle lautstarke Meinungsunterschiede zwischen den Freunden der stummen Schuppentiere. Schwere Verluste in den Beständen durch diverse Parasiten waren damals ein unlösbares Problem. 1895 schrieb TRITON deshalb ein Preisgeld aus für denjenigen, der ein Mittel vorlegte, *»das alles tierische Leben im Aquarium ohne die Fische tötet, und ohne die darin verbleibenden Pflanzen zu schaden«*. Die Aufgabe konnte zwar niemand lösen, dafür aber stritt man leidenschaftlich über die Formalitäten der Preisverleihung, zu der es tragischerweise letztlich nie kam. So notiert die Vereinschronik: *»Der Streit ging unter anderem darum, dass sich die anderen Vereine an dem Preisgeld beteiligen sollten, wurde aber dann, sich ständig steigernd, auf andere Themenkreise ausgedehnt. Überheblichkeit, Neid und Missgunst und womöglich auch persönliche Antipathien spielten dabei sicherlich auch eine* *große Rolle. In persönlichen Briefen, Protokollen und ›Offenen Briefen‹, mit Argumenten und Gegenargumenten, veröffentlicht in den ›Blättern‹ und ›Natur und Haus‹, wurde dieser Streit in aller Leidenschaft ausgetragen. Ein Streit, der bis zu Auseinandersetzungen vor Gericht eskalierte und das Verhältnis zwischen den Vereinen erheblich belastete.«*

Aber auch intern stürzte TRITON 1896 in eine schwere Krise, nachdem man beschlossen hatte, ein *»missliebiges Mitglied«*, Paul Matte, aus dem Verein auszuschließen. Das Votum erfolgte nur mit knapper Mehrheit, die Aquarienfreunde standen vor der Spaltung. Anlass war der Verkauf von Wasserpflanzen während der Vereinssitzungen durch Matte. Der Ausgestoßene zog vor Gericht und erzwang seine Wiederaufnahme. Daraufhin löste TRITON sich zunächst auf, um sich aber umgehend neu zu gründen, nur diesmal halt ohne Herrn Matte, der sich anschließend verbittert in seine Wasserpflanzenzucht zurückzog.

1899 eskalierten Meinungsverschiedenheiten zwischen dem Vorsitzenden Paul Nitsche und dem Vereinsmitglied Dr. Bade über *»die Fütterung der erwachsenen Fische im Aquarium mit dem Bartmann´schen Fischfutter«*. Die Auseinandersetzung ging als der große Fischfutterstreit von 1899 in die Geschichte und bei Gericht ein. Dr. Bade unterlag und wurde verurteilt, eine Erklärung zu veröffentlichen. Darin musste er verlautbaren, *»... daß die von mir gegen Herrn Nitsche ausgesprochenen Beschuldigungen auf Irrtum beruhen. Herr Nitsche hat die Untersuchung des Bartmann'schen Fischfutters nach seiner Überzeugung auf das Sorgfältigste vorgenommen und es lediglich deshalb empfohlen, weil er es für wirklich gut hält.«* Verbittert zog Dr. Bade sich nach diesem Gesichtsverlust allein in die Fischzucht zurück.

1901 wurde beschlossen, von Vereinsgeldern ein Glashaus für die Fischhaltung zu bauen. Einige Jahre sammelten die Aktivisten für dieses Ziel, bekamen aber nicht genug Mittel zusammen. Es folgten wütende Schuldzuweisungen: *»Am 1. April 1904 schied der ehemalige 1. Vorsitzende Herr Dr. Max Carow nach Streit mit dem amtierenden Vor-*

stand, insbesondere mit dem neuen 1. Vorsitzenden Dr. G. Ziegeler, aus dem Verein aus.« Verbittert gründete Carow einen neuen Verein, den »Volksbund der Naturfreunde«.

1906 bemühte sich die allmählich bereits etwas zersplitterte Berliner Aquaristik-Szene, sich unter einem Dachverband zu versammeln. Es kam zu mehreren Treffen der Vereinsvorsitzenden, die schließlich aber im Chaos endeten. *»Es gab Streit zwischen dem damaligen Wirt des Festlokals, der noch eine finanzielle Forderung geltend machte, und dem Festausschuss. Weiterhin gab es Streit über eine Extrasitzung des Vereins ›Elodea‹-Moabit.«* In dieser hatten *Elodea*-Mitglieder *»ihre Entrüstung geäußert über die etwas leichtfertige Art und Weise, in welcher der Festausschuss mit den von den Berliner Vereinen gespendeten Geldern umgeht. Die ›Elodea‹ war in keiner Weise berechtigt, dem Festausschuss eine derartige Rüge zu erteilen, da ihre eigenen Vertreter den beanstandeten Ausgaben zugestimmt haben.«* Nach einer Entschuldigung von *Elodea* kam es zwar doch noch zu einem Bündnis, das jedoch kein Jahr lang hielt. Verbittert zogen die *Elodea*-Aktivisten sich nach Moabit zurück.

Es folgten Rezession und Weltkriege, Wiederaufbau und Wirtschaftswunder. Eine Zeit der Umbrüche. Eines aber blieb: Die Berliner Fischfreunde trafen sich in ihrem Verein und stritten leidenschaftlich. Zur 100-Jahrfeier am 20. September 1988 im Zoologischen Garten vermerkt die Chronik: *»Jedoch trübte ein bitterer Wermutstropfen diesen Festtag, denn nur eingeschriebene Mitglieder des TRITON (...) waren geladen, Familienangehörige der Mitglieder wie auch andere dem TRITON nahestehende Personen wurden durch den Satz in der Einladung ›Gäste sind bei dieser Veranstaltung nicht erwünscht‹ ausdrücklich ausgeschlossen. Das alles bewirkte, dass einige, vor allem auch langjährige ›Tritonen‹ verärgert an den Feierlichkeiten nicht teilgenommen hatten«* und daraufhin verbittert aus dem Verein austraten.

Auch im zweiten Jahrhundert der Vereinsgeschichte wurden die Traditionen nach Kräften gepflegt: *»Die monatlichen Veranstaltungen* *fanden zu dieser Zeit wieder im ›Berliner Zoo-Aquarium‹ statt. Kam man etwas zu früh, musste man, auch im Winter, draußen warten. Kam man etwas zu spät, auch wenn es nur 5 Minuten waren, stand man ebenfalls vor der Tür und bekam überhaupt keinen Einlass mehr. Das hatten viele nicht oft mitgemacht. Dazu gab es ständig Streit zwischen Mitgliedern und Vorstand.«*

Auch Ereignisse wie Mauerfall und Wiedervereinigung vermochten die Fischfreunde nicht von ihrer Linie abzubringen. 1991 *»kam es auf der Hauptversammlung wieder zum Streit mit dem Vorstand, zum Beispiel darüber, ob die Versammlung ordnungsgemäß einberufen wurde. Auch während des Geschäftsberichtes des 1. Vorsitzenden kam es wieder zu Streitereien, worauf der Vorsitzende Prof. Dr. Heinz-Georg Klös sein Vorstandsamt ab sofort niederlegte.«* In der Folge verweigerte der Zoo die Nutzung seiner Räumlichkeiten, sodass man in die Pizzeria *Don Angelo* am Wittenbergplatz ausweichen musste.

Leider meldet die Chronik für die Folgejahre im Wesentlichen nur noch Todesfälle sowie die Namen der Vorstandsmitglieder, die bei den Beerdigungen zugegen waren. Die Ereignisdichte reduziert sich etwas. So gab es für das Jahr 1998 beispielsweise nur einen Vorgang zu vermelden: *»Mit einem Telefax wurde der befreundeten ›Deutschen Gesellschaft für Herpetologie- und Terrarienkunde‹ zu ihrem 80. Vereinsjubiläum gratuliert.«*

Wie es um den TRITON heute genau steht, wissen wir nicht. Die Vereinschronik schließt mit dem Satz: *»Im September 2003 hat nun unser ›TRITON‹-Berlin sein 115. Jubiläum im Kreise seiner Mitglieder begangen, hoffen wir, dass noch viele, viele weitere Jahre und einige Jubiläen folgen werden.«*

Wünschen wir ihm das Beste.

Der Schöne und das Biest

Hinark Husen

Viel Bemerkenswertes gab es in der letzten Zeit in Deutschlands Hauptstadt, aber nichts hat die Menschen hier so bewegt wie zwei possierliche Raubtiere: Knut, der Eisbär, und Klaus-Rüdiger Landowsky, der CDU-Politiker, haben nicht viel gemeinsam, mag man auf den ersten Blick denken. Aber wer einmal genauer hinschaut, wird durchaus Ähnlichkeiten erblicken. Auch Klaus-Rüdiger war einmal jung und musste erzogen werden, und offenkundig ist das nicht gut gegangen, wenn wir betrachten, was aus ihm geworden ist.

Seine Mutter Frieda hatte kurz nach Klaus-Rüdigers Geburt wochenlange Kindbettdepressionen und konnte sich nicht um den Kleinen kümmern. Kurzerhand besorgte der Vater eine polnische Amme, die sich aber schon kurze Zeit später weigerte, den kleinen Klaus zu stillen. Sie mochte seinen Blick nicht und bekäme zudem das Gefühl nicht los, eine Natter an ihrer Brust zu wiegen. Außerdem hätte sie eine düstere Ahnung, das Kind würde Jura studieren, nur um herauszufinden, wie man am elegantesten bescheißen kann. Papa Landowsky konnte die Amme zumindest in der Natternfrage beruhigen, das seien keine Giftschlangen, schlimmer wäre es bei einer Viper oder Otter, aber da sie ja von Natter sprach, werde das ganze schon nicht so schlimm ausgehen, und mit dem Studium, das hätte ja wohl noch eine ganze Weile Zeit.

Die Amme meinte nichtsdestotrotz, es wäre wohl das Beste für die ganze Stadt, das Kind einfach verhungern zu lassen, und selbst die Mutter pflichtete ihr bei, der Klaus sei ihr unheimlich. Aber beide hatten schließlich auch Visionen, dass Polen alsbald von Kartoffeln regiert werde, also machte der Vater sich weiter keine Gedanken. Aber nachdem er sich mit einigen klugen Köpfen beraten hatte, beschloss er, den kleinen Klaus alsbald in ein Internat zu stecken.

Klaus wuchs also in einem sehr großen Haus auf, irgendwo am Wannsee, sah die anderen großen Häuser der Banker und Kaufmannsfamilien und konnte sich nichts Schöneres vorstellen, als eines Tages selber viele große Häuser zu besitzen, oder zumindest die Hypotheken auf viele große Häuser. Kurze Zeit später fand Klaus-Rüdiger heraus, dass ihn die CDU am ehesten diese großen Häuser besorgen könnte. Trotz der Bedenken seines Vaters begann er ein Jurastudium. Herrman Landowsky erinnerte sich mit Grausen an die Worte der Amme, sagte dann aber unvermittelt zu seinem Sohn: »Deine verstorbene Mutter wäre stolz auf dich«.

Tage später entdeckten Friedhofsgärtner unerklärliche Erdaufschüttungen am Grabe von Frieda Landowsky. Es machte den Eindruck, als wäre der Sarg in der Erde rotiert. Und wenn sich Verstorbene nicht nur einfach im Grabe umdrehen, sondern den Sarg gleich mitbewegen, dann kündigt sich Böses an. Die Friedhofsgärtner informierten sich über die Familie Landowsky und kamen zu dem Schluss, dass das Einzige, was sie jetzt noch tun konnten, wäre, der CDU beizutreten, vielleicht gäbe es dann noch eine Rettung. So dachten viele damals.

Und währenddessen beschloss Klaus, Politiker zu werden. »Ich habe mir in meiner Zeit im Internat die Liebe und Anerkennung meiner Mitschüler und Freunde erkauft, warum sollte mir das nicht auch in der Politik gelingen?«, dachte er sich und sollte Recht behalten. Jahrelang war er der Liebling der Presse und ordnungsliebenden Häuserbauer. Vor allem für saubere Häuser war er, »Wo Dreck ist, da sind auch Ratten«, hat er einmal gesagt, wobei er geflissentlich den Mist in seinem eigenen Stall übersah.

Er nahm ein bisschen Geld für seine Bemühungen um die Häuserbauer, aber das darf man ihm nicht zum Vorwurf machen, dafür sorgte er für Millionenkredite im Bauwesen und frönte seinem Sauber-Wohnen-Fetischismus.

Dass ihn Jura-Kollegen dafür 16 Monate Bewährung aufgedrückt haben, das kann Klaus-Rüdiger nicht verstehen, vor allem von seinen Artgenossen, das ist eine besondere Schmähung, vor 70 Jahren war wenigstens die Rechtsprechung wie aus einem Guss. Da hackte man sich nicht gegenseitig die Augen aus oder kritisierte seine Sauberkeitsansprüche.

Schlussfolgerung: Man muss falsche Erziehung nicht mit dem Tod bestrafen, solange der Pflegling ein Leben lang eingesperrt bleibt. Bei Klaus-Rüdiger sollte man das im Ansatz auch mal versuchen. Oder einfach, wie Knut dereinst, außer Landes schaffen.

Wie in meiner neuen Wohnung der G8-Gipfel gesprengt wurde. Beziehungsweise fast.

Volker Surmann

Ich bleibe dabei: Die Bowle war schuld. Die Erdbeeren hatten drei Tage in russischem Wodka gezogen, bevor sie mit Waldmeister, Sekt und Weißwein übergossen wurden. Inzwischen hatten sie alle Farbe verloren, Alkohol war eben doch eine Lösung, und schwammen weiß wie Schnee in der Bowleschüssel. Dafür nahm der Teint der Partygäste, spätestens wenn sie aus dem zweiten Glas Bowle die Erdbeeren herausgelöffelt hatten, deren ursprüngliche Farbe an. Rot leuchtende Kugeln glühten an der Spitze zunehmend schwankender Menschentürme. »Ich bin so wild nach deiner Erdbeerrübe!« machte als Spruch die Runde, bevor irgendjemand die Stereoanlage aufdrehte und im Wohnzimmer eine nächtliche Tanzparty begann.

»Sie wollen also sagen, Sie haben nur eine ganz normale Party gefeiert.«

»Ja!«

»Und Sie behaupten, die Erdbeerbowle war schuld.«

»Ja.«

»Wer hat die Bowle gemacht?«

»Ich glaub, Henning hat die mitgebracht.«

»Glauben Sie.«

»Ja, ich weiß nicht mehr so recht.«

»Namen, Herr Surmann! Wir brauchen Namen!«

»Von mir werden Sie keine Namen kriegen.«

»Wer ist dieser Waldmeister?«

Bald darauf klingelte es. Delia stürmte zur Gegensprechanlage.

»Huu huuuu! Wer da?«, flötete meine Lieblingstranse: Delia à la Basta, die direkt von einer Tuntenshow zu mir rübergestöckelt war und schon mindestens eine Flasche Sekt intus hatte.

»Ist da die Party im dritten Stock?«, krächzte es dumpf aus dem Gerät, und Delia drückte auf den Summer.

»Oh, wen haben wir denn da?«, begrüßte sie die beiden Polizisten: »Volker, ich wusste gar nicht, dass du auf Uniformtypen stehst?!«

»Steh ich auch nicht! Ich find Uniformen total albern.«

»Sagen Sie nichts Falsches!«, zischte der erste Polizist, während sein Kollege ehrfürchtig Delias ausladenden Vorbau musterte.

»Wir wurden gerufen, weil es hier etwas zu laut ist«, brüllte der erste Polizist gegen die gerade aus dem Wohnzimmer hervor dröhnende *Rosenstolz*-Musik an, und ich fragte mich, wie es die beiden Ordnungshüter geschafft hatten, zielsicher bei mir zu klingeln, wo doch die Anordnung der Namen auf den Klingelschildern eigentlich nichts über die Lage der Wohnungen im Haus aussagte. Später wurde es mir klar, als ich in der Anklageschrift auf den Passus stieß, gegen halb drei hätten meine Partygäste respektive ich durch Klingeln bei all meinen Nachbarn für eine zusätzliche nächtliche Ruhestörung gesorgt.

»*Ich hab wieder Schlampenfieber! Immer wieder! Rutscht das Mieder!*«, grölten einige Partygäste aus dem Wohnzimmer.

»Bitte machen Sie das leiser.«

»Gerne!,« sagte ich und machte zur Enttäuschung der Partygemeinde die Musik leiser. Die beiden Polizisten verabschiedeten sich mit: »Na dann ... – bis später!«

»Sie wollen also immer noch behaupten, das sei nur eine harmlose Party gewesen.«

»Ja.«

»Aber Sie hatten doch gar nicht Geburtstag.«

»Es war ja auch keine Geburtstagsparty. Es war eine Wohnungseinweihung.«

»Ich bitte Sie! Eine ›*Wohnungseinweihung*‹ – fünf Tage vor dem G8-Gipfel in Heiligendamm, und dann noch in *Friedrichshain*. Herr Surmann, wir sind doch nicht blöd.«

»Ich bitte Sie, es waren nur Schwule da! 50 % von denen halten G8 für `ne neue Partydroge!«

»›Drogen‹ sagten Sie. So, so.«

Beim zweiten Mal machte ich selbst auf. Etwas unwirscher wurde mir die Sicherstellung meiner Stereoanlage für den Fall anhaltender Lärmbelästigung angedroht. Während ich ins Wohnzimmer ging und versuchte, den selbsternannten Schlager-DJ Lasse daran zu hindern, *Dschinghis Khan* einzulegen, muss sich an der Tür etwa Folgendes abgespielt haben: Offenbar kam Lukas auf dem Rückweg vom Klo am Eingang vorbei.

Lukas ist der einzige Bär in meinem Bekanntenkreis. Das heißt, er steht auf behaarte, gemütliche Kerle und ist selber gemütlich, behaart, bebärtet und bebaucht, und das alles extrem. Lukas ist immer fröhlich, aufgedreht, eine gut gelaunte Fellkugel mit modischer Vorliebe für Militärkleidung, weshalb er in einer Tarnhose steckte und auf seinem Kopf eine olivgrüne Schirmmütze klemmte, wodurch sein Gesicht mit dem struppigen Vollbart mit etwas Phantasie an Fidel Castro vor der OP zum künstlichen Darmausgang erinnerte. Dazu leuchtete die wenige sichtbare Haut in Lukas' Gesicht erdbeerbowlenrot wie eine kommunistische Parteiflagge. Kurzum: Lukas sah aus wie eine Mischung aus Fidel Castro, Osama bin Laden und Dirk Bach. Leider hegte Lukas auch noch einen heimlichen Uniformfetisch. – Die Polizisten mussten ihre Hände schon an der Dienstwaffe gehabt haben. Doch ihr panischer Gesichtsausdruck musste Lukas dazu animiert haben, die beiden schreckstarren Beamten, noch bevor sie von der Waffe Gebrauch machen konnten, trunken von gutem Willen und Erdbeerbowle ins Wohnzimmer zu ziehen. DJ Lasse nutzte daraufhin meinen Augenblick fassungslosen Entsetzens aus, um auf »Play« zu drücken, und unversehens fanden sich die beiden Gesetzeshüter inmitten eines Kreises aus eingehakten, besoffenen Schwuppen wieder, die zu *Dschinghis Khan* ihre Beine in die Luft warfen und mitgrölten: »*Moskau! Moskau! Wirf die Gläser an die Wand!*«

In diesen drei Minuten müssen die Punkte *Gewaltbereitschaft, Einkesselung von Ordnungsbeamten, Geiselnahme* sowie *sexuelle Belästigung am Arbeitsplatz* in die Anklageschrift gewandert sein.

Jedenfalls sah ich, wie einer der beiden Polizisten ein Funkgerät zog und irgendwas mit »Verstärkung!« hineinbrüllte, während sein Kollege beiläufig Delia an die falschen Titten grabschte und sie wohl am liebsten stante pede wegen Vorspiegelung falscher Tatsachen verhaftet hätte.

Die beiden Beamten wähnten sich in höchster Gefahr: umzingelt von subversiven Elementen, einer erschreckenden Mischung aus linksalternativen G8-Gegnern, Friedrichshainer Bodensatz und aufdringlichen El-Kaida-Sympathisanten.

»Wann kommt endlich *Madonna*!?«, kreischte Delia.

»Madonna!«, brüllte Polizist eins über die Musik hinweg zu Polizist zwei, »vermutlich ihr Rädelsführer!«

»Herr Surmann, einige ihrer ›Gäste‹ hatten eine falsche Identität.«

»Meinen Sie Delia à la Basta?«

»Sie haben also davon gewusst!«

»Natürlich, sie ist Transe!«

»Delia *Allah* Basta – Kommt Ihnen an diesem Namen nicht irgendetwas verdächtig vor?«

»Sie meinen, Delia sei Islamistin?«

»Das haben Sie gesagt.«

»Eine Islamistin? ... So ganz ohne Burka?«

»Sie ist ja auch keine Frau.«

14 Beamte, zwei komplette Wannenbesatzungen, eskortierten meine Gäste aus der Wohnung, die erst einmal unschlüssig vor der Haustür stehen blieben, während ihre erdbeerroten Gesichter durch den Schein des Blaulichts immer wieder lila aufblinkten.

Ich ertappte einen Polizisten im Bad, wie er in der Tonne mit der Dreckwäsche wühlte und eine schmutzige Socke hervorzog.

»Hey! Was machen Sie da?«

»Die nehmen wir mal mit, Geruchsprobe für unsere Datenbank.« Er steckte die Socke in einen Gefrierbeutel: »Außerdem haben wir gesagt: ›Alle Gäste verlassen die Wohnung!‹«

»Aber ich bin kein Gast, sondern Gastgeber!«

»Für derlei Spitzfindigkeiten haben wir keine Zeit.«

Er stupste mich mit seinem Schlagstock Richtung Treppenhaus: »Nicht stehen bleiben!«

Bald darauf standen wir alle wütend und unschlüssig vor der Haustür, umringt von einem Dutzend Polizisten in schwerer Montur. So recht wussten sie offenbar nicht, was sie mit einer Horde besoffener, entrüstet gackernder Tunten anstellen sollten. Dann hörten wir die Stimme des Einsatzleiters aus einem Lautsprecher krächzen: »Achtung! Achtung! Hier spricht die Polizei! Diese Versammlung ist nicht genehmigt, bitte lösen Sie sich auf.«

»Herr Surmann, einige Männer haben auf der Straße Ansätze von Block- und Kettenbildung gezeigt.«

»Das waren schwule Pärchen, die sich untergehakt hatten.«

»Manche waren zu dritt.«

»Ja, weil der Mittlere sich alleine nicht mehr gerade halten konnte. Ich sagte doch schon, die Erdbeerbowle.«

»Das können Sie Ihrer Großmutter erzählen.«

Wir überlegten, noch etwas in den nahen Volkspark zu gehen, schließlich hatte fast jeder beim Verlassen der Wohnung im Rausgehen noch eine volle Sekt- oder Bierflasche gegriffen, doch auch daran hinderte uns die Polizei.

»Keine Demonstrationszüge bitte! Gehen Sie in unterschiedlichen Richtungen auseinander!«

Drei Pärchen beschlossen daraufhin, zur U-Bahn zu laufen.

»Das sind zu viele!«, raunzte sie ein Polizist an, »drei in die Richtung und die anderen drei darunter«, dazu machte er eindeutige Gesten mit dem Schlagstock, woraufhin sich Jan und Gregor schweren Herzens voneinander lösten und der eine mit Lasse und Markus zur U-Bahn trottete, der andere mit Tim und Florian Richtung Straßenbahn. Wie wir später hörten, waren im Nachhinein alle sechs mit dieser Lösung sehr zufrieden.

Wir anderen trafen uns auf verschiedenen Umwegen im Park, Henning hatte es sogar geschafft, den Rest Erdbeerbowle aus der Wohnung zu schmuggeln. So feierten wir noch ein paar Stunden weiter und sangen im nächtlichen Park: *»Moskau, Moskau! Wirf die Gläser an die Wand! Russland ist ein schönes Land«*. Wir stießen mit russischem Wodka an auf Wladimir Putin und seine Berliner Gefolgsbeamten.

Delia à la Basta ging in dieser Nacht in die Berliner Polizeigeschichte ein als erste schwule männliche Islamistin ohne Burka, dafür aber mit 2,4 Promille im Blut.

»Dem haben Sie nichts hinzuzufügen?«

»Nein. Das war die volle Wahrheit.«

für Chrissi, mit Gruß an Marcus & Falk

Sanierphonie

Frank Sorge

Rambam rambam rambam ram
rir rir rir rir rir rir rir pik pik pik pak pik pik
pak pak pak pak pak pak
Rambambam rir rir rir
popopo popopo rir rir popopo popopo
chib chib chib chib pak pak pik pik pak
bemenne bemenne bemenne rir rir rir
riiiiiiiiiiiiiiiiiiiiiiiiiiiiiiiiiiiiiii
Rambambam rottarottarotta pam
rottarottarotta pam pam pam pam pam
pam pam pam chib chib chib chib
rapapap rapapap rapapap riiiiiiiiiir
chriiiiir chrir chrir chrir chriiiiiiiiiir
Rambamwoff pak pak pak, kik kik kik
grrrrrrrrrrrrrr rambamwoff pak pak
grrrrrrrrrrrrrr rambampak woff pak pak pak
riiiiiiiiiiiiiiiiiii pik pik
popop popopo rir rir popopo ram
rambam rambam ram pirr pirr pirr
schrie schrie schrierrrrrrr poch poch
tük tük tük tik tük tik tik reng reng
pürr pürr kateng reng reng kateng
romromrom romrom rottarotta pam pam woff
klam schap rüff pürr schap schap
kliff klaff piff schap schap romromrom rottapam wuff
pak pak pak pak pak pak

Rambambam rir rir bemenne bemenne rir rir
chib chib rir röff röff chib chib pöt
pöt pöt pik rik ram ram
rib rib ram pöt pöt pik pik pik pik pik pik pik
riiiiiiiiiiiiiiiii
riiiiiiiiiiiiiiiii
riiiiiiiiiiiiiiiii
pak pak pak chib chib pöt pöt
pik pik rüm Rambamwoff kök riff
pirr pirr rottarotta pam
pam pam pam pam pam pam pam
pam.
Mahlzeit!

VI. Mit Soße

Richtungsweisend

Neulich hatte ich mich in einem Randbereich Kreuzbergs verlaufen und wusste nicht, welche Richtung ich zu zentraleren Ecken des Bezirks einschlagen sollte. Dann passierte mich ein Streifenwagen mit Blaulicht und Sirene. Ich folgte ihm und – siehe da – ich war richtig. *(Volker Surmann)*

Wirtschaftswesen im Wedding (Teil 1): Geschäftsübernahmen

»Hey du, komm mal näher ran.«

»Ja, bitte? Was ist denn?«

»Willst du mein Geschäft übernehmen?«

»Was hast du denn für ein Geschäft?«

»Ich mache in Klamotten. Änderungsschneiderei. Ich bin Änderungsschneider. Frauen, Männer, Kinder, Bettwäsche und Handtücher. Ich kann nicht nur kürzen, sondern auch verlängern. Mein Firmenmotto ist: ›Sie wollen Veränderung, ich nähe sie Ihnen.‹«

»Ich fürchte, das ist nichts für mich. Ich bin Klempner, arbeitslos zwar, aber doch Klempner.«

»Das tut nichts zur Sache. Ich war Bürokaufmann, bevor ich den Laden von meinem Vorgänger übernommen habe. Wie du sehen kannst, habe ich mich inzwischen eingerichtet. Komm, gib dir einen Ruck. Ich habe eine große Kundschaft, gleich bleibenden Umsatz und trotzdem drei Stunden am Tag Zeit zum Nichtstun.«

»Na gut, das klingt überzeugend. Wann soll ich das Geschäft übernehmen?«

»Am Nachmittag. Dann kann ich mich nämlich noch heute zur Ruhe setzen.« *(Robert Rescue)*

Versuche zum Dialog der Kulturen (6)

Der 17-jährige Sohn eines Bekannten ist zu Besuch. Wir unterhalten uns. Das Telefon klingelt.

Er: Das Telefon klingelt.

Ich: Ja, stimmt.

Er: Willst du nicht rangehen?

Ich: Nein.

Er (entsetzt): Wie? Warum?

Ich: Weil ich gerade beschäftigt bin.

Er: Aber – wir reden doch nur.

Ich: Eben.

Er: Aber ... (Panik steigt in seinen Augen auf) – das Telefon klingelt doch!

Ich (lauschend, kurze Pause): Jetzt nicht mehr.

Er starrt mich fassungslos an. Sein Blick irrt nervös umher. Vermutlich fürchtet er, dass ich ihn jetzt gleich in den Keller locken und dort aufessen werde. Die Stimmung entspannt sich auch im Folgenden nicht mehr so recht.

Dialog letztlich gescheitert. *(Heiko Werning)*

Vor der Tür

Spät am Abend treibt es mich auf die Seestraße und hin zum blauen Licht der Hoffnung von Aral, das immer einen Beutel Eis, Katzenfutter und ein gekühltes Bier bereithält. Da spricht mich ein junges Mädchen mit Kopftuch an, ob ich Feuer hätte.

Ich wühle und halte ihr die Flamme hin, woraufhin sie so einen mittelschweren Joint hervor holt und anzündet. »Danke!« Ihr schönes, von Stoff umhülltes Gesicht lächelt, sie schlendert weiter und lässt mich einigermaßen verblüfft zurück. *(Frank Sorge)*

Neulich in Moabit

Hinark Husen

Was bisher geschah:
April 2002. In einem Mietshaus im Wedding haben zwei libanesische Brüder ein türkisches Fußballvereinsheim aufgemacht. Hier wird, für den ganzen Kiez offensichtlich, mit Drogen gedealt. Die Spieler von *Fenerbahçe Istanbul* dürften den Geschwistern wahrscheinlich recht unbekannt sein. Die Polizei macht immer mal wieder eine Razzia, findet aber nichts. Beim sechsten Mal treffen sie zufällig im Innenhof auf den frustrierten Single Hinark H., 37, einen schüchternen, etwas dicklichen Schwulen aus Westfalen, der immer noch auf der Suche nach der Liebe seines Lebens ist. Der 26-jährige Polizeiobermeister Winfried S. spricht H. an. Seine blauen Augen verwirren den unausgeschlafenen Fahrradfahrer derartig, dass er gleich ein volles Geständnis ablegt.

Winfried S. erwidert, es interessiere ihn gar nicht, dass H. seinen Müll seit Jahren nicht mehr trennt, und fragt nach den Libanesen. H. gibt freudig Auskunft: Natürlich kenne er die beiden, schließlich hätten sie, also die libanesischen Brüder, ja auch noch eine Wohnung im zweiten Stock angemietet. S. zeigt sich überrascht und ist sehr dankbar für diese Information, eine Einladung ins Kino lehnt er aber ab. Die Polizei wird sehr schnell fündig: ein Kilo Haschisch, fertig abgepackt in 1-Gramm-Tütchen, geschätzter Schwarzmarktpreis: um die 10.000 Euro. H.s Aussage wird zu Protokoll genommen, ebenso wie die seiner Nachbarin Natalie R. Diese wird von den beiden Libanesen in den folgenden Wochen mit diversen jungen arabischen Männern zu verkuppeln versucht, bei H. klingelt niemand. Außerdem hat er jedes Mal ein blödes Gefühl, wenn er auf dem Weg nach Hause an dem Café vorbei kommt. Im Januar 2002 kommt es zur Gerichtsverhandlung. H. ist als Zeuge geladen.

Hören wir nun H.s Bericht:
Also wirklich gut geht's mir wirklich nicht an diesem Tag. Man fühlt sich ja doch ein bisschen als Denunziant. Also wenn's härtere Drogen gewesen wären, Koks oder Heroin, da hätte man wahrscheinlich ein besseres Gewissen, andererseits hätten die beiden Brüder dann wahrscheinlich auch andere Seiten mir gegenüber aufgezogen. Das einzig Positive am Amtsgericht Moabit ist ja, dass man dort noch rauchen darf, ist so spontan das einzige öffentliche Gebäude, das mir einfällt, wo man das noch unbehelligt kann, ich mache auf jeden Fall mächtig Gebrauch davon. Nach circa zehn Zigaretten werde ich dann reingebeten, auf dem Flur treffe ich den Polizisten wieder und will ihn fragen, ob er denn heute Abend schon was vorhat, lasse es aber dann doch. Der Richter hat fettige Haare, das macht ihn nicht unbedingt sympathischer. Und dann muss ich fast direkt neben dem einen Angeklagten sitzen, nur noch ein Dolmetscher zwischen uns, das ist auch nicht unbedingt so toll, man glaubt ja gar nicht, wie böse der gucken kann, als hätte ich ihm das Zeug untergejubelt. Erste Frage vom Richter, ob ich die Angeklagten kennen würde. Ich sage kurz, ich hätte sie öfter im Haus gesehen. Der Dolmetscher spricht zwar leise, aber viel länger als ich, und ich mache mir so langsam meine Gedanken, was er dem Herrn Chesade da eigentlich erzählt, eigentlich will ich mich die ganze Zeit zu ihm rüber drehen und sagen: »Nichts für ungut, Nachbar, war ja gar nicht so gemeint, der blöde Bulle hat das aus mir rausgequetscht.« Dann fällt mein Blick auf den zweiten Schöffen links neben dem Richter, und, ja richtig, dem sind tatsächlich fast die Augen zugefallen, den Kopf hat er auf den Arm gestützt. Scheint ja doch nicht so von elementarer Bedeutung zu sein, die ganze Veranstaltung hier. Ein bisschen bekümmert bin ich darüber, dass der halbe arabische Kiez

im Gerichtssaal als Zuschauer sitzt, das gibt mir doch zu denken. Vielleicht sollte ich mir nach der Verhandlung eine neue Jacke und eine große Mütze zulegen, damit man mich nicht so schnell wiedererkennt. Der Rechtsanwalt fragt mich, ob ich weiß, ob es im ersten Stock Spione in den Haustüren gibt. Was soll denn diese Frage? Ich muss lange nachdenken, der Dolmetscher quatscht trotzdem die ganze Zeit. Ich fühle ein virtuelles Messer im Rücken. Wegen der Spione in den Türen gerate ich dann doch ein wenig ins Schwafeln. Zwölf Jahre habe ich im zweiten Stock gewohnt, da unten gibt's noch Jugendstiltüren, aber die haben sicher auch Spione. Jetzt schweigt der Dolmetscher. Sehr merkwürdig. Ich plappere noch ein bisschen über Frau Balmert, die Giftziege aus dem zweiten Stock, die wegen des Krachs im letzten Sommer ausgezogen ist. Die Alte hat so ziemlich jeden im Haus tyrannisiert, aber an den Arabern hat sie sich die Zähne ausgebissen. Mehr will man nicht von mir wissen, dann werde ich unvereidigt entlassen, schade eigentlich, denn ich hätte gern gewusst, wie das so abläuft.

Am Abend sitzen die beiden Angeklagten wieder in ihrem Café, also Freispruch oder Bewährung. Ich überlege, ob ich kurz reingehe und sage, dass das alles nicht so gemeint war, oder noch besser, ihnen ein bisschen Gras abkaufe, der Stoff soll ja gar nicht so schlecht sein, wie der Kiezklatsch zu berichten weiß, und die Umsätze stimmen auch, schließlich haben sie letzte Woche den Laden im Haus nebenan angemietet.

Bei meinem Libanesen

Heiko Werning

Lange Zeit war es mir eine liebe Tradition, in jeder Donnerstagnacht, wenn ich um 2 oder 3 Uhr von den Brauseboys nach Hause kam, zuvor beim libanesischen Imbiss im Nachbarhaus vorbeizuschauen und dort einen Shoarma-Teller mit Schafskäse und Hommus zum Mitnehmen zu bestellen, um den schönen Abend dann zu Hause beim Ansehen einer *Tatort*-Aufzeichnung ausklingen zu lassen. Die Tradition war mir sogar so lieb, dass die Menschen sich darauf einzustellen begannen. Der diensthabende Libanese erwartete mich, fragte, offenbar erfreut über die Konstanz, die ich in sein Arbeitsleben brachte, »wie immer?«, und ich musste nur nicken, konnte mich setzen und bekam noch eine Tasse Tee für die Wartezeit. Ich schätze manchmal eine gewisse Beständigkeit.

Im Sommer 2006 aber wurde das gemütliche wöchentliche Ritual empfindlich gestört. Als ich den Imbiss betrat, stand eine kleine Traube Männer vor dem Bildschirm, auf dem ein bärtiger Turbanträger zu sehen war. Die Männer waren spürbar erregt, konzentriert lauschten sie und wirkten dabei, als wollten sie jeden Moment aufspringen und zu einem Hundertmeterlauf starten. Das Lächeln des Shoarmawirtes wirkte fahriger als sonst, etwas unwillig löste er sich aus der Runde. Da erst wurde es mir schlagartig klar: Wir haben ja Krieg. Vielmehr: Die haben ja Krieg. Libanonkrieg. Für Libanesen vermutlich eine erheblich aufregendere Angelegenheit als für einen Gewohnheitstagesschaugucker wie mich. Ich fragte wenig intelligent, was denn los sei. Scheich Nasrallah spreche gerade, erläuterte mir mein Stammlibanese, er halte eine wichtige Ansprache angesichts des Überfalls Israels auf sein Land. Ich war merkwürdig betroffen. Plötzlich kam es mir ausgesprochen absurd vor, dass ich ein so profanes Anliegen wie ein nächtliches Mahl vom Fleischspieß vortrug, während hier offenkundig Menschen mehr oder weniger direkt mit einem Krieg zu tun hatten, überhaupt erwischte mich die Tatsache, dass eine dieser globalen Nachrichten plötzlich in mein kleines, gemütliches Berliner Leben eingedrungen war, ganz unangenehm. Ich wollte nicht ignorant wirken, also fragte ich, ob er denn persönlich betroffen sei? Plötzlich drehten sich mehrere der Männer vom Fernseher zu mir um. Seine Eltern seien am Wochenende ausgebombt worden, sagte einer, ein anderer berichtete, zwei seiner Cousins seien seit Freitag vermisst, ein Dritter hatte seit Tagen keinen Kontakt mehr in sein Heimatdorf, niemand könnte ihm etwas sagen, er wisse nicht, wie es seiner Familie gehe. Ratlos blickte ich die Männer an und sagte: »Oh.« Dann begannen sie über die verdammten Zionisten zu schimpfen, die ihr Land überfallen hätten. Vielleicht hatte ich doch ein Bier zuviel im *Laine-Art* genommen, jedenfalls fühlte ich plötzlich einen unbändigen Drang in mir, den Vermittler zwischen den Parteien zu geben, das ist doch wie bei Streitereien auf dem Pausenhof früher, man muss nur vernünftig mit beiden Seiten reden, für Sekunden wurde ich zum Joschka Fischer des Shoarma-Imbisses, peinlich und lächerlich und drehspießig zugleich, und gab diesen, nun ja, emotional gerade etwas ungeordneten Menschen zu bedenken, dass doch aber irgendwie sicher beide Parteien ihr Päckchen Schuld zu tragen hätten, dass man es sich also so einfach ja nun auch nicht machen könne, dass ja schließlich alle ein Recht auf Frieden hätten usw. Und obwohl ich mir wirklich Mühe gegeben, obwohl ich so pastoral wie Pfarrer Gerding aus unserer Münsteraner Kirchengemeinde zu seinen besten Zeiten gesprochen habe, schien ich mit meinem Anliegen nicht durchzudringen. »Israel ist schuld!«, wurde mir knapp beschieden, dann drehten sich alle wieder zum Scheich. Ich zahlte mein Shoarma und ging.

Und dachte auf dem Rest-Heimweg, dass man angesichts dieses beidseitigen Desasters doch noch einmal überlegen sollte, ob man nicht ausgerechnet Irans Präsidenten Ahmadinedschad Unrecht getan hatte, als der vor einiger Zeit einen unkonventionellen Vorschlag zur Lösung der chronischen Nahostkrise unterbreitete. Deutschland und Österreich könnten doch bitte einen Teil ihres Territoriums bereitstellen, wo man Israel neu errichten könne, so hatte er gefordert, da diese ja letztlich hauptverantwortlich für die Gründung dieses Staates seien.

Die Aufregung in der deutschen Politik war groß, erheblich größer jedenfalls, als kurz zuvor, als Ahmadinedschad lediglich die generelle Auslöschung Israels verlangt hatte. Aber die Juden jetzt nach Deutschland holen? Das geht natürlich nicht! Schon aus Verantwortung der deutschen Geschichte gegenüber.

Dabei gäbe es doch wirklich interessante Möglichkeiten. Brandenburg, Mecklenburg-Vorpommern und Sachsen-Anhalt sind ja quasi schon weitgehend geräumt. Das wäre sogar ein echter Flächengewinn für die Israelis, wenn man sie dort einziehen lassen würde. Nun mag man einwenden, dass man es nun wirklich niemandem zumuten könne, sich in dieser Ödnis niederlassen zu müssen. Die Israelis aber haben schon erfolgreich in der Negev-Wüste und am Toten Meer gesiedelt; da sollten sie mit der Uckermark und der Müritz auch noch fertig werden. Hübsch wäre auch der Nebeneffekt, dass die marodierenden Nazibanden dort mal eine wirkliche Herausforderung hätten, träfen sie auf schwer bewaffnete jüdische Siedler, die ihnen in mancher Beziehung doch etwas, sagen wir: *Lebenserfahrung* voraus haben. Und die ganzen sich links empfindenden Geopolitiker, die Möllemann-Epigonen und die deutsch-arabischen Freundschaftsbändchenträger könnten mal ihre These beweisen, dass sie keinesfalls antisemitisch seien, sondern nur ein bisschen die Politik des Staates Israels kritisieren dürfen wollen. Da die üblichen Kritikpunkte ja dann quasi umgehend entfielen, könnten sie also spontan und unverzüglich friedlich mit den Juden zusammenleben und ihnen beim Neuaufbau ein bisschen unter die Arme greifen – im Haushalt zum Beispiel, genug Palästinenserlappen zum Staubwischen müssten in den Altbeständen ja noch vorrätig sein.

Falls sich dann ganz überraschend herausstellen sollte, dass die Abneigung doch gar nicht nur auf der ehemaligen Siedlungspolitik der israelischen Regierung beruhte – dann könnte Herr Ahmadinedschad uns aber auch mal einen Gefallen tun. Iran ist groß. Verdammt groß. Grob überschlagen etwa achtzig Mal größer als Israel. Wenn wir also die ca. sieben Millionen Israelis bei uns aufnehmen würden, dann könnte der Iran doch im Gegenzug die geschätzten 10–20 % Antisemiten der deutschen Bevölkerung kriegen. Die würden sich schon ganz gut verstehen, denke ich, spätestens beim abendlichen gemeinsamen Schimpfen auf Amerika. Auch in Sachen Rechtsauffassung käme man wohl leicht überein: Kopf-ab-Mentalität und öffentliche Hinrichtungen sind im Iran schon hinreichend installiert, das käme unseren dann ehemaligen Landsleuten ja schon mal sehr entgegen. Einziges Problem: Im Gegensatz zu Herrn Ahmadinedschad benötigen unsere Leute dauerhafte Alkoholgaben, um die Prozesse in ihren Köpfen, die mit Denken zu bezeichnen sehr unpräzise formuliert wäre, am Laufen zu halten. Da werden die Mullahs schnell mal böse. Aber nun gut, das kann uns dann ja wirklich auch egal sein. So oder so: Das Problem würde sich letztlich zur vollständigen Zufriedenheit lösen.

Überlegte ich so vor mich hin. Das Shoarma war übrigens lecker wie immer, und der *Tatort* war ganz okay.

Francis, der mehr macht, als er soll

Robert Rescue

Grundsätzlich sollte jeder einen Freund haben, der sich mit Fahrrädern gut auskennt und auch Lust hat, daran rumzuschrauben. Auch sollte derjenige nicht weit weg wohnen, wenn man von einer Nacht auf den Tag plötzlich einen platten Reifen hat und dringend Hilfe benötigt, weil man es selbst nicht reparieren kann oder will. Der gute Freund lässt sich meist mit einer Flasche Rotwein, einem leckeren Essen und/oder einem tiefsinnigen Gespräch über, zum Beispiel, Literatur belohnen.

Ich habe so einen Freund, aber der wohnt in Friedrichshain und nicht im Wedding. Im Wedding habe ich drei Häuser weiter Francis, oder auch *Franzmann*, wie sich sein Reparaturladen nennt. Er macht es nicht unter zehn Euro pro Job und macht auch keine Hausbesuche. Seiner Fahne nach zu urteilen, macht er die Arbeit vielleicht auch für eine Flasche Rotwein, aber da darf man ihm bestimmt nicht mit einem Discounter-Angebot für 1,99 Euro kommen.

Besucht habe ich ihn das erste Mal, als ich nach einem Jahr Stillstand mein Fahrrad entstaubte und gleich mit mehreren Mängeln konfrontiert wurde, wobei mir die Acht im Hinterreifen am deutlichsten machte, dass ich mit dem Rad so nicht mehr vorankommen würde. Wie dieser Schaden, den Francis später scherzhaft »88« nennen sollte, entstanden war, konnte ich mir nicht erklären. Ich hatte das Rad zwölf Monate nicht bewegt und es in der Wohnung aufbewahrt.

Also schob ich das Fahrrad rüber und lernte Francis kennen, einen kompetenten Mechaniker, der Selbstgedrehte raucht und, wie oben beschrieben, eine riechbare Fahne vor sich her atmet.

Mit fachmännischem Blick begutachtete er mein Fahrrad, stellte alle Mängel fest, die ich auch festgestellt hatte, und ging dann ein Stück zu weit: »Den Dynamo werde ich mir auch mal anschauen. So wie ich es sehe, ist die Lichtanlage defekt.«

»Ich benutze sie nicht«, sagte ich und zeigte auf die Lampensockel am Lenkrad und unterhalb des Sattels. »Ich benutze Einstecklampen, weil das cool ist. Dynamo war gestern.«

Francis zuckte mit den Schultern und grinste dann verlegen.

»Haben Sie noch einen Wunsch?«

»Ja, den habe ich. Am Vorderrad befindet sich ein französisches Ventil. Dieses Ventil geht mir auf den Keks. Es ist kompliziert, mit einer normalen Luftpumpe Luft in dieses verdammte Vorderrad zu pumpen, wegen dieses verfickten Ventils. Ich will ein deutsches Ventil.«

»Ich kann Ihnen einen Adapter geben«, bot Francis an. »Dann passt Französisch auf Deutsch und alles ist in Ordnung.«

»Na gut, dann einen Adapter, damit ich nicht mehr dieses verdammte französische Ventil ein klein wenig aufschrauben muss, damit ich die normale Luftpumpe draufklemmen kann, um endlich Luft in dieses verfickte Rad zu bekommen. Wenn ich nur wüsste, welcher bekloppte Heini so einen Scheiß erfunden hat.«

»Sicherlich war es ein Franzose«, warf Francis mit so einem bedeutungsschwangeren Unterton ein. »Ich *bin* übrigens französischer Staatsbürger.«

»Aber du hast den Mist nicht zu verantworten, oder?«

»Nein, aber ich heiße französische Ventile gut, schon allein, weil sie einen Bezug zu Frankreich haben. Ich bin nämlich Patriot.«

»Mag sein«, entgegnete ich. »Ich finde auch ne Menge Sachen an Frankreich gut, zum Beispiel Rotwein, aber dieses Ventil gehört bestimmt nicht dazu. Es ist unhandlich.«

Das war für mich das Schlusswort. Zwei Stunden später kam ich wieder und holte mein Rad ab. Alles war sorgsam repariert und funktionierte. Ich war froh, einen solchen Service nicht einmal um die Ecke zu haben.

Zwei Tage später musste ich wieder bei Francis aufkreuzen. Ich hatte mich zuvor beim Fahrradfahren bemüht, die ganzen Glassplitter auf den Straßen zu umfahren, hatte dafür beinahe Verkehrsunfälle riskiert, aber vor der Haustür machte es dann PÜÜÜÜÜSCH.

»Soll ich auch den Dynamo reparieren?«, fragte mich Francis. »Die Lichtanlage muss, so wie ich es sehe, erneuert werden.«

Offensichtlich hatte er mich bereits vergessen. Dabei war ich auf dem besten Weg, ein treuer Kunde zu werden.

»Nein«, antwortete ich gleich und zeigte auf die Lampensockel. »Ich benutze Einstecklampen, wie ich schon sagte. Dynamo ist Old School, wobei ich das so noch nicht gesagt habe.«

»Na gut, also nur ein neuer Schlauch im Vorderrad.«

»Genau«, antwortete ich, bedankte mich und ging meiner Wege.

Als ich am nächsten Tag wiederkam, um das Fahrrad abzuholen, erlebte ich eine Überraschung.

»Ihr Rad ist schon abgeholt worden«, erklärte mir Francis und fuhr fort: »von Ihrem Sohn.«

Ich erschrak bis ins Mark. Ich hatte einen Sohn! Warum wusste ich nichts von ihm? Wer war die Mutter? Warum hatte sie mir das verheimlicht? Ich hatte erstmals mit 18 Jahren Sex gehabt, damals in Westdeutschland. War es da passiert? Dann war mein Sohn jetzt 20 Jahre alt. Hatte er vor kurzem erst von seinem Vater erfahren, war nach Berlin gefahren und sich, klug, wie er es von mir geerbt hat, dazu entschieden, mich durch das Abholen meines Fahrrades mit ihm zu konfrontieren?

Francis riss mich aus meinen Träumereien.

»Das war doch das silberne Trekking-Mountain-Streetgang-Fashion-Bike, oder?«

Ich war einerseits erleichtert, anderseits aber enttäuscht, dass er meinen möglichen Sohn ad absurdum führte.

»Nein«, antwortete ich schleppend. »Es ist ein blaues Herrenrad ohne alles.«

»Das mit dem bloßen Loch im Vorderreifen?«

»Ja, das.«

»Ach so. Das ist nicht abgeholt worden. Das steht hinten im Lager. Ich habe den Schlauch geflickt und den Dynamo repariert. Außerdem habe ich noch eine Klingel dran gebaut, falls sie mal von der Polizei kontrolliert werden. Jetzt fahren sie verkehrsgerecht.«

Ich nickte bloß und ließ es somit über mich ergehen.

Schlussendlich zahlte ich 15 Euro mehr, als veranschlagt worden war, Francis verstieg sich wortreich in die Vorzüge seiner Reparaturmaßnahmen, bis ich ihn unterbrach und mitsamt meinem Rad den Laden verließ.

Jetzt hatte ich ein absolut verkehrsgerechtes Fahrrad, das ich nicht gewollt hatte, und keinen Sohn, den ich gerne in die Arme geschlossen hätte.

So kann ein Tag auch verlaufen.

Natürlich Nele

Volker Surmann

Sie ist klein, ihre Hose ist unten ausgefranst, sie hat Ringelsöckchen an. Sie hat Dreadlocks, ein Nasenpiercing und heißt ausgerechnet Nele. Natürlich Nele. – Als reichten Dreadlocks, Nasenpiercing und Ringelsöckchen nicht aus. Wieso können solche Neles nicht Annegret oder Peggy-Luise heißen? Wieso heißen Neles immer Nele?

Nele ist meine Mitfahrerin zurück nach Berlin.

Nele ist Ende zwanzig, aber ihre Stimme ist weich und hoch, kindlich möchte man sagen, als hätte sie irgendwann beschlossen, den Rest des Lebens nur noch mit infantiler Kopfstimme zu sprechen.

Sie sitzt auf dem Beifahrersitz, und zwar komplett. Sie hockt darauf im Schneidersitz, die ganze Fahrt von Bielefeld nach Berlin, viereinhalb Stunden im Schneidersitz. Natürlich Schneidersitz.

Natürlich war Nele heute in einer feministischen Frauen-Wagenburg zu Besuch: »Wir haben den ganzen Nachmittag bei meiner Mama im Bauwagen gesessen, Yogi-Tee getrunken, es hat geregnet und draußen vor dem Fenster war alles grün. Das war total schön.« Natürlich Wagenburg, natürlich Yogi-Tee. Als würden Dreadlocks, Nasenpiercing, Ringelsöckchen, Nele und Schneidersitz nicht reichen.

Vermutlich sind alle Neles dieser Welt in Bauwagen aufgewachsen, groß geworden oder klein geblieben. Gezeugt wurden sie darunter, dahinter oder daneben, weil Männer zu feministischen Bauwagen keinen Zutritt haben.

»Dein Auto ist so schön sauber«, piepst Nele. Ich gucke sie verständnislos an. Welches Auto meint sie?

»Darf ich hier drin wohl mein Brötchen essen?«

Nele holt ein Mehrkornbrötchen aus dem Rucksack, öffnete ein Büchse mit einer komisch riechenden Tofu-Irgendwas-Paste und fragt in die Runde: »Hat jemand von Euch zufällig ein Küchenmesser dabei?«

Natürlich Tofu-Irgendwas-Paste.

Ich will sagen, derlei Machowerkzeug besitze ich nicht, beiße mir aber auf die Zunge. Nele krümelt vor sich hin, schmiert mit dem abgerissenen Deckel der Tofu-Irgendwas-Pastendose die Tofu-Irgendwas-Paste auf das Körner-Irgendwas-Brötchen und fragt mich: »Was machst du?«

»Ähm ... ich bin freier Autor«, sage ich leise. Ich ahne, was kommt. Nele guckt mich mit großen Augen an. »Echt? ... Ich schreibe auch! Ich hab mir mal überlegt, bei Poetry Slams mitzumachen, aber da sind mir zu viele Männer bei.«

»Na ja, wenn alle Frauen deshalb nicht mitmachen, wird sich das auch nicht ändern.«

»Nee, ich will nicht die Quotenfrau sein. Lieber was eigenes. Bei mir im Haus is' so'n Frauenladen. Hab schon mal überlegt, da so was aufzuziehen.«

»Aha.«

»Ja, cool!« Neles Stimme überschlägt sich, »da hast du mich echt auf ne Idee gebracht!«

»Einspruch!«, ruft etwas in meinem Kopf, »ich habe hier gerade gar nichts! Ich wollte dafür werben, dass mehr Frauen bei Poetry Slams mitmachen. Ich möchte nicht der Urheberschaft eines feministischen FrauenLesben-Slams bezichtigt werden.«

»Kennst du das OS in Bielefeld?«, fragt Nele unvermittelt. Natürlich OS. Als würden Dreadlocks, Nasenpearcing, Ringelsöckchen, Nele, Schneidersitz, Wagenburg, Yogi-Tee, Tofu-Irgendwas-Paste und Frauenladen nicht reichen.

»Ja«, sage ich. Das OS in Bielefeld ist das *Oberstufenkolleg*, eine Reformschule aus den späten 70ern mit engagierten PädagogInnen, freier Arbeit, selbstständigem Lernen, keinen geschlossenen Klassenräumen und vielen Binnen-I-SchülerInnen mit unkonventionellen Klamotten und lustigen Frisuren.

»Und was hältst du vom OS?«

Ich überlege, gehe in Gedanken alle Bekannten durch, die dort auf der Schule waren, und schließe: »Für manche Schüler ist es genau richtig, aber es gibt auch Leute, die verlieren sich etwas in der Selbstverantwortung.« Ich finde mich ungeheuer diplomatisch.

»Du meinst: zu viel Kiffen?« fragt Nele und kichert. Ich sage lieber nichts.

»Für mich war's ultracool. Total super. Genau das Richtige für mich. Ich hab da so voll viel gelernt – für mich auch.« Tja, für wen auch sonst?

»Und was machst du jetzt?«

»Bis vor kurzem habe ich nichts gemacht. Aber jetzt fange ich mit `nem Praktikum in einem Montessori-Kindergarten an.«

Vorher hat Nele in Hamburg Pädagogik und Soziologie studiert. Natürlich. Als würden Dreadlocks, Nasenpearcing, Ringelsöckchen, Nele, Schneidersitz, Wagenburg, Yogi-Tee, Tofu-Irgendwas, Frauenladen, Oberstufenkolleg und Kiffen nicht reichen.

Aber das Studium war ihr zu hart. Offenbar habe ich die Studiengänge Pädagogik und Soziologie bislang immer falsch eingeschätzt. Aber wer weiß, was sich da nicht alles geändert hat: das Gesamtwerk Niklas Luhmanns auswendig lernen, Habermas-Vokabeln pauken bis zum Erbrechen, hammerharte Testate in qualitativer Sozialforschung und Genderstudies, und dann noch das große Adornikum nach drei Semestern! Der blanke Horror.

»Der Dozent war irgendwie sexistisch und ich musste nach jedem Seminar Bier trinken, weil ich mich so aufgeregt habe. Und da dachte ich, wenn mich mein Dozent zwingt, nach den Seminaren Bier zu trinken, ist das nichts für mich. Hab also abgebrochen und in Hamburg noch ein bisschen gewohnt.«

Wohnen ist auch eine schöne Betätigung. Ich werde mir das merken, wenn mich mal wieder jemand fragt, was ich in Berlin so mache: »Wohnen. Ich mache Wohnen. Das kann ich total gut. Das füllt mich vollkommen aus. Ich hab da mal so einen Kurs besucht, und jetzt wohne ich sogar noch viel aufmerksamer.«

Gesprächspause. Nele fragt meinen zweiten Mitfahrer aus. Der erzählt, dass er gerade aus Japan zurückgekommen sei. Drei Wochen war er dort – auch in Hiroshima, hat dort das Museum besucht. Das sei sehr bedrückend gewesen.

Nele sagt: »Weißt du, ich kenne mich in der japanischen Kulturgeschichte nicht so aus.«

Ich beschließe, dem Oberstufenkolleg einen kritischen Brief zu schreiben.

Regen pladdert inzwischen auf die Windschutzscheibe.

»Ich bin dann nach Berlin gegangen, zum Wohnen und so, das geht hier total gut, und hab erst mal nichts gemacht. Neulich war `ne Freundin da, die hat mich ins Gebet genommen – die arbeitet als Sozialarbeiterin.« Nele kichert: »Gleich am nächsten Tag hab ich Bewerbungen für Praktikumsplätze geschrieben.«

»Lass mich raten, die Freundin, die Sozialarbeiterin ist, war nicht auf dem OS.«

»Nö. Wieso?«

Nele kichert noch etwas vor sich hin, dann guckt sie mich an. Ihre Augen wirken ratlos: »Ich weiß auch nicht, alle meine früheren Freundinnen und Freunde vom OS sind jetzt schon fertig mit Diplomarbeiten und so, sind in irgendwelchen voll weit entfernten Ländern als Entwicklungshelferinnen oder bauen sich Ökohäuser aus Lehm mit runden Fenstern und so, und mich muss `ne Sozialarbeiterin auf'n Pott setzen, damit ich überhaupt 'n Praktikumsplatz kriege ...«

»Tja«, sage ich und denke: Das ist eben das Schicksal von Neles. So ist es vorherbestimmt.

Annegrets oder Peggy-Luisen würde das nicht passieren.

»Jetzt mache ich `nen Vorpraktikum. Danach will ich Soziale Arbeit studieren.« Natürlich Soziale Arbeit; aber wenn das Studium mal nicht zu hart wird.

»Hab ich mir extra ausgesucht! Ich hoffe, ich werd' damit arbeitslos.« Nele ist wohl doch mehr so eine Wohnerin.

Es gibt Menschen wie Nele. Personen von einem Schlag, der der Zeit irgendwie hinterher klingt. Manchmal träume ich davon, Menschen wie Nele unter Artenschutz zu stellen und sie zu betrachten wie die Knuts und Bao-Baos im Zoo. Man sollte für sie einen kleinen soziologischen Themenpark einrichten, wo neben der Verkehrsinsel für Punks und dem Gräberfeld für nachtaktive Gruftis auch irgendwo ein kleiner Bauwagen stünde für die Neles dieser Welt. Noch einen kleinen Malte dazu setzen, und früher oder später würden neue Jules oder Jonasse die Welt erblicken und uns mit ihren tapsigen Schritten durchs Leben erfreuen.

Manchmal beschleicht mich aber auch das Gefühl, dass es diesen Themenpark irgendwo in Berlin schon gibt.

Rote Rosen

Heiko Werning

Na, das war ja überraschend einfach. Ich war verblüfft.

Wochenlang hatte ich darüber nachgegrübelt, wie ich sie ansprechen, wie ich ihr irgendwie näher kommen könnte. So, dass sie sich am besten sofort in mich verliebt. Und natürlich so, dass sie auf keinen Fall merkte, dass ich mich schon längst in sie verliebt hatte. Das Übliche halt. Aber wie sollte ich es anstellen? Mit welchem Trick, welchem Vorwand? Ich feilte an Taktiken, schmiedete mir einen Plan, ganz unauffällig müsste es sein, sie durfte es gar nicht merken, dass ich irgendetwas von ihr wollen könnte, wir mussten irgendwie unter günstigen Umständen zusammenfinden ... Nach tagelangem Grübeln hatte ich endlich eine geeignete Vorgehensweise ausgetüftelt und einen Masterplan ausgearbeitet, den ich nur noch gewissenhaft befolgen musste. Nur – als ich sie schließlich das nächste Mal traf, fiel mir leider nichts mehr davon ein. Wie bei einem Karpfen ging mein Mund auf und zu. Sie fragte ganz unbedarft: »Na, wie geht´s?«, während ich wort- wie hilflos und mit geöffnetem Mund vor ihr stand. Dann brach es aus mir heraus: »Wollen wir uns mal treffen?« – und das war´s dann auch schon. Eine taktische Meisterleistung. Und sie sagte fröhlich: »Ja, gerne!« Och, das war ja überraschend einfach. Ich war verblüfft.

Erst wollte ich mich freuen, dann fiel es mir plötzlich auf: Ach du Scheiße, jetzt musste ich mich mit ihr treffen. Ich Idiot! Was hatte ich da nur wieder angestellt! Panik stieg in mir auf.

Einige Tage später war es dann so weit. Wir trafen uns in einer Kneipe. Einfach so. Kein Kino, kein Konzert, kein Vorwand. Nur sie und ich. Ich musste wahnsinnig sein. Na ja, es war ihr Vorschlag gewesen. Ich glaube, die erste halbe Stunde lasse ich mal lieber weg in der Erzählung. Man soll sich ja auch nicht unnötig selbst in ein ungünstiges Licht rücken. Erstaunlich war, dass sie trotzdem blieb, was, mal objektiv betrachtet, angesichts des Verlaufs dieser Begegnung schon mal eine ziemliche Sympathiebekundung war, und ganz allmählich begann ich mich auch in der Lage zu fühlen, ganze Sätze zu formulieren oder auf Fragen auch etwas zu antworten. Sie registrierte das mit zunehmendem Lächeln, und nach und nach wurde es ein richtig netter Abend. Innerlich triumphierte ich bereits. Schon jetzt schien es mir ausgeschlossen, dass wir einfach später »Tschüss!« zueinander sagen würden und jeder für sich nach Hause ginge. Nein, das hier heute würde klappen. Dachte ich. Bis zu dem Moment, wo sich die Kneipentür öffnete und ich das Unglück eintreten sah.

Das Unglück lächelte, hatte schwarze Haare, braune Haut – und einen großen Strauß Rosen in der Hand. Rote und weiße / ach du Scheiße. Meine Hoffnungen brachen wie ein Kartenhaus zusammen. Gleich würde er an unseren Tisch treten, freundlich-zurückhaltend grinsen und mir das Gestrüpp mit den Worten »Für die Dame, eine Rose?« unter die Nase halten. Blitzschnell lief eine gekürzte Version von *Lola rennt* in meinem Kopf ab.

Möglichkeit 1: »Ja, gerne!«, strahlte er den Asiaten an. Er kaufte ihm eine Rose ab, drückte ihm die geforderte Münze in die Hand und überreichte sie seinem Schwarm des Abends. »Ist für Dich!« Ja, es war ein schöner Abend gewesen bisher. Ja, vielleicht wäre auch noch mehr drin gewesen. Da hätte sich ganz schön was entwickeln können. Entwickeln! Verstanden? Entwickeln, also so Stück für Stück. Aber hier einfach so ´ne Rose vorsetzen, da hätte er sie auch gleich fragen können »Äy, und gleich schön ficken gehen?« Also echt, dieser Trottel. Jetzt hat er alles kaputt gemacht. Na, gut dass sie sich noch nicht zu weit aus dem Fenster gelehnt hatte. Noch konnte sie in Ruhe austrinken, sich dann verabschieden und in Würde entkommen. Uff, noch mal Glück gehabt, dachte sie, als sie mit einem gequälten Lächeln die Rose in Empfang nahm. Und dann auch noch ´ne rote! Sie schüttelte sich.

Möglichkeit 2: »Ja, gerne!«, strahlte er den Asiaten an. Er kaufte ihm eine Rose ab, drückte ihm die geforderte Münze in die Hand und überreichte sie seinem Schwarm des Abends. »Ist für Dich!« Ja, es war ein schöner Abend gewesen bisher. Aber Blumen! Mein Gott! Wie schätzte er sie denn ein? Der Mann überreicht der Frau eine Rose! Was für ein tradiertes Rollenbewusstsein! Wie in der vorfeministischen Steinzeit! Hielt er sie jetzt für Eva Herman, oder was? Da hatte sie gedacht, endlich mal wieder einen vernünftigen Typen getroffen zu haben, einen, der nicht mitmacht bei den Geschlechter-Klischees, einen, der sich nicht als Macho zu produzieren versucht – und dann kauft er ihr eine Rose. Auch noch ´ne rote! Das ist ja wohl das Allerletzte. Dabei wäre da durchaus mehr drin gewesen heute. Jetzt grinst er sie auch noch so debil an, während er ihr das Ding vor die Nase hält. »Ach, steck sie Dir doch in den Arsch, du Schwachkopf«, sagte sie, stand auf und ging.

Möglichkeit 3: »Ja, gerne!«, strahlte er den Asiaten an. Er kaufte ihm eine Rose ab, drückte ihm die geforderte Münze in die Hand und überreichte sie seinem Schwarm des Abends. »Ist für dich!« Ja, es war ein schöner Abend gewesen bisher. Er hatte ihr Herz schon längst erorbert. Er hätte sie nur noch zu pflücken brauchen. Und jetzt? Eine Rose? Eine einzige Rose? Und dann auch noch eine simple weiße? Oh jeh, der Typ hat ja überhaupt keinen Sinn für Romantik. Und jetzt gibt er dem netten Pakistani nur läppische 50 Cent Trinkgeld! Ein Knauserer! Ein unromantischer Knauserer. Na ja, mal sehen, ob er gleich wenigstens die Rechnung übernimmt. »Ja, danke, das ist aber sehr ... sehr großzügig«, sagte sie mit einem säuerlichen Grinsen.

Möglichkeit 4: »Äh, nee, gerade nicht«, erwiderte er. Sie lächelte unsicher. Ja, es war ein schöner Abend gewesen bisher. Da hätte sie sich schon was vorstellen können. Und jetzt das! Nicht mal eine lumpige Rose ist sie ihm wert. Das ist bitter. Na, sie sieht´s schon kommen, da wird dann wohl hinterher auch wieder einzeln bezahlt, und der Kellner beginnt genervt mit diesem peinlichen Auseinandergerechne. Also gut, dann will sie das mal hinter sich bringen. Sie winkte dem Kellner zu: »Die Rechnung, bitte!«

Möglichkeit 5: »Äh, nee, gerade nicht«, erwiderte er. »Sind ganz billig!«, setzte der Verkäufer nach. »Ähm, nee, trotzdem!« »Für so ´ne schöne Frau – eine Rose. Oder hier: Ich machen 3 zum Preis für 2!« »Ich, äh ..., ach scheiße, okay, ich nehme die drei.« Er kaufte ihm die Rosen ab, drückte ihm die geforderten Münzen in die Hand und überreichte sie seinem Schwarm des Abends. Sie starrte ihn entgeistert an. Ja, es war ein schöner Abend gewesen bisher. Aber jetzt? Diese Kneipe hatte doch auch einen Hinterausgang! »Danke«, sagte sie, als er ihr die Rosen überreichte, »ich geh mal kurz auf Toilette, damit die ins Wasser kommen.«

Möglichkeit 6: »Äh, nee, gerade nicht«, erwiderte er. »Sind ganz billig!«, setzte der Verkäufer nach. »Ähm, nee, trotzdem!« Achselzuckend trollte sich der Verkäufer. Ja, es war ein schöner Abend gewesen bisher. Sie sah ihn fassungslos an. Ein armer, ein bettelarmer Pakistani, der sich die Hacken wund läuft, um ein paar lächerliche Blumen an uns Wohlstandsbürger zu verkaufen, und er hat nicht mal ein paar Euro über für diesen freundlichen Menschen! Wahrscheinlich ein Asylsuchender, der sich hier irgendwie durchschlagen muss, weil er nicht richtig arbeiten darf. Zu Hause im Folterkeller, hier seit Wochen auf dem Ausländeramt, nun streift er nachts durch die Kneipen und versucht, sich wenigstens das Allernötigste zusammenzuarbeiten, dass er dann so gerne direkt nach Hause zu seinen geschundenen, hungernden Eltern schicken würde. Und dem Neugeborenen, das seinen Vater noch nie gesehen hat. Und dieser Typ schickt ihn einfach weg! Und auf den hätte sie sich fast eingelassen! Sieht so gutherzig aus, aber schon bei ein paar Euro für Blumen fällt ihm die Maske vom Gesicht! Sie sah sich nach dem Kellner um, um die Rechnung zu bestellen.

Jetzt war es so weit. Der Rosenverkäufer trat an unseren Tisch und hielt uns den Strauß vor die Nase. Entsetzt blickte ich erst auf sie, dann auf das Grünzeug. Aus der Traum! Verdammt. Ich seufzte. »Ja, ich nehm gerne eine!«, sagte sie laut und deutlich, gab dem Mann sein Geld und überreichte mir freudestrahlend eine rote Rose. Fassungslos starrte ich sie an. Ja, es war ein schöner Abend gewesen bisher.

In der Märkischen Schweiz

Paul Bokowski

Angst ist eine unheimlich ambivalente Angelegenheit. Sie kann sich an Situationen binden, Orte, Tiere, sogar Personen. Mitunter kann selbst eine einfache Folge von Worten einen geradezu unterwäschefüllenden Zustand der Angst hervorrufen. Zum Beispiel: »Nächste Station: Strausberg Nord.«

Eine gute halbe Stunde fährt man mit der S-Bahn: 25 Kilometer immer hinein in das, was meine Eltern immer das »Andere Land« zu nennen pflegten. Das fand ich schon als Kind immer ein bisschen anmaßend. Kommen sie doch beide aus einer Nation, die so anders ist, dass sie eine ganze Zeit lang von zwei Kartoffeln regiert wurde und sogar noch hinter dem »Anderen Land« liegt. Aber anmaßend bin ich ja auch ein bisschen. Denn als Jana im letzten Sommer bekannt gab, an ihrem Geburtstag mal etwas »Besonderes« machen zu wollen, eine Fahrradtour durch die Märkische Schweiz nämlich, legte ich einfach, ohne jede Zurückhaltung, meine glatte Stirn in Falten, verhärtete meinen eigentlich so sanften Schlafzimmerblick und sagte: »Na gut, ich komme mit. Aber ein Geschenk bekommst du nicht!« Bei Ausflügen ins märkische Umland, finde ich, ist die reine Bereitwilligkeit zur Teilnahme schon Geschenk genug, zumal es nicht einfach nur Zeit und Anstrengung, sondern harte Überwindung kostet, an einer Radtour teilzunehmen; besonders an einer Radtour ins braune Brandenburg.

Doch die Provinz sollte mich eines Besseren belehren. Schon am S-Bahnhof in Strausberg erlebten wir, es war gerade kurz nach 11, die erste herbe Enttäuschung unserer antifaschistischen Laienradgruppe:

keine Dörflinge mit übertriebenem Kurzhaarschnitt, keine *Lonsdale*-Pullover, keine weiß geschnürten Springerstiefel. Kein einziger Neofaschist, soweit das Auge blicken konnte. Hatte der *SPIEGEL* uns belogen? Hatten *SternTV* und *XXP* uns nur Unsinn erzählt, all die Jahre lang? Wozu hatte ich ihn mitgebracht, meinen Palästinenserschal und meinen roten Kapuzenpulli? Stattdessen, gegenüber, ein kleiner Dönerladen: Döner, Pide, Lahmacun, sogar Schawarma – nicht einmal teurer als bei uns! Wir fühlten uns betrogen.

Enttäuschte Blicke wurden ausgetauscht, bis Jana sich mit ihren Ellenbogenschonern vor uns aufbaute und ihre zögerlichen einleitenden Worte zu einem wahren Briefing auswalzte, in dem sie uns die vom *Tagesspiegel* und vermutlich auch dem *Lonely Planet Brandenburg* zusammenkopierte Tourenstrecke näher brachte.

Es dauerte nur wenige Gesprächsmomente, bis sich ein leidiges Kommunikationsprinzip seinen Weg durch das Gesprächsgefüge bahnte; eine unheilvolle, quälende Angewohnheit, welche die linken Alternativstrukturen meines Freundeskreises wie ein Geschwür durchzogen: die Demokratisierungsneurose. Wenn man Studenten verschiedener links dominierter Geisteswissenschaften zu seinen Freunden zählt, wird einem dieses Verhalten, das ich gern die »Demokratie bis zum Erbrechen« nenne, bekannt vorkommen.

Es ist ganz einfach: Jede Entscheidung wird von der Gemeinschaft getroffen. Jede! Wobei jeder Entscheidung natürlich eine grundlegende Debatte zu Grunde liegt, zu deren Zweck jedem Teilnehmer und natürlich auch jeder Teilnehmerin eine Redezeit von drei bis fünf Minuten eingeräumt wird. Jedwede Form der Enthaltung wird zwar als verfassungsgegebene Möglichkeit geduldet, aber Aussagen wie »Ach, ist mir eigentlich egal« werden dagegen als unpolitisch betrachtet und mit diversen Sozialaufgaben zur Ausbildung einer politischen Motivation geahndet. In Sachen Freizeitgestaltung, denke ich, bevorzuge ich autoritäre Strukturen.

Ab jetzt erwartet uns nur noch eines: Brandenburg. 50 Kilometer bestes Brandenburg am Stück. Ich bin ein bisschen panisch. Zu Beginn noch hoffe ich auf eine aufopferungsvolle Kooperation meines klapprigen Fahrrads. Aber das Miststück lässt sich nicht dazu herab, mir mit kleineren Wehwehchen, wie einem Kettenriss oder einem Achsenbruch, entgegenzukommen, und da ich nie eine sonderlich große Sympathie für Fußball entwickelt und diese Sportart somit auch nie bewusst wahrgenommen habe, sehe ich mich auch nicht dazu in der Lage, auf überzeugende Art und Weise eine Zerrung oder einen Bänderriss zu simulieren. »Ich bin verloren«, denke ich und strample den anderen keuchend hinterher.

Nach einer knappen Stunde erreichen wir ihn: den »Naturpark Märkische Schweiz«. Eine Gegend, die unter ostdeutschen Naturfreunden ein hohes Ansehen genießt, und tatsächlich: Es ist schön hier. Als meine Stubenhockerbronchien wieder zur Ruhe kommen und mein aktionsempfindliches Stammhirn wieder zu Bewusstsein, komme ich endlich in die Gelegenheit, einen langen Blick umher schweifen zu lassen. Ich werde diese langen Blicke in den kommenden Stunden oft genießen können, denn an jeder größeren Wegeskreuzung kommt unser Trupp zum Stillstand und betreibt, nach einer ausgedehnten Einführung aller gängigen Möglichkeiten, den von mir so abgöttisch geliebten Volksentscheid im Kleinen. In welche Richtung es gehen soll wird abgestimmt, mit Handzeichen. Ich bin dankbar, dass bisher niemand auf die Idee gekommen ist, eine geheime Wahl zu fordern.

In der Gruppe bin ich mittlerweile in Ungnade gefallen. Jede bisherige Entscheidung kommentierte ich mit einem nicht besonders böse gemeinten: »Ach. Ist mir eigentlich egal«, und erfreue mich stattdessen am milden Schein der Sonne, bis ein Regenguss aus Vorwürfen über mich hereinbricht. Diese ständige Wahlfaulheit, sagt man, zersetze die Gemeinschaft und sei zudem noch fürchterlich undemokratisch. Also beschließen die Zentral-Räder eine politische Erziehungsmaßnahme und buckeln mir den Rucksack mit den Wasserflaschen auf »Ich brauche einen neuen Freundeskreis«, denke ich. Nach meiner Meinung, geschweige denn meinen Gedanken, werde ich aber ab jetzt nicht mehr gefragt. So sind sie eben, diese Nenn-Demokraten. Wenn einer sein Recht zu wählen nicht wahrnehmen will, dann wird es einem eben abgesprochen. Als ich Eike diesen Satz bei unserer Mittagsrast an den Kopf werfe, droht er mir damit, mir mit meinem eigenen Sarkasmus die Reifen aufzuschlitzen, und dann könne ich ja sehen, wie ich wieder nach Hause komme. Die Stimmung hat ihren Höhepunkt erreicht, denke ich. Der perfekte Augenblick, um eine Splitterpartei zu gründen.

Bevor Eike und ich mit Dinkelbrötchen und Bärlauch-Hollunder-Aufstrich aufeinander losgehen, versucht Jana, die Stimmung durch intellektuelle Wortspiele aufzuarbeiten:

»Sollen wir eigentlich zum Brecht-Weigel-Haus nach Buckow fahren?«, fragt sie.

»Das hat doch bestimmt zu am Samstag.«

»Na und? Dann *brechten* wir halt ein.«

Ein trockenes Husten geht durch die Runde. Dinkelflocken fliegen umher.

»Ach kommt schon!«, jault Jana, »sooo schlecht war der gar nicht.«

»Doch doch«, sagt Eike, »jetzt *weigel* mal nicht ab.«

Zu meiner Verwunderung erholt sich die Stimmung wieder, als wir uns zurück auf unsere Räder schwingen. Es wird sogar gesungen. Natürlich keine deutschen Wanderlieder, man will sich ja nicht selbst in eine rechte Biedermeier-Ecke drängen. Außerdem, so unter uns gesagt, kennt ohnehin niemand eines. Stattdessen wird angestimmt, womit berlingebürtige linksliberale Kreuzberger schon als Kinder in den Schlaf gedudelt wurden: einem eher textunsicheren Medley aus Rio Reiser, Funny van Dannen und Wolf Biermann. Als Judith und Jana ihr zweistimmiges »Keine Macht für Niemand« beendet haben, erreichen wir ein kleines Dorf. Erst jetzt fällt mir auf, dass es das erste Dorf ist, das wir auf unserer Tour durchfahren. Garzin heißt es, und jetzt sehe ich warum: Die aschgrauen Häuser sehen aus, als wären sie aus einem ostdeutschen Plagiatsprodukt hergestellt, einem Zonenbeton aus westdeutschem Altpapier, märkischem Sand und Ostseeschlick. Ein Alternativbegriff zum Klassenfeind, dieses Garzin – so wie *Mondos, Grilletta* oder *Polylux.*

Es ist wie ausgestorben, als wir mit unseren Rädern über das dörfliche Kopfsteinplaster rollen, surreal, Garzin eben. Garzin mit Gartenzäunen, Gartenzäunen nicht aus Gusseisen geschmiedet, sondern kunstvoll verschweißt aus abgesägten Eisenstangen. Du wirst die wirtschaftlichen Missstände eines Landes immer an zwei Dingen erkennen, denke ich: am Zustand der Gehwege und an der Machart der Gartenzäune. Das habe ich schon als Kind begriffen. Als wir in den Sommerferien immer, mit Kaffee und Strumpfhosen unter dem Fahrersitz, in die Volksrepublik Polen gefahren sind, zur Familie.

Was wohl schlimmer sein mag, frage ich mich in meiner großstädtischen Arroganz: eine Jugend an solch einem Gartenzaun oder eine Kindheit in einem Blumenkübel. Und dann begegnen sie uns doch: Einheimische – und auf einmal schäme ich mich für diese unschönen Gedanken. Eine kleine Gruppe, sechs oder sieben Jugendliche, die um einen tiefer gelegten Corsa stehen, einen tiefer gelegten Corsa mit Doppelauspuff. Ein Bild wie gemacht, wie geschaffen, wie konstruiert für *RTL* und *SternTV*. Auf einmal kommt Bewegung in unsere Gruppe. Jana rollt hastig an mir vorüber, vorbei an Judith, hin zu Eike: »Fahr doch mal ein bisschen schneller«, sagt sie zu ihm. Ihre Stimme ist voll unruhiger Hast. »Wieso denn?«, ruft Eike zurück, »wir sind doch keine Inder ... oder Äthiopier!« Jana wird ganz blass. Mit aufgerissenen Augen pflaumt sie Eike an, als wolle sie ihn tadeln oder zur Ruhe bringen. Aber die Jugendlichen grummeln schon, natürlich. Sie haben uns gehört. »Hey!«, brüllt der Größte von ihnen zu uns herüber. »Ich will nicht sterben«, denke ich, »nicht hier, nicht in Brandenburg. Dieser Dorfklotz wird zu uns herüber kommen und uns zusammenschlagen, alle nacheinander, mit seinen großen groben Händen, seinen groben, provinziellen, von Jugendarbeitslosigkeit und Ostwind gegerbten Händen.«

»Ich muss schon sagen«, ruft er uns zu, »das sind echt tolle Vorurteile, die ihr habt. Lasst mich mal raten: Berliner Linke? Typisch!«

Weddinger Feuerwehr

Hinark Husen

Es war gegen halb zwei in der Nacht, als mein Nachbar aus dem zweiten Stock aufgeregt in unserem Stammcafé auflief und meinte, ich möge doch dringend mal nach Hause kommen, weil es dort brennen würde. Ich bin für solche Scherze kurz vor dem Zu-Bettgehen eigentlich nicht zu haben, und das noch weniger, wenn es sich gar nicht um Scherze handelt. Schon von der Straßenecke aus entfaltete sich die ganze Herrlichkeit eines Feuerwehreinsatzes mit dem Blaulicht von Löschzügen und Polizeiwagen, hektisch umherlaufenden Uniformträgern und gaffenden Anwohnern. Immerhin, das Haus stand noch und sah auch nicht abgebrannter aus als üblich. Der Brandherd war irgendwo im Keller und allem Anschein nach recht schnell gelöscht worden. Ins Haus durfte ich nicht, obwohl just zu diesem Zeitpunkt im vierten Stock meine Wohnungstür aufgebrochen wurde. Als reine Vorsichtsmaßnahme, nicht dass ich schlafend von einer Rauchvergiftung dahingerafft werden würde. Das Bemerkenswerte ist nur, dass mein Nachbar den Einsatzkräften bereits netterweise erzählt hatte, dass er mich holen könne und ich dann in fünf Minuten da sei. Aber wenn sich die Lebensretter erst einmal auf's Türeneinschlagen eingestellt haben, gibt es kein Halten mehr. Erst am nächsten Tag erfuhr ich, dass ein Stock unter mir tatsächlich noch jemand geschlafen hatte, aber anscheinend war man entweder nicht bis zum Schlafzimmer vorgedrungen oder hatte die Erhebung unter der Bettdecke für einen Müllberg oder etwas in der Art gehalten. Weddinger Feuerwehr – immer hart am Leben dran. Frau Müller hat einen sehr guten Schlaf und war dementsprechend verdutzt, als sie am Morgen einen Zettel mit folgendem Wortlaut an der aufgebrochenen und dann mit dem vom Schlüsselbrett genommenen Schlüssel wieder abgeschlossenen Tür vorfand: »*Ihre Wohnung wurde von der Feuerwehr geöffnet. Ihr Schlüssel liegt auf dem Abschnitt 35, Oudenarder Straße.*«

Da weiß ich kaum, was ich mehr bewundern soll: die zum Himmel schreiende Blödheit der Feuerwehr oder den bleiernen Schlaf von Frau Müller, deren Ehegatte und Sohnemann noch unbehelligter in der Laube schliefen. Ich meine, wenn man als professioneller Lebensretter mitten in der Nacht eine 70-qm-Wohnung aufbricht, um dort Menschen vor dem potenziellen Erstickungstod zu bewahren, dann sollte es doch auch möglich sein, diese Menschen zu finden. 2 1/2 Zimmer dürften relativ schnell durchsucht sein, und meines Wissens schläft Frau Müller auch nicht in der Badewanne, wenn Mann und Kind mal aus dem Haus sind. Nach Aussage der meisten Mieter war die Rauchentwicklung in den Wohnungen ohnehin nicht so stark, aber weil man einen Azubi dabei hatte, sollte der wohl noch ein bisschen Türeneinschlagen im Eiltempo üben. Das hätte dem Ganzen wenigstens noch ein bisschen Sinn eingehaucht. Als ich dann endlich zu meiner Wohnung durfte, traf ich dort auf zwei Polizisten und den knienden Hausmeister, der gerade den Türrahmen notdürftig mit Hammer und Nägeln wiederherstellte. Der eine Beamte war gerade damit beschäftigt, mir auch einen Zettel zu schreiben, wo ich denn meinen Ersatzschlüssel wieder abholen könnte. Wobei ich bemerkte, dass er meine altrosa Notizzettel benutzte, nicht mal eigene Notizzettel haben die bei der Bullerei. Dann plötzlich fiel mir der Hausmeister auf. Ich wohne seit 17 Jahren in diesem Haus, und wir hatten hier noch nie einen Hausmeister. Ich schaute genau hin und traute meinen Augen nicht: Hassan Machmut, der Drogendealer aus dem Fenerbahçe-Vereinsheim im Erdgeschoss, gegen den ich unlängst in diesem Prozess hatte aussagen müssen. Was hatte das nun zu bedeuten? Eins war klar: Hassan ist in Abschnitt 35 bekannt wie ein bunter Hund, die unzähligen ergebnislosen Razzien dürften noch vielen von den grünen Jungs in bester Erinnerung sein. Und jetzt stand er also lustig plaudernd mit seinen alten Kontrahenten an meiner Wohnungstür und richtete mein Schloss. Sind das jetzt spontane Sozialstunden, oder was geht hier eigentlich ab? Na ja, auf jeden Fall bedankte ich mich artig für die nicht angeforderte Hilfe und ging wieder nach unten, um mal den Keller zu inspizieren. Auf diese Idee war auch schon Herr Staller aus dem Zweiten gekommen, der gerade mit einer Taschenlampe hinabstiefelte, als neben mir ein neugieriges Pärchen auftauchte, das ich bisher im Haus noch nicht gesehen hatte. Im barschen Tonfall fragte der Typ nach unseren Namen, was mich im ebenso schroffen Tonfall zu fragen veranlasste, wer er denn eigentlich sei. »Kripo«, kam es gepresst heraus, und dann fluchte er über die Kollegen in Uniform, warum es denn keiner von den Dumpfbacken für nötig hielte, hier noch Wache zu schieben. »Dit is doch noch jar nicht freijejeben hier, kann doch wohl nicht wahr sein!« Frei hatten in dieser Nacht auf Seiten der Einsatzkräfte ohnehin nur die Herren Kompetenz und Sachverstand. Aber immerhin, das Haus steht ja noch.

Ich komme in Frieden

Frank Sorge

Es wäre wohl am besten, jetzt, da ich in den berüchtigten Berliner Problembezirk Wedding ziehe, ich würde mir in der Anfangszeit ein Schild umhängen: »Ich komme in Frieden!« Das liegt nicht daran, dass ich nicht wüsste, was mich erwartet, im Gegenteil. Da viele Weddinger nach dem Einzug ihre nächstliegenden Hauptverkehrsstraßen nach Norden, Süden, Osten und Westen nie mehr überqueren, kenne ich mutmaßlich mehr vom Wedding als die Weddinger. Nicht nur habe ich viele Jahre lang Fernseher bis in den letzten Winkel des Stadtteils ausgeliefert, während des Studiums, sondern war schon als Jugendlicher Mitglied im »Völkerfreundschaft Wedding e.V.« Denn Neuköllner und Weddinger Herzen schlagen seit Anbeginn der Zeit im selben Takt.

Eine viele größere Befürchtung hege ich, denn neun Jahre Rosenthaler Platz gehen nicht spurlos an einem vorüber – am *Imbiss zur Mittelpromenade* stehen sie bald und beobachten meinen Umzug in die Seestraße ... »Kiek mal, Ali, da szieht schon wieda son junget Pärchen ein!« »Krass Manne, guckst du Klamotten, weißt du gleisch.«

Sie mustern unsere Kleidung und lesen die Adresse des Umzugsunternehmens aus Berlin-Mitte. Sie sehen, wie eine Espressomaschine ausgeladen wird und eine drei Meter hohe Schwemmholzplastik (»Völlich dekadent, siehste?«), tonnenweise Bücher, ein Klavier und Schallplatten (»Ey, will der hia ne Schule uffmachen, oder watt?«) in die Beletage getragen werden. Im Haus selbst wird wahrscheinlich schon gewettet, ob wir vom Prenzlauer Berg herabgestiegen oder direkt aus Stuttgart gekommen sind.

Mittlerweile formen sich viele Fragen in meinem Kopf, die ich mich im Wedding nicht zu stellen traue, egal wem. »Ähm, gibt's hier irgendwo italienische Spezialitäten?«, zum Beispiel. »Oder Bagel?«

»Watt?«

»Bagel?«

»Begel?«

»Ja, Bagel.«

»Begel?«

»Ja, Begel.«

»Hm ... Kiek ma bei die Spirituosen!«

Noch bin ich gewohnt, dass die Currywurst im Tiefkühlfach der Delikatessenabteilung neben dem tiefgekühlten Sushi und den Hummern liegt, und werde meine Gewohnheiten definitiv ändern müssen. Bald lege ich wahrscheinlich eine Flasche Korn, ein paar Fischstäbchen und ein *Nutella*imitat aufs Band zur Tarnung. Dann schnell noch zu allen Bonuskartensystemen anmelden und trotzdem mit kleinen Säckchen voller Fünf-Cent-Stücke bezahlen. So lange ich allerdings noch mit Schuhen aus Mitte herumlaufe, die ein halbes ALG-II gekostet haben und nicht von *Nike* für Marsmenschen entworfen und mit Bordcomputern und MP3-Player versehen sind, wird meine Tarnung auffliegen. Wenickstens kannick berlinan, wenn's drauf ankommt.

»Ey, täuschend echt fürn Stuttgarta.«

»Ick bin aba keen Stuttgarta, Alter, ick bin aus Neukölln!«

»Oh, aus Köln, endlich ma große Biere hier, wa?«

»Neukölln!«

»Aha? Warick nie. Is im Süden wah?«

»Ja. Is im Süden.«

Andererseits muss ich mich ja nicht gleich mit dem Wedding verheiraten, wenn ich die Gegend erkunde.

»Guten Tag, entschuldigen Sie bitte, ich wohne erst seit kurzem hier und bin noch nicht mit allen Gegebenheiten vertraut ...«

»Blase zwanzig, ficke vierzig!«

»Oh – äh, eigentlich wollte ich nur herausfinden, ob Sie wissen, wann der Imbiss nebenan immer seine Ware bekommt?«

»Zehn.«

»Okay, warten Sie ...«

»Zehn Ul molgens.«

»Ah, jeden Tag, vielen Dank, einen schönen Tag noch.«

Jeder Bezirk hat seine Schattenseiten, aber ich komme ja in Frieden.

»Peace, Mann!«

»Ah hey yo Man, wie geht's dir?«

»Gut, alles klar!«

Ich hab eigentlich immer nur im Wedding gearbeitet und in Mitte gewohnt. Schon bei den ersten Spaziergängen muss ich feststellen, dass es bei den Weinbergsparkdealern umgekehrt ist.

Meine neue Hausverwaltung residiert in Steglitz, und es gibt nicht nur ein Hundeverbot im Haus, sondern, mein Sachbearbeiter senkt die Stimme, »wenn Sie die Klingelschilder ansehen, bemerken Sie vielleicht, dass wir auf eine ordentliche Mieterstruktur achten.«

»Hier bei Ihnen?«

»Nein, im Wedding.«

»Ach so.«

»Man macht als Hausverwaltung so manch schlechte Erfahrung.«

Ja, ja, denke ich. Du mich auch. Geh doch nach Feierabend zurück in dein Lichterfelde und wähl CDU, bis du schwarz wirst.

Ich komme in Frieden.

VII. Zum Gleichessen

Versuche zum Dialog der Kulturen (7)

In einer »Health Bar«, Mitte.

Ich: Ich hätte gerne ein Glas Milch.

Verkäuferin: No fat oder low fat?

Ich: Full fat bitte.

Dialog gescheitert. *(Heiko Werning)*

Erscheinung

In unserem Block gibt es eine Quartiersverrückte. Zeternd läuft sie mit einem Stock in der Hand die Straßen entlang und brüllt mit heiserer Stimme unsichtbaren Menschen unverständliche Verwünschungen hinterher. Doch gestern sah ich sie in anderem Licht. Sie stand an einer Ampel, die Reflexionen eines Fensters in der Häuserfront gegenüber tauchte allein sie in gleißendes Sonnenlicht. Ihre schmuddelbeige Strickjacke leuchtete nun in elfenbeinfarbenem Glanz, ihre Haare wehten weiß im Wind, kraftvoll hatte sie ihren Stock erhoben, als wolle sie ein Meer teilen. In diesem Moment war sie eine Heilige, eine Prophetin, eine Unverstandene, die nicht wirr, sondern nur in Zungen redete. In diesem Augenblick war sie die Jeanne d'Arc von Berlin-Friedrichshain.

Doch dann schickte Gott eine Wolke. *(Volker Surmann)*

Die Frau von gegenüber

Man sollte die junge Frau von gegenüber mal davon in Kenntnis setzen, dass ihre roten Vorhänge alles andere als undurchsichtig sind, wenn sie im Schlafzimmer das Licht anmacht. Außerdem könnte ihr Araber-Freund mit der Tätowierung auf dem rechten Oberarm sie zur Abwechslung ruhig mal ganz normal von vorne nehmen. *(Paul Bokowski)*

Wedding

Du kommst in den Wedding über die
Autobahn, die staubige Autobahn mit
dem Flitzer-Blitzer, Flitzer-Blitzer
am Virchow Klinikum, BMW – Blitz,
BMW – Blitz und die Seestraße, rein
in den Wedding, Seestraße runter,
an den Seen runter, am Plötzensee
Hosen runter, am Plötzensee lassen
sie Hosen runter, Hosen runter, Ge-
töse, Gebläse, die Seestraße runter,
in den Wedding rein, rein in den
Wedding rein, Müller- Ecke See
seh ich, Müller- Ecke See, seh ich
Müller »Hallo Müller!«, seh ich
See »Hallo See!« - Straße runter,
Müller Ecke Alhambra, das Kino,
Glas ragt hoch hinauf, steiler Zahn,
blaues Glas leuchtet hoch hinauf,
Ecke Alhambra und der Liddl lockt,
der Liddl lockt jung und alt, heiß
und kalt, Döner, und schöner
noch China-Food, tut den Chinesen
gut. Nicht nur denen, der Reis,
sag ich – der Reis, sag ich –
der Reis ist vereist dieses
Jahr, der Reis ist verreist
dieses Jahr, nächstes Jahr kommt
er wieder, hernieder, regnet Reis,
Reis regnet hernieder, die Hoch-
zeit der Stadt, the wedding of

the Stadt, hier hat die Stadt
Hochzeit, das Müllerstraßenfest,
das Füll-den-Maßkrug-Fest, das
Fröhliche-Fässer-Fest – Tanga 1
Euro, Tatanga 1 Euro, sie wippen
im Wind, Windspiel im Wind,

Tangas im Wind, die vergilben, wenn der Abend gerinnt,
sei nicht traurig Cindy, Tangamelancholie.

Fahr mit der Kiste zum Leo,
der Seifenkiste, auf die Piste,
runter zum Leo – Asphaltrodeo,
es rüttelt die Kiste, es schüttelt
den Fahrer, da war er noch gerade,
da war er noch grade auf der Fahrbahn,
jetzt schief, ab in den Mief einer
Hecke – Weddinger Ecke, mit Hund,
Hase und Hasseröder Flaschen,
Frauenhandtaschen, Taschentüchern
und Yum Yum Papier, Silberpapier,
krebsrot, zerrissen, zerschlissen, be-
schmiert und bepisst. Fahrer vermisst.
Leo mit Karstadt und Kirchenrosette,
fahr lieber zum Center, Gesundbrunnen-
center und Badstraßenfest, Tanga 1
Euro, Tatanga 1 Euro, TaTaTangas
sie wippen im Wind, Windspiel im Wind

Tangas im Wind, die vergilben, wenn der Abend gerinnt,
sei nicht traurig Cindy, Tangamelancholie.
(Frank Sorge)

Mein Christopher Street Day

Volker Surmann

14 Uhr
Ich stehe am Wittenbergplatz. LKWs fahren an mir vorbei. Sie machen Lärm. Motorenlärm mischt sich mit harten House-Rhythmen. Auf den LKWs stehen Menschen. Sie sind nackt oder bunt oder beides. Gelangweilt gucken sie in die Menge. Beim *KaDeWe*, dem hochheiligen Tempel der seligen Kinder homophiler Geburt, haben sie noch in ehrfürchtiger Anbetung aufgeschrien.

Es gab noch Zeiten, ich weiß es, denn meine Großeltern haben mir davon erzählt, da enthielt der CSD noch politische Botschaften. Heute hat er vor allem eine Botschaft: Trinken. CSD ist Alkoholismus von hinten.

Hinten in meinem Rucksack ziehen zwei Flaschen Sekt meine Schultern schmerzhaft nach unten. Ich fürchte, ich muss etwas dagegen tun, schon aus orthopädischen Gründen.

Ich mache die Flasche auf. Bin plötzlich ungemein beliebt bei den Umstehenden.

»Was ist denn hier los?«, fragt mich eine ältere Dame freundlich.

»Schwulen- und Lesbenparade.«

»Oh, und woran erkennt man das?«

»An den Regenbogenfahnen und daran, dass alle Männer silberne Klapphandys am Ohr haben.«

14.30 Uhr
43 Grad im Schatten, unter den Perücken der Transen und Trashtunten gute 70 Grad. Luftfeuchtigkeit: 88 Prozent Wasser, 12 Prozent Prosecco.

Die Hitze fordert Opfer. Zwei hochhackige, besonders üppig geschminkte Drag Queens mit verschmiertem Lippenstift in Pink torkeln vor mir über die Straße. Sie heben ihre Röcke, unter denen sind Gefrierbeutel mit Wasser, in denen Fötusimitate schwimmen, die aussehen wie Bernd das Brot. Dann grölen sie mit sich überschlagender Stimme: »Look at this! Look at this shit! I don't want it! I don't need it!«

Insgeheim bin ich froh, dass die beiden keine Gelegenheit haben, sich zu vermehren. Nehme auf diesen Schreck einen großen Schluck Tuntenbrause.

14.50 Uhr
Wo bleibt der Wagen Nummer 35, hinter dem meine Freunde laufen? Gerade fahren Wagen 29a, 29b, 29c und 29d vorbei. Faszinierend. Bei 29 hakt es bei Schwulen fast immer.

Mich passiert eine Fußgruppe der schwulen und lesbischen Bundeswehrangehörigen. Das verrät ein Schild, das ein Mann im Tarnanzug trägt. Hinter dem Schild läuft niemand. Bald folgt das regenbogenfarbene Vereinswappen der schwulen *Hertha*-Fans. Auch dahinter läuft niemand. Irgendwie weckt das in mir die Erwartung, als nächstes laufe hier die olympische Winterspiel-Mannschaft von Burkina Faso auf.

Stattdessen kommen aber die »Lesben und Schwulen in der Union«. Die werden ausgepfiffen. Na also, geht doch mit den politischen Botschaften! Werfe ihnen die leere Sektflasche hinterher. Sie zerschellt auf einem Angela-Merkel-Plakat.

Die FDP verteilt Aufkleber mit »aktiv« und »passiv« und klebt Umstehenden Sticker mit dem Slogan »frei & willig: FDP« auf den Hosenstall. Es gibt wohl kaum eine Wählergruppe, bei der die FDP lieber hinten reinkriecht. Bürgerrechte für'n Arsch. Erschreckend, wie viele Schwule darauf abfahren. Ich glaub, ich muss mich übertrinken. Schnell mach ich die zweite Flasche Sekt auf.

Die *Grüne Jugend* verteilt Aufkleber mit dem Slogan »Guido verhüten«. Bin über und über damit beklebt und fühle mich gut – vielleicht auch wegen des Sektes, der gerade versucht, ein paar gelangweilten Synapsen meines Bewusstsein eine neue *YMCA*-Choreographie beizubringen.

Der Herdentrieb beim CSD folgt rätselhaften Gesetzen. Es muss etwas mit musikalischen Lockstoffen zu tun haben. Anders kann ich mir nicht erklären, dass ausgerechnet die Trucks der Darkroom-Kneipe *TOM'S* und der *IG Bauen/Agrar/Umwelt* am meisten Publikum anziehen.

16.20 Uhr

An der Siegessäule spielt die Band *MIA* und sagt 18 Mal, dass sie nur »aus dem einzigen Grund« hier sei, um zu zeigen, dass jeder Mensch ein Recht auf Liebe habe. Deswegen jetzt ein Lied von ihrer brandneuen Platte. Die Sängerin kreischt: »Wir verneigen uns vor euch, weil ihr das Recht auf Liebe habt!« Das ist selbst für die gern gebauchpinselte homosexuelle Seele zu viel Opportunismus. Reihenweise erbrechen CSD-Besucher *Rotkäppchen*-Sekt und Caipirinha. Die Band verneigt sich trotzdem tief. Mir fällt auf, dass eine Verneigung einem Kriechen in den Arsch üblicherweise vorausgeht, ja, vom Bewegungsablauf her sogar vorausgehen *muss*.

16.50 Uhr

Die Bilder von Parade und Kundgebung verschwimmen vor meinem Auge. War es soviel Sekt? Nein, die Luft flimmert ganz von selbst, bevor sie sich gleich entzündet. Mittlerweile haben sich Myriaden von Gewittertierchen in die Parade eingereiht. Dunkle Unwetterwolken brauen sich zusammen. Es donnert, über die Straße des 17. Juni fegt eine heiße Windhose, die heute natürlich Hot Pants heißt.

Mit dem Gewitter zieht bei mir Unbehangen auf. Ich beschließe, es unter den Tisch zu trinken. Was, wenn der Blitz bei der Abschlusskundgebung einschlägt und mit einem Mal knapp 100.000 Schwule und Lesben röstet? Nicht auszudenken! – Vermutlich würde im nächsten Jahr um diese Zeit die NPD feiern.

Olivia Jones, die unvermeidliche Hamburger Drag Queen schreitet auf High Heels und einem Perückenaufbau an mir vorbei, für den sie sicherlich eine Baugenehmigung brauchte. Ich meide ihre Nähe; Blitze schlagen schließlich immer in den höchsten Punkt ein.

Die nächsten Passagen sind unleserlich. Das Papier ist aufgeweicht und mit roten Flecken getränkt.

20.21 Uhr *(kaum zu entziffern)*
... wie kommt all der Ketchup auf meine Hose? Während mein Bewusstsein Karussell fuhr, muss mein Unterbewusstsein Hunger auf Bratwurst gehabt haben. Ich bin wieder auf dem Boden der Tatsachen angelangt. Der Boden der Tatsachen ist aus Wald und riecht nach Pisse. Ich bin im Tiergarten. Schau an, da sind sogar noch ein paar andere Männer. Die pinkeln in den Büschen. Nee, die pimpern in den Büschen. Wie bin ich hierher gekommen? War nicht mein letzter Gedanke, dass meine Beine nicht mehr richtig laufen wollten? Aber offensichtlich konnten andere Organe noch hierhin laufen, und es war nicht die Nase. Womöglich hat mich mein Ketchup-Outfit vor Zudringlichkeiten bewahrt. Vielleicht sollte ich jetzt nach Hause gehen. Es ist nicht mal halb 9 und ich hab schon einen Kater ...

Glühwein vertrag ich nicht

Hinark Husen

Ich bin kein Weinkenner, daran kann es also nicht gelegen haben. Ich bin noch nicht einmal ein Weinfreund. Vergorener Traubensaft mag die Welt schnöseliger Leerstandshirne sein, die sich über den Abgang und die zimtige Note beim Passieren des Pförtners mentale Dauererektionen verschaffen wollen. Mir reicht gelegentlich ein kühles Blondes, das schmeckt, und ich muss mir nicht stundenlang Metaphern ausdenken, wie das Zeug Mund und Innereien durchspült.

Aber auf einem Weihnachtsmarkt halten die Freunde einen schnell für gesellschaftlich inkompatibel, wenn man lieber ein Bier trinken möchte. Also her mit dem heißen Gesöff, das einem in besseren Momenten ein bisschen den Rachen blanchiert und die gefrosteten Füße in Ruhe lässt. Und natürlich muss ein Schuss hinein, der einen schneller vergessen macht, welches Kapitalverbrechen man seinen Geschmacksnerven da wieder zumutet.

»Oh, lasst uns an den Stand da drüben, die haben einen großartigen Glühwein.«

Ansonsten kämpferisch veranlagt, hatte ich mich in der Frage der Glühweinverkostung leider zum Mitläufer entwickelt. Letztens habe ich es noch einmal versucht und gefragt, ob sie mir den Schuss nicht pur geben könnten und am besten direkt an die Schläfe, damit das Ganze leichter zu ertragen ist, aber die Frau hinter dem Stand hat mich angeguckt wie ein US-Geheimagent, der das Wort »Menschenrechte« buchstabieren soll.

»Stell dich nicht so an«, meinten natürlich auch meine Freundin und deren Freundin, und die ganze Mischpoke reagierte derartig angeekelt, als hätte ich soeben den Kinderchor auf der Weihnachtsbühne mit einer Kalaschnikow über den Haufen gemäht und dabei »O du Fröhliche« gesungen.

Also habe ich getrunken, einen Becher mit Schuss, dann einen zweiten, die Freunde wollten gehen, »nein«, habe ich da gesagt, »wozu sind wir hier?«, schließlich wollten wir Glühwein trinken, und ich habe noch eine Runde ausgegeben, und für mich einen Doppelten. Die Anwesenden wussten nicht so recht, was sie davon halten sollten. Aber jetzt mal ehrlich, ich war früher mal in einem Gebetskreis, und ein bisschen von dieser christlichen Leidensfähigkeit ist da schon in mir übrig geblieben. Die Welt vom Glühwein befreien, das kann meiner Meinung durchaus ein Auftrag sein, dem man Respekt und Hochachtung entgegenbringen sollte. Also hab ich es versucht. An jenem Spätnachmittag am populärsten Glühweinstand auf dem Weihnachtsmarkt der Kulturbrauerei, bis mir das widerliche Zeug die Synapsen verklebte. »Und ich dachte, du stehst nicht auf Glühwein«, kicherte eine der Freundinnen. Ich schritt auf sie zu, schaute ihr tief in die Augen, und an ihrem Blick konnte ich erkennen, dass sie soeben meinte – just in diesem Moment, beim Blick in meine geweiteten Pupillen –, auf den Grund der Hölle geschaut zu haben, das Armageddon, das Ende aller Tage, und wie zum Beweis hauchte ich sie an aus den Tiefen meines glühweingeschändeten Körpers, hauchte sie an mit dem Odem eines apokalyptischen Reiters, und sie ahnte, dass dieser Tag auch ihr letzter sein könnte.

»Vielleicht solltest du ein bisschen was essen?«, sagte sie, und ich lachte höhnisch auf. »Oh ja«, bellte ich zurück, »heiße Maronen mit ein paar lauwarmen Maden drin, ich mag sie lieber saftig.«

»Hinark, ich glaube, wir gehen jetzt besser nach Hause«, hörte ich noch jemanden sagen, doch ich war schon mit einem vollen Becher zum Stand mit irgendwelchen Handarbeiten entschwunden. Die alte Dame dahinter schaute mich sanft lächelnd an, woraufhin ich sie fragte, welche gichtgeschwängerten Hände denn diese abartigen Stümpereien fabriziert hätten, den angebotenen Glühwein schlug sie aus. Am Schmuckstand brüstete ich mich mit dem Wissen, der junge Verkäufer bekäme sein Material aus einem tschechischen Krematorium, wo nach der Verbrennung die Edelmetalle ausgesiebt werden. Eine Kundin, die sich gerade ein Armband besah, schaute mich entsetzt an.

»Nehmen Sie ruhig das Armband. Das hat doch was, Teile einer ehemaligen künstlichen Hüfte am Handgelenk zu tragen.«

Beim Kinderbungee-Jumping versuchte ich, die Mitarbeiter zu überreden, die Haltegurte ruhig mal etwas lockerer zu schnallen. Auch Kinder wollten schließlich hoch hinaus und mal so richtig spüren, was zügellose Freiheit wirklich bedeuten kann. Dann begann auf der improvisierten Bühne wieder ein Chor zu singen, und ich wollte mich gerade auf die Suche nach einer Kalaschnikow machen, als ich von rechts und links untergehakt wurde. »Zeit, nach Hause zu gehen«, hieß es, und ich leistete nur der Form halber Widerstand.

Das ist jetzt zwei Wochen her, und gestern war ich danach das erste Mal wieder auf einem Weihnachtsmarkt. Das Bier schmeckte wunderbar und war im Abgang von formvollendeter Harmonie.

Einkaufen wie ich will

Robert Rescue

Manche Wege gehen sich von alleine. Zum Beispiel der zum gewohnten Supermarkt. Raus aus dem Haus, nach zehn Metern links, vorbei an einer ganzen Reihe von Weddinger Internet- und Telefonbuden, Pizzabringdiensten, dann rechts abbiegen (Vorsicht, Ampel!), vorbei an einem Second-Hand-Möbelladen, einem Glücksspielsalon ohne Kundschaft sowie einem Geschäft für Inderbedarf. Dann noch mal über die Straße, und schon stehe ich vor »meinem« *Aldi*. Dreimal die Woche derselbe Weg, stets im selben Schritttempo, und nie ist etwas dazwischengekommen, das mich aus dem gewohnten Trott hätte reißen können.

Bis auf heute.

Vor dem *Aldi* parken Wannen. Polizisten haben sich positioniert. Einige von ihnen halten Schaulustige auf. Ob es heute Supersonderangebote gibt? Ich trete zu der Schiebetür. Sie schiebt sich nicht zu den Seiten. Irgendwer ruft mir was zu, aber ich bin so in meinem Einkaufstrott, dass ich nicht genau hinhöre. Ich klopfe gegen die Glastür und rufe: »Aufmachen! Ich will einkaufen!« Niemand ist zu sehen. Ich schaue auf die Uhr und klopfe dann vehementer gegen die Scheibe. »Aufmachen! Verdammt!«, rufe ich. »Es ist noch nicht nach Acht!«

Dann sehe ich mit einem Mal den Filialleiter. Das ist der stets schlechtgelaunte Herr Majakowski, der immer die Leute zurechtweist, wenn sie ohne Einkaufswagen einkaufen oder die Flaschen nicht auf das Band legen, sondern stellen. Mehr Gründe, die Kundschaft zu kritisieren, habe ich bei ihm noch nicht entdeckt, aber ich bin sicher, es gibt noch mehr.

Der Filialleiter wird begleitet von einem Mann, der eine Hand hinter dem Rücken von Herrn Majakowski versteckt hält. Die Tür wird geöffnet. »Verschwinden Sie gefälligst!«, faucht mich der Mann an. »Wir haben wegen Inventur geschlossen.«

»Da steht aber nichts von an der Tür«, entgegne ich und schlängele mich an dem Paar vorbei. »Ich will einkaufen! Das ist mein Recht als freier Bürger!«

»Verdammt«, höre ich den fremden Mann rufen, während ich mir einen Einkaufswagen ziehe. Ich sehe, dass er die Tür wieder zuschließen lässt und sich dann mit dem Filialleiter nach hinten begibt. Ich gehe durch das Drehkreuz und greife routiniert nach links, wo die Milch steht. Einen Meter weiter greife ich nach rechts, wo der Kaffee steht. Als ich zu dem Gang komme, wo der Pfandflaschenautomat steht, sehe ich einen Haufen Menschen auf dem Boden sitzen. Der fremde Mann steht an der Seite und bedroht die Leute mit einer Pistole. Vorne sitzt Frau Mustermann, die junge Kassiererin. In sie bin ich etwas verliebt.

Sie macht auf mich stets einen schüchternen Eindruck. Ich liebe schüchterne Frauen, denn bei denen muss man sich nicht so anstrengen, um sie zu beeindrucken. Oft frage ich mich, ob Frau Mustermann mit Vornamen »Erika« heißt. Vielleicht ist sie ja die berühmte Erika Mustermann, von der man viel hört, aber nichts weiß. Ich könnte sie zum Essen einladen und sie das als Erstes fragen. Aber dazu müsste ich sie ansprechen. Wenn sie meinen Einkauf mit einem »15,99 Euro« kommentiert, traue ich mich nicht, sie nach einer Verabredung zu fragen. Wenn der fremde Mann nur sie allein mit einer Pistole bedrohen würde, dann könnte ich sie retten und bekäme als Dankeschön eine Verabredung. Aber der fremde Mann bedroht den Haufen von Leuten, bestehend aus Filialmitarbeitern, Kunden sowie Herrn Majakowski, und die alle will ich gar nicht retten, schon gar nicht den Filialleiter. Ich werfe eine Pfandflasche nach der anderen ein. Bei der fünften habe ich dann Pech – der Container ist voll.

»Der Container ist voll«, rufe ich zu dem Haufen Menschen. »Könnte mal einer der Mitarbeiter einen neuen in den Automaten reinstellen?«

Der fremde Mann reagiert sofort: »Sigrid, kümmere dich darum.«

»Heinz, gib doch endlich auf! Du hast keine Chance, hier schadlos herauszukommen. Unsere Beziehung ist zu Ende. Mach dir das doch endlich klar!«

»Halt den Mund, Sigrid und kümmere dich um den Kunden. Und versuche nicht zu fliehen. Sonst gibt es Tote.«

Sigrid steht auf und geht in den Lagerraum, um einen neuen Container zu holen. »Klären sie ihre Beziehungsangelegenheiten gefälligst zu Hause. Sie sind hier auf der Arbeit und nicht im Privatleben«, ruft ihr Herr Majakowski hinterher. Aha, denke ich, über Beziehungskonflikte am Arbeitsplatz regt sich der Filialleiter also auch auf.

Sigrid kommt zurück und wechselt den Behälter. Ich lege meine restlichen Flaschen in den Automaten ein, drehe noch ein paar Runden und begebe mich dann zur Kasse. Keine der Kassen ist besetzt. Ich drehe mich um und rufe: »Können Sie vielleicht mal eine Kasse aufmachen, oder ist der Einkauf heute umsonst?« Manchmal, wenn ich hier einkaufe und sich eine ellenlange Schlange vor der einzig geöffneten Kasse staut, möchte ich ausrufen: »Können Sie die Kasse vielleicht auch noch schließen?« Heute scheint das Wirklichkeit geworden zu sein.

»Verdammt«, höre ich den fremden Mann, der ja Heinz heißt, rufen. Kurz darauf taucht er zusammen mit Frau Mustermann auf, die sich an die Kasse setzt und dann meine Einkäufe über den Scanner zieht. Ich allein mit Frau Mustermann, denke ich mir und fasse einen Entschluss.

»Das macht 15, 99 Euro.«

»Hast du die Woche mal Zeit für ein Treffen?«

Sie starrt mich verwirrt an, blickt dann abwechselnd zu mir und zu Heinz.

»Wenn sie mit EC-Karte zahlen wollen, dann stecken sie die Karte in den Schlitz da«, sagt sie plötzlich. Ich überlege, wie sie das meint. Ist das ein Ja oder Nein?

Ich resigniere, lege ihr einen Schein hin, und sie gibt mir das Rückgeld. Alles ist wie immer, die große Chance vertan.

Ich packe meine Einkäufe zusammen und lasse mich von Heinz und Frau Mustermann zur Tür bringen. So einen Kundenservice habe ich beim *Aldi* in der Seestraße noch nie erlebt! Frau Mustermann öffnet die Tür. Im gleichen Moment stürzen maskierte Männer, die offensichtlich an den Mauern links und rechts der Eingangstür gelauert haben, auf uns ein. Mir gelingt es, mich durch ihre Reihen durchzuschlängeln. Aufgeregt trete ich den Weg nach Hause an.

Ich habe es geschafft, Frau Mustermann anzusprechen. Okay, das Ergebnis war nicht das gewünschte, aber als ich losgegangen bin zum *Aldi*, hätte ich das nicht einmal zu träumen gewagt.

Brötchenzange

Heiko Werning

Schon wieder Besuch aus der alten Heimat. Er verlangt zu essen. Soll er sich doch was holen! Der Besuch will nicht alles alleine schleppen. Warum nicht? Muss ich doch sonst auch! Der Besuch merkt an, dass – beurteilt nach der Vorratslage bei mir – ich für gewöhnlich garantiert nicht viel zu schleppen hätte. Na ja, wo der Besuch Recht hat, hat er Recht. Der Besuch merkt außerdem an, dass er fachkundiger Führung bedürfe. Auch da hat der Besuch zweifellos Recht. Also komme ich mit.

Zunächst will er zum Bäcker, Brötchen kaufen. »Das geht nicht«, informiere ich ihn. »Wieso das denn nicht?«, fragt er erstaunt. Ich erkläre ihm das Berliner Brötchenmysterium. Dass hier ansässige Bäcker sich in ihrem Meister-Amtseid verpflichten, auf keinen Fall genießbare, knusprige oder auch nur gesundheitlich unbedenkliche Backwaren dieser Art herzustellen. Er sieht mich zweifelnd an. Er glaubt mir nicht. Warum will er erst die Begleitung eines Einheimischen, wenn er dann doch alles besser weiß? Beim *Reichelt* dasselbe Spiel: Er will zur Backtheke gehen. Nur mit Mühe gelingt es mir, ihn daran zu hindern. »Lass das! Da steckt doch ein Bäcker dahinter!« Ich zeige auf ein weit entferntes Regal: »Da hinten ist die Selbstbedienungs-Brottheke. Außerhalb der Reichweite des Bäckers. Da liegen die richtigen Brötchen, die sie als Rohlinge vermutlich nachts aus Westdeutschland einschmuggeln und dann fix hier aufbacken. Die kann man essen!« Sein Blick ist zweifelnd, aber er fügt sich.

Er zupft sich eine der Klarsichttüten vom Haken, öffnet das Brötchenfach und, ich traue meinen Augen kaum, er nimmt eine der Zangen, die daran baumeln. Fasziniert beobachte ich das weitere

Geschehen. Die Zangen sind mit kleinen Ketten gegen Entwenden gesichert. Und zwar, sicher ist sicher, sehr gut gegen Entwenden gesichert. Man kann sie nämlich gar nicht richtig abnehmen. Die Kette ist viel zu kurz. Grotesk sieht es aus, wie der Besuch verzweifelt versucht, mit den äußersten Spitzen der Greifer ein Brötchen zu packen. Er bekommt sie immer nur an einem Ende zu fassen. Erschwerend kommt hinzu, dass diese Zangen natürlich für alles Mögliche konstruiert sein mögen, aber ganz sicher nicht dafür, Brötchen mit ihnen zu greifen. Dafür sind sie viel zu klein, man kann sie nicht weit genug öffnen. Sie hängen da halt, weil das Lebensmittelhygieneamt das so will. Auf den Brötchenfächern kleben große Aufkleber, auf denen auf leuchtend rotem Grund in weißer Schrift steht: »Aus hygienischen Gründen die Ware bitte nur mit der Zange anfassen.« Der Berliner aber achtet grundsätzlich nicht auf irgendwelche Zettel, die irgendwo rumhängen. Falls er sie doch mal wahrnimmt, lacht er herzlich.

Mein Besuch aber liest erstens tatsächlich aushängende Anweisungen und will sich zweitens auch noch danach richten. Also stochert er hilflos mit der Zange im Fach mit den Brötchen herum. Wenn er mal eines zu fassen kriegt, springt dieses beim Versuch, es herauszuziehen, im großen Bogen davon, weil die Zange eben nicht weit genug geöffnet werden kann, um den ganzen Umfang zu umfassen. Andere Kunden gesellen sich zu mir und betrachten das Schauspiel. »Och, das ist ja spannend«, flüstert mir eine ältere Dame zu. Eine andere packt schon das Wettfieber: »Was meinen Sie: Ob er wirklich eines mit der Zange in die Tüte kriegt?«

Der Besuch aber gibt nicht auf. Er kann es nicht fassen. Man kann ganz wunderbar die verschiedenen Schritte des Erkenntnisprozesses bei ihm beobachten. Zunächst, nach den ersten vergeblichen Versuchen, ungläubiges Erstaunen. Das muss doch irgendwie gehen, denkt der Besuch völlig unbegründet, und man sieht, wie es in ihm arbeitet. Wie er nach einem Trick sucht. Nach einer Lösung. Ja, das hat die Menschen groß gemacht. Sie versuchen, die Situation zu erfassen und einen Weg zu finden. Allerdings aus der evolutionären Erfahrung heraus, dass alles auf nachvollziehbaren Gesetzmäßigkeiten beruht. Das gilt aber natürlich nicht für den *Reichelt*. Der Besuch jedoch glaubt an ein sinnvolles System. Er sieht die Zange, das Brötchen und die Tüte und denkt, diese Dinge müssten in irgendeiner funktionalen Beziehung zueinander stehen. Jetzt nestelt er an der Kette herum und sucht nach einem Mechanismus, sie zu verlängern. Dann zieht er kräftig daran und hofft darauf, sie könnte nachgeben. Als Nächstes begutachtet er die Zange, ob man da irgendwas einstellen kann, damit sie sich weiter öffnen lässt. Kann man natürlich nicht. Dieselben Zangen stecken schließlich auch in den Olivenbottichen am Antipasti-Stand. Dafür sind sie vermutlich konstruiert. Einige der anderen Supermarkt-Kunden bringen Chipstüten und Sixpacks. Wir machen es uns gemütlich und schauen gespannt zu. Der Besuch verliert allmählich die Nerven. Er wird zornig. Ruckelt heftig an der Kette. Stochert wüst in dem Brötchenfach herum. Die Verkäuferinnen gucken mitleidig. Sie dürfen nichts sagen, sonst kommt das Lebensmittelhygieneamt. Durch die Wucht seiner Stöße und Greifversuche springen die Brötchen lustig wie ein Heuschreckenschwarm aus dem Fach heraus und landen auf dem Boden. Der Besuch resigniert.

Eine Oma erbarmt sich. »Sehen Sie, junger Mann, das ist doch ganz einfach.« Sie macht das Fach auf, langt mit der Hand hinein und hat ruckzuck ihre Brötchen in der Tüte. Der Besuch sieht sie desillusioniert an, tut es ihr zermürbt nach und schleicht davon. Die Menschentraube um das Regal herum löst sich leise murrend auf. Die Verkäuferin kommt mit Handfeger und Kehrblech, fegt die Brötchen zusammen und kippt sie wieder in das Fach. Dabei grummelt sie vor sich hin: »Immer dasselbe mit diesen Touristen! Und ich darf den ganzen Mist wieder auffegen.« Dann knallt sie energisch den Deckel zu, auf dem bis in alle Zeiten in weißer Schrift auf leuchtend rotem Grund prangen wird: »Aus hygienischen Gründen die Ware bitte nur mit der Zange anfassen.«

Besuch vom Rehchen

Paul Bokowski

Ein guter Freund von mir hat ein ernsthaftes Problem: Er wurde im falschen Körper geboren. Er hat eine sehr männliche Statur, breite Schultern, ein markantes kantiges Gesicht – im Grunde sieht er aus wie ein Unterwäschemodel. Aber leider hat dieser Freund die sanfte Seele eines Rehchens, eines sensiblen, romantisch verklärten Rehchens. Eigentlich ist er die sprichwörtliche Unschuld vom Lande, dieser Freund, was jetzt aber sehr nach grünen Weiden und Rosamunde Pilcher klingt, also sagen wir es lieber anders: Thomas kommt vom Dorf.

Nun könnte man natürlich meinen: »Landwirtschaft, Schweinezucht, Jugendarbeitslosigkeit – er müsste doch mit allen Wassern gewaschen sein.« Aber nein! Stattdessen ist sein Vater Kirchenorganist und seine Mutter Kindertherapeutin. Im Grunde scheint der gute Thomas so wohlbehütet und abgeschottet von jeder realistischen Außenwelt aufgewachsen zu sein, dass Mädchen in seinem Alter, die Ähnliches durchgemacht haben, deswegen schon mal ein 20-minütiges Interview im österreichischen Fernsehen geben.

Mit dem Fernsehen will Thomas übrigens mal Geld verdienen. Er macht eine Ausbildung zum Mediengestalter. Hier in Berlin wäre das eine Grundvoraussetzung, um in den Prenzlauer Berg zu ziehen, aber in Grabow-Lütgendorf in der mecklenburgischen Provinz, da haben sie erst mal alle nur die Stirn gerunzelt und mit dem Kopf geschüttelt. Ein bisschen, als hätte er die FDP gewählt oder überhaupt gewählt. Seien wir ehrlich: Im Grunde wurden dort schon Leute für weniger verprügelt.

Vielleicht hat Thomas deshalb diesen Ausdruck in den Augen,

diesen scheuen, flüchtigen Blick eines Beutetieres, jedes Mal, wenn er mich in der großen Stadt besuchen kommt.

Zwei Mal im Jahr passiert das. Er ruft mich an, spricht von einer »großen Dringlichkeit«, von »metaphorischen Würgemalen an seinem freiheitsliebenden Hals«, und eine Woche später sitzt er auf meinem Sofa, mit der skeptischen Erwartungshaltung eines linksradikalen Bohème auf Kur. Für gewöhnlich drücke ich derartigem Besuch gern einen Zweitschlüssel und einen U-Bahn-Plan aus den 80er-Jahren in die Hand. Bei Thomas allerdings gibt es diese innere Barriere in mir. Diese sonderbare Form eines fast mütterlichen Fürsorgeinstinkts, die mich Dinge sagen lässt wie: »Musst du nochmal auf die Toilette, bevor wir gehen?«

Und als wäre dieses verwirrte emotionale Innenleben noch nicht schlimm genug, gibt es da noch einen zweiten Drang in mir, einen Urdrang, den jeder zugezogene Berliner in sich trägt und am allerstärksten eben genau dann empfindet, wenn Besuch aus der alten Heimat in das neue Leben Einkehr hält: Den Drang, so zu tun, als ob! So zu tun, als gefiele einem diese Stadt, wirklich, auch im Winter. Als sei man glücklich hier, zwischen all den Hundehaufen und Stuttgartern, und als führe man ein hippes und aufregendes Leben, jeden Tag auf's Neue. Als schöpfe man die Möglichkeiten dieser Stadt aus bis zum letzten Nachtbus, und nicht, aber auf gar keinen Fall, als führe man genau das gleiche unspektakuläre, stubenhockerhafte Leben wie früher, nur eben in einer arschdunklen, zugigen Hinterhauswohnung mit Kohleofen in der bundesdeutschen Hauptstadt. – Jedes Mal, wenn Besuch nach Berlin kommt, transformiere ich zu einem unternehmungslustigen, energiegeladenen, kulturverschlingenden Heuchler.

Man muss den Leuten ja was bieten! Meine Großeltern zum Beispiel – polnische Katholiken mit, sagen wir, leicht antijüdischen Tendenzen – habe ich vor zwei Jahren, aus reiner Provokation versteht sich, auf das Klezmerfestival in die Philharmonie mitgenommen. Nun war das aber ein doppelter Schnitt ins eigene Fleisch. Zu allererst einmal hat es ihnen unheimlich gefallen! Geklatscht haben die, wie zu ihren besten Zeiten in der kommunistischen Partei, und zum Zweiten, das glaube ich fest, war es gar keine Konfrontation mit jüdischem Leben. Auf solchen Klezmerfesten sind niemals Juden. Das hat sogar Paul Spiegel in seinem Buch »Was ist koscher?« mal geschrieben: Im Grunde genommen ist jedes Klezmerfestival eine judenfreie Veranstaltung.

Auch Thomas habe ich schon bei seinen ersten Besuchen in Berlin die städtischen Glanzlichter dieser urbanen Kulturbörse präsentiert. Ich hatte aus vorhergehenden Besuchen gelernt und mein Pulver wohl dosiert. Doch bereits nach seinem dritten Gastaufenthalt hielt auch die Sightseeingsektion auf *berlin.de* keine wirklichen Neuigkeiten mehr für uns parat, also entschloss ich mich, einen anderen Kurs zu fahren. Auf dunklen Wegen besorgte ich mir eine gefälschte Jahreskarte für die staatlichen Museen, und als Thomas seinen nächsten Besuch in der Hauptstadt antrat, zerrte ich ihn solange von Ausstellung zu Ausstellung, bis sein Urlaubsbudget in den Kulturkassen dieser Stadt versickert war und er aus eigenem Antrieb heraus vorschlug, vielleicht lieber einen Nachmittag im Tiergarten zu verbringen oder einfach ein bisschen fernzusehen. Ich hatte es entdeckt: Das perfekte System! Und es hatte mich nichts gekostet als den Tatbestand der Dokumentenfälschung. Was sollte mir schon passieren? Im schlimmsten Fall würde ich ins Gefängnis kommen, nach Moabit vielleicht, Plötzensee oder Tegel. Ich würde einen Haufen netter Männer kennen lernen, eine kostenlose Ausbildung zum Tischler machen (Handwerk hat goldenen Boden, auch mit Gittern vor den Fenstern.) und mich in der freudigen Gewissheit suhlen, dass kein Besucher den Wunsch äußern würde, über Nacht zu bleiben.

Doch dann, bei Thomas' letztem Besuch, unterlief mir ein folgenschwerer Fehler. Gleich zu Beginn führte ich ihn in das Prachtstück, das Kleinod der zu jener Zeit laufenden Berliner Ausstellungen: »Melancholie« – in der *Neuen Nationalgalerie.* Thomas ist nicht nur ein fürchterliches Sensibelchen, sondern auch ein sehnsüchtiger Romantiker. Fast schon ein Romantiker im rheinischen Sinne: Sterben für die Liebe, auch für die unerfüllte, egal – Hauptsache Loreley.

Fünf Stunden verbrachten wir in der Ausstellung, so dass ich schon kurz davor war, auf eines der Bilder zu pissen, nur um endlich dort heraus zu kommen, und als wir dann endlich gingen, hatte Thomas einen sonderbaren Ausdruck im Gesicht. Kein eigentlicher Ausdruck der Zufriedenheit, sondern ein Blick, der zu sagen schien: »Ich wäre am liebsten hier geblieben – in einem der Bilder von Caspar David Friedrich!« Das romantische Rehchen hatte einen Absturz erlitten, einen emotionalen Tiefpunkt. Vier Tage heulte er mir die Ohren voll, die großen abstehenden Ohren, bis ich für mich beschloss: So kann es doch nicht weitergehen.

Ich rief ein paar Freunde an, schwule Freunde, sprach von einer »großen Dringlichkeit« und »metaphorischen Würgemalen« an meinem nach Einsamkeit schreienden Hals, baute mich schließlich vor Thomas auf und sagte: »Komm! Wir gehen aus!«

»Mach seinen Tiefpunkt zum Wendepunkt«, dachte ich. »Nicht zu seinem, sondern deinem! Zeig ihm, was sie macht, diese Stadt, mit Romantikern. Mit sensiblen Rehchen, gefangen im Körper eines griechisch-mecklenburgischen Halbgottes.« Und während ich meine Großeltern in die »Große« Philharmonie geführt hatte, führten wir jetzt Thomas in die »Kleine«. Die *Kleine Philharmonie*: Eine schwule Stricherkneipe unweit vom Bahnhof Zoo, wo vor fünfzig Jahren noch das Leben tobte und jetzt Herren und falsche Damen jenseits des körperlichen Verfalls ihre mickrige Rente für Berliner Weiße mit Schuss und Puppenjungs für deren Schüsse abdrückten.

Schon als wir uns an der Bar vorbeiquetschten, konnte ich mir ein Grinsen nicht verkneifen. Ich wusste, dass Thomas in diesem

Moment das selbe wie ich empfand: Ein dutzend Männerhände, die im Vorübergehen wie zufällig an seinem Arsch vorbeistrichen. Aus meinen Augenwinkeln sah ich das Entsetzen in seinen Augen. Es erfüllte mich mit Genugtuung. Als wir uns im muffigen Hinterzimmer einen kleinen Tisch gesucht und uns gesetzt hatten, ließen wir die Stimmung auf uns wirken. Die Tischtelefone, so etwas gab es hier noch, waren funktionsunfähig, aber trotzdem wie eingespeichelt. Von den Wänden blickten Schwule und Transen aus den letzten fünf Jahrzehnten auf uns herab, und die parfümierten Wände, Tische, Stühle und Sofas vermittelten den Eindruck, als würde jeden Augenblick die Gestapo hereinmarschieren und den ganzen Laden hochnehmen. Wir bestellten Bier, tranken, unterhielten uns und saßen auf den ekligen Sofas, die so unbequem und muffig waren, als wären sie mit den Überresten der ersten Stammgäste gefüttert.

Immer wieder blickte ich zur Tür und hoffte. Hoffte, eine Berliner Persönlichkeit, von der ich gehört hatte, dass sie in diesen Kreisen verkehrt, würde mit ihrem Gefolge hier hineinspazieren. Und tatsächlich: Nach kurzer Zeit war es soweit. Ein bebrillter, bärtiger Bäuchling. Gern würde ich die Alliterationskette mit dem Begriff B-Prominenter fortsetzen, aber nicht einmal das war er: Udo W. – der Starfriseur! Der Rudolf M. von Berlin! Mit seinem Hofstaat betrat er das mit Samt verkleidete Zimmer und erspähte sofort den hübschen Jüngling an unserer Seite. Thomas war schockiert. Als linker Provinzintelektueller verabscheute er Personen wie Udo W. – aber das half ihm nicht. Der Jäger hatte seine Beute längst entdeckt, seinen Blick darauf gelegt und würde diesen auch für die kommenden Stunden nicht mehr von ihr nehmen.

Je länger der Abend wurde, um so tiefer versank Thomas unter den lüsternen Blicken in seinem abgeranzten Lehnsessel. Wir tranken Bier um Bier, und während sich auch Udos Gesten mit Leben füllten und er Sachen wie »Ficken für die Freiheit« rief, füllte sich bei Thomas nur dessen Blase. – Mein Plan ging auf.

Nach ein paar Minuten konnte Thomas nicht mehr. Beherzt gab er sich einen Ruck, erhob sich bestimmt und verabschiedete sich mal eben für kleine Rehchen. Udos Augen blitzen vom anderen Tisch herüber.

Jeder Schwule, dessen wirkliches Bestreben jetzt darin bestünde, nur mal auf's Klo zu gehen, hätte seinen Blick streng an den Fußboden gehaftet und den Weg dorthin nur über den schwammigen Randbereich seines Sichtfeldes gefunden. Thomas war aber nicht schwul. Er kannte diese Sprache nicht. Er war wie ein Blinder unter Sehenden. Ein Brüter unter Homos. Kurz bevor er die beschlagene Tür zum Herrenklo erreicht hatte, beging er seinen finalen Fehler. Nur kurz, nicht einmal fokussierend, warf er einen letzten Blick zurück, bevor er durch die Tür verschwand. Udo W. genügte das. Schlagartig erhob er sich von seinem Platz, so dass der Tisch wegen seines gewachsenen Bauchumfangs ein Stück zur Seite rückte, drückte sich auch an unserem Tisch vorbei, zielstrebig in Richtung Klo, und öffnete bereits im Gehen seine Hose. Mir war klar, was jetzt geschah. Thomas würde seinem ersten Berliner Trauma begegnen, und es würde ihm beim Pinkeln, leicht schwankend, auf den Penis starren.

Als auch Udo W. durch die beschlagene Tür verschwand, strich ein selbstzufriedenes Lächeln über mein Gesicht. Schon morgen, dachte ich, packt das Rehchen seine Koffer, und zu Hause angekommen, wird es sich neue Freunde suchen. In der Provinz vielleicht, aber bestimmt nicht in Berlin.

Vornüber

Frank Sorge

Die letzte Sommerstrahlung fasse ich auf unserem Balkon zur Seestraße ab. Er ist lang, und man schaut nach Süden, Richtung Toskana. Auf der dunklen Seite der Seestraße gegenüber wird seit Wochen eine Wohnung renoviert, als Letztes konnte ich eine offenbar neuartige Technik beobachten, Fenster zu lackieren. Man klebt nichts ab, sprüht überall Lack drauf und kratzt dann die Scheibe frei. Kann das sein? Die letzten Reste Handwerkerinstinkt in mir rebellieren, da ist doch ´ne Folie drauf oder sonst irgendein Trick dabei. Ich werde das weiter beobachten.

Unter unserem Südbalkon ist der Südbalkon eines leer stehenden Büros direkt am Vordach, daneben der Südbalkon einer verwirrenden, aber sympathischen Familie, darüber und neben uns der Südbalkon unserer direkten Nachbarn, die vor ein paar Tagen ausgezogen sind. Es scheint, als würden die Letzten im Wedding die Flucht antreten, so lang es noch geht. Jeden Tag rollen noch die Lastwagen rauf und wieder runter von der Autobahn, und der Berufsverkehr fließt, aber wehe der Tag kommt, an dem sie eine Mauer um den Wedding ziehen und dahinter das glänzende Metropolis errichten. Der Krake am Potsdamer Platz ist nicht weit, und die Scheinwerfer am Hauptbahnhof winken schon, unaufhaltsam wuchert vom Hackeschen Markt aus seit Jahren ein Geldvirus nordwärts, vor dem auch ich geflohen bin.

Es war nur eine Frage der Zeit, bis der Rosenthaler Platz fallen wird. Als ich ein halbes Jahr nach dem Auszug mal wieder einen Nostalgiefraß an der Stammbude einnehmen wollte, fand ich meinen Traditionsdöner *International* gegen einen Trattoria-Imbiss ersetzt, *Schlemmer´s Wurstbraterei* war zur goldglitzernden *Asia-Box* aufgestiegen, und die Amtssprache der verbliebenen Dönerpaläste am Platz hatte zu Englisch gewechselt.

»Do like Döner?«

»Ja, very much!«

»You want won?"

»But your Döner is more expensive than before!"

»Then when before?"

»I do not live here for some months now."

»Hey man, some months ago there wasnt any Glitter on the old Brunnenstraße 2, formerly known as *Beate Uhse*, too, and now look: Sometimes I think its possible there are all taking drugs in any way!"

»Yes, I´m sure they do!"

»What about Döner now, its tasty!"

»I see. Entschuldige, es ist nur so, die New Yorker müssen nicht mithören, ich war halt zehn Jahre immer nebenan und nie bei euch. Nur der australisch-römische Kunsthistoriker, der mal bei mir gewohnt hat, fand euren Döner immer besser und hat überlebt. Entschuldige, ich war nur grad erstaunt, wie schnell es dann doch geht, dass man weg ist vom Platz, verstehst du?«

»Verstehisch gut, weißtdu. Sosse?«

»Kräuter!«

»Und Salat?«

»Ja, mit alles!«

Hatte ich wirklich ›mit alles‹ gesagt? Ja, ich hatte. Jetzt war alles zu spät. Ich setzte mich mit der Brottasche an einen Tisch mit Blick auf den Platz. Das hat's früher nicht gegeben: Döner im Sitzen.

War in der Brunnenstraße auch im Innenhof immer was los, ist es im Wedding nach Norden raus eher langweilig. Die Vögel im Hof machten mal ein, zwei Tage Party im Mai, dann war auch wieder Schluss mit lustig. Die Wohnungsfenster sind meist mit schweren

Vorhängen abgedichtet, das einzig belebende Element sind die Badfenster rundherum. Als Milchglas im Prinzip nicht durchsichtig, scheint der Streuungsgrad so gewählt, dass man neben der Scheibe stehend nicht erkennen kann, was dahinter vorgeht. Schon aus ein paar Metern Entfernung und etwas Licht dahinter sieht es allerdings deutlich anders aus. Alle Bäder haben ihr Klo direkt am Fenster, und so sieht man, sollte man sich dafür interessieren, sämtliche Klogewohnheiten der Bewohner, ob sie sitzen oder stehen, lang oder kurz, Handwäsche oder nicht. Mit unserem Bad ist es bestimmt nicht anders, und einmal darüber gewundert, ist es ja auch egal, irgendwie. Mancher hat noch eine Topfpflanze hinters Fenster gestellt, oder einen weißen dünnen Vorhang, der mehr als Kontrastfilter wirkt, aber die vorherrschende Strategie im Hof scheint das Ignorieren zu sein.

Da ich nicht mehr in der Wohnung rauche, aber noch rauche, gehe ich häufiger am Tag an die frische Luft. Interessanter ist es eigentlich vorne auf dem Südbalkon. Die sympathische Familie hat z. B. ein verwirrendes Blatt mit großen Buchstaben bedruckt und in einer Folie aufs Vordach geklebt, für die Raucher unter den anderen Mietern der Balkone darüber: »Das ist kein Aschenbecher!« Mich können sie nicht meinen, da ich immer alles brav in meinen Klappaschenbecher drücke und gar nicht über ihnen wohne, aber im Haus scheint es in Mode zu kommen, Mitteilungen zu machen. Im Hausflur beschwert sich die Hausverwaltung. Es gäbe immer wieder Lärmstörungen und Belästigungen vor der Haustür, wir sollen aufmerksam sein. Ein überflüssiger Tipp, denn ich kenne sie alle schon: die klapprige Frau, den Pfandflaschenzausel, die dicken, verschwitzten Kiffer und Schnupfer, den Rollstuhlfahrer mit dem Kürbiskernbeutel, die Hinterhofgangster mit Stachelfrisur und Entenflaum im Nacken. Manchmal warten sie, dass jemand hinauskommt, der sie reinlässt, aber dann bleibe ich einfach stehen, bis die Tür hinter mir wieder ins Schloss fällt. »Guten Abend«, sage ich auch manchmal. Als es vor ein paar Tagen Lärm an der Tür gab, habe ich auch mal heruntergeschaut. Vier Halbstarke turnten vor dem Haus herum und erklärten mir im förmlichen »Sie« und gespieltem Ernst, dass sie auf einen Freund warten würden. Ruhig wurde es dann jedenfalls, und sie waren bald wieder verschwunden. Es gibt sie halt, sie sind überall, sie überleben die merkwürdigsten Ideen, diese verdammten Menschen.

Unter dem Balkon, knapp an der Kante zum Vordach, das kein Aschenbecher ist, läuft eine junge Türkin mit großem Südbalkon vorbei. Frische Luft ist gut fürs Gemüt, und tatsächlich scheint der Maler auf der dunklen Seite der Seestraße die getrocknete Farbe gegenüber abzuschaben, vielleicht wischt er auch. Es geht recht schnell, und die Scheibe ist danach sauber. Womöglich sieht er herüber und fragt sich im Gegenzug, mit welcher offenbar neuartigen Technik ich eine Geschichte schreibe, mit der Zigarette auf dem Balkon und vornüber gebeugt. Das aber frage ich mich tatsächlich auch manchmal.

Angriff der Killertaube

Hinark Husen

Es geschah auf einem Balkon. Ich stand ziemlich rechts und blickte schräg zu den Nachbarn runter. Dort sah ich sie zum ersten Mal. Sie balzte auf dem Steg einer Satellitenantenne. Alleine. Es war keine andere Taube zu sehen.

[*Kurzer Einschub* – folgende Merkmale beschreiben eine balzende Taube: Leicht aufgeplustertes Federkleid; schleifende Flügelspitzen sowie aufgefächerte Schwanzfedern; deutlich vernehmbares Gurren; Hoch- und Herunterziehen des Kopfes; in der gesteigerten Form werden Hals und Kopf fast auf den Boden gedrückt; Herumtänzeln um das Objekt der Begierde, zumeist in Gruppen, mindestens zu zweit. Insgesamt machen balzende Tauben den Eindruck, als hätten sie Blähungen oder eine Magenkolik. Dieses Verhalten ist das ganze Jahr hindurch auf Plätzen und Straßen zu beobachten. Es gibt keine Nahrungs-, sondern nur Brutraumknappheit. Kammerjäger wollen so genannte Kamikazetauben beobachtet haben, die durch geschlossene Fenster knallen, um für die Artgenossen neuen Wohnraum zu erobern. Auch eine Bekannte von mir hatte schon einmal eine Kamikazetaube in der Küche, die sie aber arglos für schlichtweg verwirrt gehalten hat. Diese Vögel sind durch den langen Anpassungszeitraum an die Stadt wirklich zu vielem fähig. *Ende des Einschubs.*]

Die balzende Flugratte auf dem Antennensteg hatte mich entdeckt und hielt inne. Dann flog sie los. Nicht etwa aufgeschreckt, nein, entschieden, und zwar in meine Richtung. Ich weiß, dass Tauben gute Flieger sind, und war zumindest für Sekundenbruchteile noch der Meinung, sie würde an mir vorbei streichen, was sich aber als großer Irrtum herausstellen sollte, zudem hatte ich auch noch eine Zigarette in der Hand. Sie wollte nun irgendwie an oder auf mir landen, ehrlich gesagt war ich einigermaßen überrascht. Zunächst versuchte ich, sie mit der freien Hand abzuwehren. Als sie nachsetzte, benutzte ich beide Hände. Ich war nicht wirklich verängstigt, aber man kann doch sagen, hätte ich blonde Haare und ein apfelgrünes Kostüm angehabt, hätte es wohl ausgesehen, als würde irgendein Hitchcock-Epigone dort auf dem Weddinger Balkon jene Szene nachdrehen, in der Tippi Hedren, die Hauptdarstellerin in *Die Vögel,* in einem Zimmer von Rod Taylors Haus in Bodega Bay wild auf irgendwelche Piepmätze einschlägt. Nun war ich nicht Tippi, die Taube kein Dutzend Singvögel, und der Balkon war nicht Bodega Bay. Und überhaupt – der Film war nur eine Illusion, mein Aufeinandertreffen mit der Taube aber real. Das Ganze dauerte vielleicht nur ein paar Sekunden, dann flog das Tier davon, und ich schrie ihm noch hinterher: »So was gehört sich nicht, wenn das alle machen würden!« In der Verärgerung nur so dahin gesagt, aber über den zweiten Satz musste ich dann doch noch einmal nachdenken, das stelle man sich wirklich mal vor, da könnten Bruno und alle seine zukünftigen bayrischen Braunbärkollegen aber einpacken. Die würden nicht eine Schlagzeile mehr bekommen, wenn hier die Tauben ausrasten würden. Aber bisher war es ja nur eine, und um die machte ich mir dann doch Gedanken. Tauben haben relativ gute Augen, die hat mit Sicherheit gesehen, dass ich kein Futter in der Hand hatte, und außerdem hatte sie ja auch kurz vorher gebalzt. Also wenn ich Lust auf Sex habe, spielt Essen eigentlich eine eher untergeordnete Rolle, aber vielleicht war die Taube ja so ein Mickey-Rourke-*9 1/2-Wochen*-Typ, der auf Weintrauben im Bauchnabel und so was steht. Haben Tauben einen Bauchnabel? Na, zumindest sieht man ihn nicht. Vielleicht hat sie meine Glatze für einen riesigen

Bauchnabel gehalten. Nein, das ist Quatsch, Hunger hatte das Tier nicht, und es wollte auch keine Nahrungsmittel auf mir platzieren. So verhungert sehe ich doch nun wirklich nicht aus, dass Tauben auf die Idee kämen, mich füttern zu müssen. Obwohl das auch eine hübsche Idee ist, wenn Tauben einem das Essen, das sie selber nicht mehr brauchen, hinterher tragen würden, da könnte man dann erst mal sehen, wie viel an Lebensmitteln so auf der Straße landet. Nein, wahrscheinlich war das Tier nur irgendwie sexuell fehlgeprägt. Schäferhunde, die total auf Enten abfahren, Riesenschildkröten, die auf Flusspferde stehen, Schwäne, die sich mit Tretbooten einlassen und dergleichen mehr kommt ja vor, und beim Menschen gibt es ja durchaus nicht wenige, die sich ein Leben mit Schafen einrichten, und das nicht nur in streng landwirtschaftlicher Hinsicht.

Bei unserer zweiten Begegnung habe ich ihr das auch so vor den Bürzel geknallt, da kenne ich keine Verwandten. Zwei Tage später saß sie auf der Brüstung und schaute mich mit ihren glutroten Augen an. Glücklicherweise machte sie nicht ein zweites Mal den Versuch, auf mir landen zu wollen.

»Weißt du, das klappt nicht mit uns, ich meine, ich fühle mich ja durchaus geschmeichelt, so ein direkter Liebesbeweis, das imponiert mir schon, und wie viele meiner Freunde wissen, habe ich durchaus etwas übrig für Vögel im Allgemeinen. Aber, na ja, aber, wie soll ich es sagen ...« Ich geriet ins Stocken, während die Taube leise zu gurren begann. »Ich weiß, dass du ein Männchen bist, okay, ich bin auch schwul, aber homosexuell bezieht sich eben nicht nur auf die Vorliebe für das gleiche Geschlecht, sondern auch auf die Vorliebe für die gleiche Art. Ansonsten könnte man ja fast schon wieder von hetero sprechen, was ja aus dem Griechischen kommt und in etwa heißt: anders, ungleich oder fremd. Also, was das Fremde anbelangt, wären wir wirklich extrem hetero.« Ich musste an dieser Stelle lachen, aber die Taube verstand mich nicht, sie gurrte weiter.

»Okay, seien wir ehrlich, ich treffe mich häufiger mit einem Habicht, der mich gelegentlich in meinem Hinterhof besucht, das würde nicht gut gehen.«

Ich weiß nicht, ob sie mich verstanden hat, auf jeden Fall gurrte sie noch ein wenig und machte sich davon, aber ich glaube, ich habe sie nicht das letzte Mal getroffen.

Epilog

Schicksal

Frank Sorge

Hatten sie nicht letzte Woche noch diskutiert, dass endlich die neuen Barhocker befestigt werden sollten? Und hatte nicht Manne selbst vor einiger Zeit die Schrauben angeschleppt, die seitdem in einer kleinen Schale unter dem Tresen auf ihren Einsatz warteten? Warum hatte bislang niemand, der es am Abend zuvor versprochen hatte, endlich mal die fehlende Bohrmaschine mitgebracht? Jetzt war es also passiert, und ausgerechnet dem Manne. Gerade hatte er noch gerufen: »Dat warn Zeiten, damals aufm Bau!«, und kräftig den Kopf zurückgeworfen, um sich seinen *Jacobi* wie so ´ne Art Gabe des Himmels einzuwerfen, da drehte sich der Hocker weg, und ihm gingen die Lichter aus, das Glas fest zwischen den Fingern. Jetzt flackerten die bunten Lampen des Rettungswagens durch die Fenster, dem großen Bruder der Spielautomaten.

Manne ging es gar nicht übel, das Licht blendete ein bisschen. Ihm war seine Kleidung abhanden gekommen und eigentlich auch sein ganzer Körper, stellte er fest. Sein Astralleib war nur schummrig zu erkennen und die Gestaltlosigkeit etwas fremd, deutlich aber fühlte er noch etwas Weinbrand auf der Zunge, der sich jetzt ablöste und im Nebel versickerte. Auch ohne Zutun schien ihm der Weg recht eindeutig und teilte sich vor ihm, bis er an eine Dönerbude am Scheitelpunkt der Dimensionen kam. »Hallo?«, sagte er unsicher zu dem Verkäufer hinter der geöffneten Glasscheibe. »Komstdu bißchen früh!«, antwortete der. »Wie spät issn?« »Bistdu Himmel Manne, mit ohne Zeit.« Irgendwie hatte er sich so was gedacht. »Hast dun Bier?«, fragte er, mehr aus Reflex. »Tut mir leid, habich nur Döner hier.« »Döner?« »Ja, letzte Gericht.« »Ach so!«

Dank

In diesem Jahr sind wir fünf Jahre alt geworden – wir, die Vorlesebühne »Brauseboys«, die Autoren dieses Buches. Am 20. März 2003 starteten wir zeitgleich mit dem Irakkrieg unseren Feldzug für literarische Unterhaltung im so genannten »Problembezirk« Wedding. Seitdem sind zwei Einheimische zu unserer Truppe dazu gestoßen, einer ist gefallen – an Schwaben.

Mit diesem zweiten Buch danken wir all denen, ohne die wir diese ersten fünf Jahre niemals geschafft hätten, allen voran unseren finnischen Gastgebern im Wedding: Jaakko Laine und Teppo Jokinen. Ferner danken wir Carsten, Lisa, Marco, Andreas, Nils sowie dem *Salbader*, dem Zentralorgan aller Berliner Lesebühnen, sowie Maria Evans-von Krbek und Karsten Schüle vom *Satyr-Verlag*.

Großer Dank gebührt auch all unseren Gästen von den anderen Berliner Lesebühnen, die unsere Shows durch ihre Auftritte mit Liedgut oder Texten immer wieder bereichern.

Auch unsere Freundinnen und Freunde haben mehr als einen Dank verdient, verzichten sie doch seit fünf Jahren jeden Donnerstag auf uns und wissen inzwischen mit Sätzen der Art »Kann grad nich, muss noch'n Text fertig schreiben« routiniert umzugehen.

Zu guter Letzt danken wir all den lieben Menschen, die uns fünf Jahre die Treue gehalten haben und uns Woche für Woche im *Laine-Art* besuchen – sie sind etwas ganz Besonderes: unser Publikum. Seid Euch gewiss: Dieses Buch hat kein Ende, es hat nur eine Fortsetzung.

Es wird nämlich eine Trilogie.

Die Brauseboys

Die Autoren

Paul Bokowski. Geboren 1982 in Mainz. Machte seine ersten literarischen Schritte mit 16 Jahren im Bereich Theater. Inszenierte an den Mainzer Kammerspielen, bei verschiedenen Berliner Off-Produktionen und dem jährlichen Theaterfestival *100°Berlin*. Tritt seit zwei Jahren regelmäßig bei verschiedenen Berliner Lesebühnen auf und ist jüngstes Mitglied der *Brauseboys*. www.paul-bokowski.de

Hinark Husen. Westfale seit 1965, Weddinger seit 1987. Beides mit Passion. Mitbegründer von *Dr. Seltsams Frühschoppen*, der Urmutter aller Lesebühnen. Liest auch heute noch beim *Frühschoppen* im Schlot sowie seit 2004 bei den *Brauseboys*. Redakteur des Lesebühnenzentralorgans *Salbader*. Buch: »Wenn Weddinger weinen« (Satyr-Verlag 2005).

Robert Rescue. Geboren 1969 in Lampertheim, lebt und schreibt in Berlin seit 1993. Leitete früher ein Projekt zur Förderung junger Literatur. 1998 Mitbegründung der Lesebühne *O-TON UTE*. 2003 folgten *Die Brauseboys* im Wedding. Nachdem er zwei Jahre lang jeden Donnerstag vom Friedrichshain in den Wedding gefahren war, entschied er sich, dorthin zu ziehen. www.robertrescue.de

Frank Sorge. Geboren 1977 in Berlin-Moabit, aufgewachsen am längeren Ende der Sonnenallee in Neukölln. Nach zahlreichen Studien auf eigene schreibende Füße gestellt. Zeichnet auch, filmt, fotografiert und ist Leiter von Schreibwerkstätten für Jugendliche, z.B. bei *Kreatives Schreiben e.V.*. Mitbegründer der monatlichen Lesebühne *Lesershow*. Mehr auf www.frank-sorge.de

Volker Surmann. 1972 in Halle (Westf.) geboren, mit 7 Schreibmaschineschreiben im Dreieinhalbfingersuchsystem gelernt. Später u.a. tätig als Kabarettist, Comedian, Kommunalpolitiker und Student diverser Geisteswissenschaften. 2002 von Ostwestfalen nach Ostberlin emigriert. Autor für Kabarett, *Titanic* und das queere Stadtmagazin *Siegessäule*. Schreibt auch heute noch mit dreieinhalb Fingern. Sein Debutroman heißt »Die Schwerelosigkeit der Flusspferde«. www.volkersurmann.de

Heiko Werning. Geboren 1970 in Münster, 1991 in den Wedding gezogen, dort einmal die Seite der Seestraße gewechselt. Studierter Umweltschutzmensch, Reptilienforscher und Froschbeschützer, Kriechtierredakteur und Lektor, Liederschreiber und Sänger, auch bei der *Reformbühne Heim & Welt*, außerdem *taz*-Blogger und Plattenmogul *(Reptiphon)*. CDs: »Das blaue Licht der Hoffnug«, »Was die Leute sagen« (Reptiphon). Bücher: »Iguana á la carte« (NTV), »In Bed with Buddha« und »Mein wunderbarer Wedding« (Edition Tiamat).